시니어 신무협 장편소설
ORIENTAL FANTASY STORY & ADVENTURE

일보신권 12

dream books
드림북스

일보신권 *12*
시대의 물결

초판 1쇄 인쇄 / 2011년 8월 26일
초판 1쇄 발행 / 2011년 9월 5일

지은이 / 시니어

발행인 / 오영배
편집팀장 / 신동철
책임편집 / 신동철
편집디자인 / 신경선
펴낸 곳 / (주)삼양출판사 · 드림북스

주소 / 서울특별시 강북구 송천동 322-10호
대표 전화 / 02-980-2112 팩스 / 02-983-0660
편집부 전화 / 02-980-2116 팩스 / 02-983-8201
블로그 / blog.naver.com/dreambookss

등록번호 / 제9-00046호
등록일자 / 1999년 3월 11일

ⓒ 시니어, 2011

값 8,000원

(주)삼양출판사 · 드림북스의 서면 허락 없이는 어떠한
형태나 수단으로도 이 책의 내용을 이용하지 못합니다.

ISBN 978-89-542-4112-0 04810
ISBN 978-89-542-3281-4 (세트)

* 지은이와 협의하에 인지는 생략합니다.
* 잘못된 책은 구입한 곳에서 바꾸어 드립니다.

시니어 신무협 장편소설
ORIENTAL FANTASY STORY & ADVENTURE

일보신권

12

시대의 물결

dream books
드림북스

일보신권

목차

제1장 뛰긴 뭘 뛰어!   *007*

제2장 니가 사람이냐   *045*

제3장 독박 아니면 쪽박, 그게 그건데?   *069*

제4장 반야원앙일체공(?)   *103*

제5장 두 번째 경험   *143*

제6장 변화하는 장건 … 191

제7장 무섭다! … 219

제8장 평범하다는 것 … 251

제9장 천룡검문의 행보 … 287

제10장 북해의 선택 … 301

제1장

뛰긴 뭘 뛰어!

휘이이잉.

벽에는 사람 둘이 어깨를 맞대고 지나가도 될 만한 크기의 동그란 구멍이 휑하니 뚫려 있다. 아니, 그건 구멍 났다고 하기엔 뭔가 이상했다. 그냥 원래부터 벽에 동그란 구멍을 뚫어 둔 듯했다.

그렇게 생겨먹은 구멍을 낸 장본인이 바로 장건이다.

"어, 어어어!"

장건은 곧 정신을 차렸다. 하지만 이내 자신이 한 짓을 깨닫고는 크게 경악했다.

"으아앗! 내가 무슨 짓을 한 거야?"

멀쩡한 벽에 구멍을 냈다. 그것은 장건에게 결코 있어서는 안 되는 일이었다.

"아까워!"

장건은 울상을 지으며 벽으로 달려가 구멍을 매만졌다.

그런 장건을 보는 오황의 표정은 매우 더러웠다.

"에이이, 이런……."

저 아이는 머리끝부터 발끝까지는 물론이고 행동 하나하나에 이르기까지 도대체가 상식적이지 않은 것이다!

그래, 벽 정도야 부술 수도 있다.

한 십 년 외가 공부에 매진한 외문 고수나 이십 년쯤 내가 공부를 익힌 내문 고수라면 장력으로 벽을 날려버릴 수 있고, 나아가 벽을 부수지 않고 구멍만 낼 수도 있다.

장건의 나이나 연륜이 그만한 고수라 보기엔 많이 못 미치긴 해도, 강호라는 게 원래 온갖 기이한 일들이 생겨나곤 하는 곳이다. 거기까지는 오황도 충분히 이해한다.

누구도 살아날 수 없는 상황에서 기적처럼 생환하여 고수가 된 오황이니만큼 나이와 실력이 딱히 비례하지는 않는다는 걸 잘 알고 있는 것이다.

하지만 그 수법이 참으로 부자연스러웠다.

단언컨대 오황은, 오황의 입장에서는! 이제껏 그렇게 기기괴괴한 수법을 본 적이 없었다!

장건이 사용한 것은 지풍이었다. 아니, 사실 지풍이라고 보기도 어려웠지만 어쨌거나 손가락으로 공력을 발출했으니 지풍은 지풍이었다.

그러나 손가락을 튕기는 소리의 탄지(彈指) 수법은 아니었다. 그냥 손가락 끝에서 공력이 엄청난 빠르기로 쏘아졌다.

그렇게 공력이 순간적으로 폭발하듯 튀어나가는 것은 당가의 섬절에서 보이는 묘용이다. 평소 신법을 사용하지 않는 오황이 신법을 써가면서까지 피했을 정도로 섬절의 묘리가 제대로 담겨 있었다.

하나 섬절은 암기술이다. 지력을 발출하는 게 아니라 공력을 암기에 담아 던진다. 그걸 지풍으로 응용했다는 것도 말이 안 되지만, 그 섬절로 둘레가 네 아름이 넘는 구멍을 냈다는 것도 이상하다.

제대로 된 지풍이었다면 구멍은 손톱 정도의 크기로 났을 터였다. 장풍이었다면 벽이 두부처럼 뭉개졌을 테고.

저렇게 깔끔한 파괴력은 주로 권경을 발출하는 권풍에서나 보이는 것이다.

오황은 소림에 그러한 권공이 있다는 걸 알고 있다. 그리고 시연을 본 적도 몇 번이나 있다.

· 그것은 바로 백보신권!

문각의 백보신권이 아니라 소림의 정통 백보신권이다.

그러나 장건이 손가락 끝에서 발출한 지풍은 백보신권과는 또 다르다. 참…… 이루 말할 수 없이 부자연스럽기 그지없는 수법이었다.

입으로는 공명검이라고 해놓고 손가락을 쳐들었는데, 당가의 암기술인 섬절의 묘용을 담고서 소림 백보신권의 권경을 썼다!

'이게 무슨 개 같은 경우야?'

오황은 얼굴을 구길 수 있는 한도까지 구겼다.

제아무리 단순한 무공이라도 각각의 사용법이 있는데, 명백히 한 시대를 풍미할 만한 최고의 무공들을 제멋대로 말도 안 되게 섞어버린 것이다.

내공 운용이 각기 다른 무공들을 어떻게 섞어 운용할 수 있는지도 의문이지만 왜 그런 짓을 하는지조차 알 수 없었다.

'그러니까 심마에 들었지. 아니, 심마에 들어서 이러는 건가?'

어쨌거나 거기까진 심마 때문이라고 싸잡아서 이해할 수 있었다.

한데 정신을 차리자마자 갑자기 달려가서 벽을 얼싸안고 아깝다 울부짖다니?

오황은 멍해졌다.

'심마고 뭐고, 이거 그냥 완전히 미친놈 아냐?'

이런 미친 애가 강호를 몇 번이고 들었다 놨았던 소림 최고의 기대주라는 사실을 당최 믿을 수가 없었다.

게다가 석상이 딱딱거리며 움직이는 듯한 저 이상한 몸동작은…….

그냥 가만히 보고만 있어도 소름이 돋는다.

'아! 저 녀석은 존재 자체가 부자연스러움의 결정체로구만.'

오황은 몸서리를 치며 곰곰이 생각했다.

아무래도 장건은 세상의 모든 무공을 섭렵하겠다던 홍오의 영향을 받은 모양이다.

하지만 천재인 홍오조차 결국은 자신의 꿈을 이루어내지 못했다. 하물며 그것을 저 어린 소년, 장건이 해낼 수 있을 리 없다.

이대로 두면 얼마 지나지 않아 장건은 최악의 상황으로 치달아 광인(狂人)이나 폐인이 될 게 분명했다.

'홍오를 생각하면 이부터 갈리긴 하지만, 그렇다고 자라나는 새싹을 그냥 죽으라 내버려둘 수도 없고……. 에에잉!'

그제야 소림 방장이 친필로 초청장을 보낸 내막이 이해되었다. 그것도 대외에는 전혀 알려지지 않은 사실 – 홍오가 사라졌다는 비밀 – 까지 언급해가면서 말이다.

'이제 보니 나한테 저 짐 덩어리를 맡길 셈이었구만? 이런 귀찮은 일을 공짜로 시켜먹으려고!'

방장 굉운의 속셈이 괘씸하긴 하면서도 오황은 내내 장건에게서 눈을 뗄 수가 없었다.

평소엔 귀찮은 일이 닥치면 '내가 마음이 내키지 않고 귀찮으니 하기 싫다는 뜻, 그렇다면 하지 않는 게 자연스러운 일이지.'라며 넘겨버렸다.

그럼에도 오황이 넘겨버릴 수 없는 일이 있었다. 다른 건 몰라도 부조화와 부자연스러움을 보고서는 그냥 지나치지 못했다.

일례로 부자연스러운 생활을 하고 있는 개방에 징벌의 철퇴를 내려주지 않았던가!

그러니 부자연스러움의 집합체인 장건을 보고서는 도저히 발걸음을 뗄 수가 없는 것이다!

'망할. 이 빚은 톡톡히 받아낼 테다.'

오황은 굉운의 속셈을 알아챘으면서도 어쩔 수 없이 동참해주기로 마음을 먹었다.

'이왕 하기로 한 거, 제대로 해야겠지.'

생각은 길었지만 실제 행동에 이르기까지는 짧았다. 오황은 장건의 주의를 돌리려 헛기침을 했다.

장건은 그때까지도 울상을 지으며 벽을 매만지는 중이었다.

"엇험!"

오황의 헛기침에 장건은 원망이 가득한 눈으로 그를 쳐다보았다.

어떻게든 장건을 '자연스러운 놈'으로 만들어주겠다 생각한 오황과 달리, 장건은 '이상한 할아버지' 때문에 애먼 벽을 부쉈다고 생각하고 있었다. 그 이상한 할아버지가 이제껏 작

업한 것도 망쳐놨고 말이다.

"이놈 보게? 뭘 잘했다고 눈알에 힘을 줘?"

장건이 볼을 부풀렸다.

"멀쩡한 벽이 부서져서 아깝잖아요."

"얼씨구? 그걸 네가 했지 내가 했냐? 너 괜히 나한테 뒤집어씌우려 그러지 마라. 억울하다."

"제가 언제 할아버지가 그랬다고 했나요. 그냥 아까우니까 그런 거죠."

"아까우면 이상한 짓을 하지 말든지. 아니, 그리고 그깟 벽이 대수냐? 공명검이니 뭐니 말도 안 되는 짓도 해놓고는 말이야."

장건이 눈을 동그랗게 뜨고 오황을 쳐다보았다.

"제가 공명검을 썼어요?"

"공명검을 썼으면 황당하지나 않게!"

오황이 침을 튀기며 마구 삿대질을 해댔다.

"네가 임마! 손가락으로 나를 이렇게 가리키고는 '받아라, 공명검!' 하면서 괴상한 권풍형 암기술적 지풍을 날렸잖아! 기억 안 나냐?"

"에엣? 제가 '받아라, 공명검!' 그랬다구요?"

"내가 오죽 식겁했으면 오 년 만에 처음으로 경공까지 썼겠냐?"

"하지만 받아라! 하고 소리친 적은 없는 것 같은데……."

장건은 확실히 말을 맺지 못했다. 심마에 들어 자기도 모르게 한 행동이라 기억이 가물거렸다.

"정말 그렇게 소리치지 않았다고? 확실하냐?"

"확실하지는 않지만 제가 그랬을 리가 없는 것 같은데요."

"네가 안 그랬으면 여기 구멍이 왜 났겠어!"

뭔가 말이 안 되는 듯하지만 장건은 할 말이 없다.

장건이 머리를 긁적였다.

"아무튼 죄송해요. 누굴 다치게 하려고 일부러 그런 건 아니었어요."

"죄송하면 죄송한 거지 아무튼은 뭐야, 아무튼은. 아무튼 요즘 애들은…… 에잉!"

장건이 다시 한 번 고개를 숙였다.

꾸벅.

"죄송해요."

오황이 장건을 째려보았다.

"죄송하다고?"

"예, 할아버지를 다치게 할 뻔해서 정말 죄송해요."

"이놈이 기분 나쁘게?"

"네?"

자꾸 오황이 말꼬투리를 잡는 게 이상했다. 제대로 사과하래서 했는데 왜 또 저럴까?

오황이 혀를 차며 말했다.

"너, 임마. 뭔가 오해하는 모양인데. 네가 심마에 들어서 마구잡이로 날 공격했다고 치자. 내가 그 정도도 이해 못할 좀생이로 보이냐?"

"……."

"그리고 네가 나를 다치게 하고 싶다고 할 수 있을 것 같으냐? 이놈 웃기는 놈일세. 진짜 공명검의 발끝에도 못 미치는 애들 장난 따위로 나를 다치게 할 수 있을 것 같아?"

광오함이 극에 달한 말이다.

그러나 오황을 아는 이라면 누구든 그의 말에 틀렸다고 할 수 없을 것이다. 그는 그런 말을 하기에 충분한 자격이 있는 이였다.

하지만 장건은 다른 의미로 욱하고 치밀었다.

어디서 튀어나왔는지도 모르는 사람이 다짜고짜 시비를 거는 셈이다.

도와주기는커녕 열심히 일해 놓은 것들을 엉망으로 만든 건 오황이 아닌가! 오황이 나타나지 않았다면 괜한 자극을 받아서 멀쩡한 벽을 부쉈을 리도 없고!

그래놓고도 말꼬투리를 잡아서 계속 시비를 거니 장건이라고 화나지 않을 수 없었다.

"진짜 공명검이 아닌 애들 장난으로는 안 다치신다구요?"

"당연하지. 털끝이나 상하면 내 손에 장을 지진다."

"그럼 진짜 공명검은 못 당하신다는 얘기네요?"

그 말을 듣자 말 잘하는 오황도 한순간 말문이 막혔다.
"이놈 보게? 네가 지금 나를 도발하는 거냐?"
"아뇨."
아니라고 말했다고 아닌 표정이 아니다!
"도발하는 거잖아! 니이미, 내가 만만하게 보이니까 한판 붙어보자, 이거 아냐?"
장건은 한숨을 내쉬었다.
"제가 잘못했어요. 그러니까 전 그냥 일하러 갈게요. 할아버지도 괜히 멀쩡한 벽 같은 거 파손하고 그러지 마세요."
장건이 휙 하고 몸을 돌렸다.
오황의 눈썹이 꿈틀거렸다. 기분이 단단히 상했다.
"어쭈?"
오황의 입장에서는 무시도 이런 무시가 없다.
"어딜 간다고?"
장건은 고개도 돌리지 않고 대답했다.
"바빠서요. 할 일이 많거든요."
그 말에 오황은 오 년 만에 두 번째로 다시 경공을 사용했다.
슥.
눈 깜짝할 사이에 오황이 장건의 앞을 가로막았다.
장건이 예의 보법으로 오황을 피해 지나가려 했다. 그러나 오황은 길을 비켜주지 않았다. 어찌나 귀신같은지, 장건이 걸음을 옮기려고만 하면 이미 그 방향을 선점하고 있었다.

 장건은 할 수 없이 걸음을 멈추었다.

 "왜 이러세요!"

 오황이 괴상하게 일그러진 얼굴로 능글능글하게 다시 물었다.

 "어딜 간다고?"

 "일하러요."

 "무슨 일?"

 "할아버지가 부순 벽도 고쳐야 하고, 연등도 만들어야 되고, 할 일이 많아요."

 오황이 어이가 없어 와 하고 크게 웃었다.

 "하하하하! 크하하하하!"

 "왜 웃으세요?"

 오황은 정말로 어이가 없었다. 웃다가 흘린 침까지 닦아야 했다.

 "큭큭, 낄낄낄."

 한참이나 웃던 오황이 장건을 보고 말했다.

 "이상하다 이상하다 했지만 그 말마저도 이상하구나. 네가 무슨 머슴이냐? 일꾼이냐? 그런 일을 네가 왜 해?"

 "……"

 장건은 대답을 않고 가만히 있었다.

 "야, 임마. 오대세가, 십대문파를 다 가봐라. 거기의 어떤 제자가 궁상맞게 앉아서 연등을 만들고 벽을 고치는지. 그런 건 일꾼들을 불러서 하는 게지, 문하 제자가 할 만한 일은 아니란 말이다."

장건이 뚱하게 대답했다.

"전 안 가봐서 몰라요."

"쯧쯧."

오황은 혀를 찼다.

"소림 돌아가는 꼬락서니가 왜 이래? 업둥이를 집어왔어도 이리 팽개치지는 않겠구만."

아무리 최근에 험한 일을 겪었다지만, 천하의 소림이 아닌가! 무엇이 옳고 그른지는 당연히 알 것이다.

그런데 자파의 기대주를 잡역에 부려먹는다? 하루 열두 시진을 모두 무공 수련에 쏟아부어도 모자랄 마당에?

지금 이 순간에도 경쟁 문파들의 제자들은 피땀을 흘리며 무공에 매진하고 있을 것인데 말이다.

오황은 사태의 심각성을 느끼고 있었다. 그냥 두고 볼 일이 아니었다.

"대체 네게 이런 일을 하라고 시킨 놈이 누구냐?"

"……."

"말해보라니까? 누가 네게 이런 일을 하라 시키든? 보아하니 하루 이틀 한 것도 아닌 것 같구만. 저 밖에 피안교와 금강문의 동상도 다 네가 한 일 아니냐? 오다 보니 온갖 탑이며 벽화며 죄다 네 손이 닿은 것 같던데?"

장건이 묵묵부답이자 오황이 다그쳤다.

"말해보라니까? 누가 네게 그런 잡일을 하라 시키더냐?"

"제가……."

"응?"

"제가 좋아서 하는 거예요. 시킨 사람 없어요."

"나 참, 사람 황당하게 만드는구먼."

장건이 볼을 부풀렸다.

"제가 할 수 있는 일을 하는 거예요. 대사형도 그렇게 말해 줬어요. 제가 할 수 있는 것부터 하라구요."

오황은 장건이 말하는 대사형이 누구인지 알고 있었다. 속가제자가 대사형이라 부르는 무자배라면 한 명뿐이다.

"무진이? 그 녀석이라면 내가 몇 년 전에 호남의 관제묘에서 중독되어 다 죽어가는 걸 살려준 적도 있다. 누구보다 강호의 험난함에 대해 잘 아는 놈이 너한테 이딴 잡일이나 하란 말을 했을 리가 없어."

"그래도 노는 것보단 낫잖아요."

"놀아?"

"네. 아무것도 안 하고 가만히 있는 것보다는 낫잖아요."

오황이 기가 차서 소리쳤다.

"내 평생에 소림의 제자가 할 일이 없어서 논단 소리는 처음 들어본다!"

장건은 당연하다는 듯 대꾸했다.

"그래서 저도 안 놀려구요."

"오오오! 이놈 보게나!"

오황은 머리칼을 손으로 마구 헝클었다. 장건의 사고방식이 어떻게 된 것인지, 아니면 자기가 잘못된 것인지 헷갈릴 지경이었다.

"넌 임마, 무인이야, 무인. 무인이면 무인답게 무공을 갈고닦아야지. 왜 무인이 잡부 노릇을 해? 하루 열두 시진을 정진해도 대성할 수 있을지 없을지 모르는 마당에 논다는 말이 어떻게 나와!"

"……무인."

무인이라는 한마디를 읊조리듯 되뇐 장건이었다.

장건의 표정이 조금씩 어두워지더니 이내 시무룩하게 변했다.

왜일까?

이 우울한 기분은.

언제부터였더라…….

이토록 많은 사람들 가운데에서 자신만 유독 동떨어져 있다는 느낌을 받게 된 것은.

　- 부럽다, 건아. 나도 너처럼 무공이 셌으면 좋겠다.
　- 건아, 내 무공 좀 봐줘.

― 장 소협, 비무를 청하오.

 장건은 갑자기 사방에서 들려오는 듯한 환청에 머리가 아파 왔다.
 무공무공무공무공…….
 이 세계는 처음부터 끝까지 모든 것이 무공에 초점이 맞추어져 있었다. 관심사도 오로지 무공뿐이었다.
 강함과 약함을 구분하는 게 당연시되고, 강한 자가 더 많은 것을 누리고…… 약자는 참아야 하고……. 물론 그것 역시 무력이 기준이었다.
 '아아!'
 장건은 잊을 수가 없었다.
 검성!
 소림사에 와서 엄청난 피를 부른 검성에게 어느 누구도 잘못을 묻지 않았다.
 홍오가 폐인이 되어 사경을 헤맸는데도 아무도 검성에게 사과하라 하지 않았다. 당연히 검성도 홍오를 찾아와 사과하지 않았다.
 그런데도 사람들은 검성을 칭송했다.
 그의 무공을 찬양하고 행적을 기렸다.
 어떻게 이런 일들이 대명천지에 버젓이 일어나는가. 어떻게 아무렇지 않게 시퍼런 칼날을 휘두르며 사람을 해하는가.

그 이전에 청성일검 풍진도 장건을 보자마자 칼질을 해댔다. 그런데 장건이 죽지 않고 살아났다는 이유로 사람들이 대단하다 칭찬하고 있었다.

강하다는 것만으로 면죄부를 얻는다.

정말 말도 안 되는 상황들이었다.

그런데 그렇게 생각하는 것은 장건뿐인 듯했다.

상대가 칼을 들면 같이 칼을 들든가 하지, 놀라 도망가는 사람은 아무도 없었다. 어떤 때는 사람을 잘 다치게 했다고 칭찬하고, 어떤 때는 졌다고 수군거리고…….

이해할 수 없는 세상.

그곳에서 장건만이 다른 세계의 사람처럼 겉돌고 있었다.

무공을 배우는 건 즐거웠지만, 끔찍하게 질리는 것도 다름 아닌 무공이었다.

무공을 익히는 건 즐거웠지만, 싸우는 건 즐겁지 않았다. 싸우지 않아도 얼마든지 무공을 익힐 수 있었다. 하지만 사람들은 그런 길을 외면하고 있었다.

장건은 외로웠다.

하루라도 빨리 집으로 돌아가고 싶었다.

보자마자 칼질하는 살벌한 곳이 아니라 평범하게 살아갈 수 있는 세상으로 돌아가고 싶었다.

이 년도 채 남지 않았는데, 그 이 년이 아득히 멀기만 했다.

그래서 필요했다.

절대적인 자유!

이 모든 것으로부터 벗어날 수 있는 극한의 자유!

그리고 그러한 자유를 얻기 위해서는 바로 공명검이 필요했다.

검성이 그러했던 것처럼, 장건도 공명검을 원할 수밖에 없었다…….

그럼에도 불구하고, 장건은 공명검을 얻어야 하는 이유가 꼭 그것이라고 단정할 수만도 없었다.

왠지 모르게 강해지고 싶은 자그마한 욕망. 그 또한 무시할 수 없었다.

그래서 오황의 말에 더욱 가슴이 울컥했는지도 몰랐다.

– 무인이면 무인답게 행동해!

나는 무인인가?

나는 무인이 되고 싶은가?

장건은 스스로에게 질문을 던져도 대답할 수 없었다.

무인이되 무인이 아닌 이상한 상황에 있는 게 바로 자신이었다.

이제는 이런 현실을 더 이상 마주하고 싶지 않았다.

마음은 고통스럽고 몸은 피폐해져가는 것만 같다.

장건은 우울한 마음에 고개를 떨어뜨리고 조그맣게 되뇌었다.

"집에…… 가고 싶어……."

조그만 소리였지만 오황이 듣지 못할 리 없었다.
장건의 혼잣말을 들은 순간 오황은 마음이 울컥했다.
'이 망할 놈.'
아무리 무공이 뛰어나도, 아무리 강호에 명성이 자자해도 결국 아이는 아이일 뿐이다.
철이 들기도 전부터 산에서 십수 년을 넘게 살아온 아이라면 더 그러하다.
특히나 집에 가고 싶다는 한마디는 지금 장건의 처지를 단적으로 표현하는 것이었다.
오황도 모르는 바가 아니다.
현재 소림의 상황을 보면 장건이 얼마나 구반상실(狗飯橡實: 개밥의 도토리)에 고립무원(孤立無援) 같은 신세인지 알 수 있는 것이다.
당장에 등 뒤에 매고 있는 천으로 둘둘 싼 검, 소요매화검만 보아도 그러하다.
대외적으로 장건은 소림의 속가제자면서 검성에게 검법을 사사한 몸. 비록 단 한 번의 검무뿐이었다고 하더라도 검성이 인정하여 화산의 보검을 주었으니, 장건은 화산 검공의 맥을 잇고 있는 셈이다.

그것이 장건이 심마에 든 채 소림에서 방치되고 있는 가장 큰 이유일 것이다. 장건에게 도움을 줄 수 있을 만큼 능력 있는 무인이 없다는 건 부차적인 문제다.

아마도 소림의 일각에서는 장건이 심마를 벗어나지 못하고 무너지기를 원하고 있는지도 모른다. 화산의 이름만 높여주느니 그냥 없어지는 것이 낫다고 생각하는지도 모른다.

그러니 방장 굉운이 그 꼴을 보다 못해 굳이 외부인인 오황을 끌어들이려 한 것일 테고.

'못된 중놈들 같으니.'

오황은 불쾌함을 감추지 못했다.

사정이야 어찌되었든 아이를 아무렇게나 방치하고 있다는 사실이 마음에 들지 않았다.

새삼 외부인인 자신을 부른 방장의 선견지명에 감탄을 해야 할 판이다.

오황은 기운 없이 어깨를 축 늘어뜨린 장건을 쳐다보았다.

'쯧쯧, 네놈도 참 고달픈 삶을 사는구나.'

생각해 보면 참 불쌍한 아이다.

강호에서 살벌하기로 두 번째 가라면 서럽다는 청성일검이 찾아와 칼을 날렸지…… 소림 대몰살이 될 뻔한 독선의 하독 사건도 있었지…… 검왕하고도 시비 붙었지…….

거기에 소림에서 전폭적인 지지를 받는 것도 아니고, 외면 받고 동떨어진 쓸쓸한 신세.

장건 자신이 어떤 처지인지 명확하게 인지하지는 못한다 하더라도 충분히 피부로 느끼고 있을 터였다. 그러니 집에 가고 싶다는 말이 나오는 것일 게다.

'오죽했으면 애 입에서 집에 가고 싶단 말이 나와!'

오황은 콧김을 큥 하고 내뿜었다.

"안 되겠다!"

장건이 놀라서 오황을 쳐다보았다.

"네?"

"아이는 아이답……."

갑자기 오황이 장건을 보고 물었다.

"너, 몇 살이지?"

"열여섯요."

오황이 말을 계속했다.

"아무튼! 열여섯이면 이제 아이라고 부를 수도 없는 나이지만, 그래도 애들은 애들다워야 한다는 게 나의 신조다."

장건은 뻘쭘한 얼굴로 오황을 바라볼 뿐이었다.

"할아버지의 신조와 제가 무슨 상관이 있는데요?"

"애가 애 같지 않으면 자연스럽지 않으니까."

"그러니까 그게 저와 무슨 상관인데요? 전 오늘 할아버지도 처음 보는데요."

"상관이 있게 될 거다."

"……없는 거 같은데요."

"이제 있게 될 거라니까?"
"이제 어떻게요?"
오황이 씩 하고 웃었다.
"이렇게."
말이 끝나기가 무섭게 오황이 손을 들었다.
손가락 끝의 공간이 일그러지며 심하게 울렁거렸다.

* * *

"후음……."
낮고 긴 한숨이 원호의 입에서 흘러나왔다.
어깨가 뻐근하고 고개가 절로 떨어질 만큼 목도 무겁다.
북해빙궁 고위급 인사의 내방이라는 문제도 당혹스럽기는 하다. 오랜 기간 적대관계였던 상대, 그것도 강호에서는 사마(邪魔)로 불리며 상종조차 꺼려지는 이가 소림을 방문하는 것이다.
어떤 의도를 가지고 소림을 방문하는지 감을 잡을 수 없을뿐더러, 어떻게 맞이해야 하는지조차 막막할 지경이다.
그러나 원호가 힘들어하는 것은 정작 북해빙궁의 문제가 아니다. 그것은 그저 일부에 불과하다.
총체적으로 그의 어깨를 짓누르는 것은 바로 '부담감'이라는 한 단어다.

이제 원호는 방장이 된다. 그것은 곧 북해빙궁이든 굉목의 문제든, 소림사의 정책 전반에 걸쳐 그가 모든 대소사(大小事)에 책임을 져야 한다는 뜻이다.

아무도 자기 대신 책임을 져주지 않는다. 최종 결정 또한 그가 내려야 한다. 하지만 그것이 곧 소림과…… 나아가서는 강호 무림의 안녕에 직결된 거대한 결정이 되는 것이다.

보통의 책임감으로는 할 수 없는 일이다.

"어렵구나."

원호는 탄식 아닌 탄식을 하며 어깨를 꾹꾹 눌렀다.

방장이란 자리가 쉬울 거라고는 생각하지 않았다. 그러나 숨조차 제대로 쉬지 못할 정도의 압박감에 시달릴 줄은 몰랐다.

원호는 혼잣말로 물었다.

"사백은 어떻게 이런 부담감을 견디셨습니까?"

공허한 목소리가 집무실을 흘러 다녔다.

새삼 대단하다는 생각이 든다. 굉운뿐 아니라 방장을 역임한 모든 조사들이…….

굉운도 말은 안 했지만 이렇게 힘들었을 터인데, 그런데 원호는 그런 굉운의 마음을 알지도 못하고 원자배들을 선동하여 그런 굉운을 더 힘들게 만들지 않았던가.

미안한 마음에 앞서 존경스러운 마음부터 든다.

"사백께선 제가 할 수 있다 하셨지만, 저는 자신이 없습니다. 저는 그렇게 대단한 사람이 아닙니다."

하도 답답하고 힘이 들어 최근에는 공양까지 걸렀다. 며칠을 굶었더니 공양간의 굉료가 직접 댓잎으로 싼 밥을 들고 원호를 찾아오기까지 했다.

굉료는 다짜고짜 밥을 탁자 위에 놓으며 말했다.

"쯧쯧, 얼굴이 많이 상했구먼. 사람이 아무리 바빠도 끼니는 거르지 말아야지. 우리가 하루 대여섯 끼 먹는 것도 아닌데 그것마저 사치라고 굶으면 되겠나? 내공으로 버틸 수는 있어도 그건 그냥 말 그대로 버티는 거지. 우리네 삶의 활력은 음식을 먹어야 나오는 거라네."

소탈한 얼굴의 굉료를 보니 원호는 샘까지 나려 했다. 그런 자신의 마음을 깨닫고 절로 머쓱해졌다.

굉료가 진지한 표정으로 말했다.

"잔소리라고 생각해도 할 수 없지만, 큰일을 할 사람은 자신의 몸부터 챙겨야 하네. 자신의 몸조차 돌보지 못하는 사람이 어떻게 큰 뜻을 펴겠는가?"

"사숙님 말씀이 옳습니다. 제 생각이 짧았습니다."

"이런 말을 들으면 기분이 나쁠지도 모르겠네만, 세속에도 자네와 같은 고민을 하는 이들이 아주 많다네."

"예?"

원호는 이해하기 어렵다는 눈으로 굉료를 보았다.

소림 방장이라는 중차대한 자리를 어떻게 세속의 일과 비교

할 수 있을까?

"저와 같은 이가 한두 명도 아니고 아주 많다구요?"

"아주 많지."

굉료가 슬쩍 미소를 머금었다.

"자넬 곯리려는 생각이 아니니 그냥 대답해줌세. 바로 혼인이란 커다란 문제를 앞둔 남자들이 그러하다네."

"네에?"

이 무슨 황당한 말인가!

굉료는 원호가 묻기도 전에 이유를 설명했다.

"보통의 민초들은 부자들처럼 일찍 혼인을 하지 못하고 비교적 뒤늦게 하네. 즉, 혼인은 부모의 품에서 벗어나 독립해야 하는 시기이기도 한 것이지."

"그게 어떻게 저와 같단 말씀입니까?"

약간은 삐친 투인 원호의 말에 굉료는 껄껄 웃었다.

"혼인을 앞둔 남자들은 엄청난 부담감에 시달린다네. 가정을 이루고 처자식을 부양하는 게 어디 쉬운 일이겠는가? 몇 개로 늘어난 입을 먹여 살리는 것이 온전히 자신의 책무가 된단 말일세. 자신이 잘못하면 가족들 모두가 쫄쫄 굶게 되니 그 무게라는 것이 보통이 아니라네. 하늘이 땅에 붙은 듯 갑갑하고 밤에는 잠도 오지 않아 망연하기만 하고."

원호는 어이가 없어 '허허' 하고 웃을 수밖에 없었다.

"그뿐인가? 혼자일 때처럼 이 처자 저 처자를 마음대로 만날 수도 없네. 총각 때처럼 밤새 노름판에서 친구들과 굴렀다 간 며칠 동안 바가지를 긁힐 걱정부터 해야 되는 게지. 그래서 혼인 날짜가 다가오면 달아날 생각을 하는 이들이 적지 않다네."

"사숙님 말씀을 이해하기 어렵습니다. 그것이 어떻게 제 일과 같을 수 있단 말씀입니까……."

차마 그깟 일이 대소림의 방장보다 중요하다고는 말할 수 없었다.

"왜? 아니라고 생각하는가?"

"그건……."

"사람들은 누구나 자신의 세계가 있다네. 그건 누가 정해주는 것도 아니고, 다른 누가 크기를 가늠해줄 수 있는 것도 아니라네. 남들이 보기엔 아무 일도 아닌 것 같지만 본인에게는 그것이 세상의 전부일 수도 있는 것이라네."

원호는 이해했다.

방장이란 자리도 밖에서 보는 것과 안에서 겪는 건 분명 다르지 않은가.

"자네가 침식마저 잊고 오로지 '걱정'을 '걱정'하는 것처럼 말일세. 자신의 세계란 그런 것이지. 민초들이라고 그렇지 아니하겠는가? 생각해 보게. 전전긍긍한다고 혼인을 안 할 겐가? 인륜을 거스르고 평생을 홀로 살 텐가?"

"으음……."

걱정을 걱정한다는 굉료의 말이 틀리지 않다.

원호는 문제를 해결하기 위한 발전적인 고민에 빠져 있던 게 아니었다. 아직 닥치지도 않은 일을 미리 걱정하며 그저 기우(杞憂)에 빠져 있던 것이다.

원호는 고개를 수그렸다.

"부끄럽습니다. 제 수양이 아직도 많이 부족합니다."

욕을 먹어도 할 말이 없는 일이었다. 수십 년을 정진하고 심신을 닦은 승려임에도 결국은 범인(凡人)의 번뇌 수준을 뛰어넘지 못했으니.

굉료가 고개 숙인 원호를 지그시 바라보았다.

"말은 이렇게 했지만 나 역시 소림의 방장 자리가 얼마나 힘든 것인지 알고 있다네. 소림의 누군들 그러하지 않겠나!"

"저는 범인이 틀림없나 봅니다. 방장 사백의 반이나 좇을 수 있을지 모르겠습니다."

"자네가 그렇게 대단하다 생각하는 방장 사형이 말일세. 사실은……."

굉료가 '험험!' 하고 헛기침을 하더니 원호에게 얼굴을 가까이 가져다 대고 조심스레 말했다.

"진산식 전날에 날 찾아와서 하도 푸념과 하소연을 해대는 바람에 내 숨겨두었던 곡주(穀酒)까지 털어야 했다네."

"예엣?"

굉운이 술을 마시다니!

"쉿! 목소리가 너무 크네."

이 놀라운 사실에 원호는 자기도 모르게 불호를 외고 말았다.

"아미타불. 몰랐습니다. 그런 일이 있었을 줄은……."

"해탈하기까지 삶은 번뇌의 연속이라네! 그건 아무리 득도한 고승이라 할지라도 마찬가지지. 살아 있는 동안은 누구도 번뇌에서 벗어날 수 없으니, 현명한 자는 새로운 번뇌를 맞이할지라도 현재의 번뇌에 굴하지 않는 법일세."

"사숙……."

원호는 가슴 한 부분이 따뜻해지는 것을 느끼며 굉료의 법명을 중얼거리듯 외웠다.

굉료가 머쓱하게 웃었다.

"하하! 이거, 내가 괜히……. 원래는 이런 얘기를 하러 온 게 아니었는데."

굉료는 민머리를 긁적이다가 그제야 본론을 말했다.

"방장 사형이 북해 문제까지 자네에게 넘겨버린 걸 알고 있네. 어떻게 할 생각인가?"

원호가 곤란한 얼굴로 대답했다.

"아직 모르겠습니다."

"흐음, 어려운 문제지. 그간 강호 무림과 척을 지고 살아온 북해빙궁이 수십 년 만에 강호에 모습을 드러냈으니, 단순히 진산식의 손님으로 받아들일 수는 없겠지. 그들의 의중을 파악하는 것은 둘째로 치더라도, 제대로 된 대처를 해야 할 걸세. 그것도 아주 빨리."

원호는 무언가 자신이 놓친 것이 있다는 걸 깨달았다. 지금으로 결정할 문제라면 단순한 대접 차원에서의 대처를 말하는 게 아닌 모양이다.

"고견을 들려주십시오."

굉료가 조심스럽게 말했다.

"내 좋지 않은 얘기를 들었는데, 북해빙궁에서 본사에 찾아온다는 소문이 강호에 슬슬 흘러나오고 있다 하네."

"예상은 했습니다. 보는 눈이 한둘이 아닌데 그들의 이동 경로를 보면 모를 수는 없겠……."

흠칫.

원호는 말을 하다 말고 스스로 놀랐다. 굉료의 말에 담긴 어감이 미묘했다. 강호에 소문이 퍼지는 것은 당연한 일, 그러한 일을 굳이 굉료가 찾아와 얘기할 필요는 없지 않겠는가!

분명히 백의전에서 올라온 셀 수 없이 많은 보고 중에 사절단의 위치가 노출되어 소문이 나돈다는 정보를 본 적이 있는 것 같았다.

원호는 불현듯 떠오르는 생각이 있었다.

"설마! 사절단의 안위가 걱정되시는 겁니까?"

굉료가 한순간에 자신이 한 말의 의미를 알아챈 원호에게 적이 놀라며 고개를 끄덕였다.

"그래. 아직까지는 징후가 없으나 불미스러운 생각을 가진 무리들이 나타날 것 같네."

"이런……. 보고는 보았으나 미처 거기까지는 생각을 하지 못하였습니다."

"사실상 이 같은 일 또한 처음인지라 다른 전주들도 자네와 마찬가지로 허둥대고 있다네. 백의전주도 정보수집에만 열을 올리지 이런 생각은 못했더군."

"허어!"

"방장 사형도 참 못된 사람이야. 분명 방장 사형은 알고 있을 게 뻔하거든. 같이 늙어가는 처지에 왜 굳이 모른 척하고 있느냔 말이지, 에잉."

"아닙니다. 제가 모자란 탓입니다."

원호는 자신의 부족함을 스스로 꾸짖으며 물었다.

"외람되오나 사숙께서는 그 얘기를 어떻게 들으셨습니까? 필요하다면 좀 더 조언을 얻고 싶습니다."

"제갈가의 사람에게 들었네."

"예?"

난데없이 제갈가라니?

"그 왜 있잖은가. 건이를 졸졸 쫓아다니던 아이. 제갈가의 전 가주가 병환이 깊어졌는데도 돌아오지 않아 직접 가문에서 데리러 왔더군. 마침 잘됐다 싶어 만나고 왔네. 알다시피 제갈가는 본사와 오랜 시간 좋은 관계이지 않은가."

"아!"

제갈가는 지모로 유명한 가문이다. 진법과 책략으로 일가를 이루었다. 책략이 뛰어나다는 것은 강호의 정세를 읽고 정보를 분석하는 능력 또한 뛰어나다는 뜻이다.

그런 제갈가에서 한 말이니 괜한 소리는 아닐 터다.

원호가 굉료를 보고 깊이 감사의 반장을 했다.

"지금 당장 준비를 해야겠습니다. 깨우쳐 주셔서 감사합니다."

"그럼 나는 이만 돌아가겠네. 몸 챙기는 것 잊지 말고."

"알겠습니다."

굉료가 집무실을 나가기가 무섭게 원호는 의자에 앉아 생각을 정리하기 시작했다.

북해빙궁이 소림으로 오고 있다…….

그들을 어떻게 맞이해야 할지에만 골몰하고 있다 보니 그보다 더 중요한 사실을 놓치고 말았다.

소림이 아니라 강호 무림의 반응을 먼저 생각했어야 했던 것이다!

북해빙궁과 강호 무림은 어떤 관계인가?

단 한마디로 사이가 정리되는 관계다.

적.

비록 마지막 칼부림을 한 것이 수십 년 전이라고는 하나, 수백 년이나 은원을 쌓아온 적이다.

무림의 은원은 천년을 우습게 여기는 법.

북해빙궁과의 싸움에서 사문의 제자와 사형제들을 잃은 이들의 은원은 이루 헤아릴 수 없다. 그들은 북해빙궁이 중원에 발을 들였다는 소문만으로도 눈에 불을 켜고도 남을 터.

원호는 침음을 흘리고 말았다.

"바보같이…… 왜 그 생각을 못 했을까. 북해빙궁 사절단의 안위를 가장 먼저 따져야 했는데."

그렇다. 중요한 것은 사절단을 어떻게 맞이하느냐 하는 게 아니었다.

그들이 소림까지 무사히 올 수 있을는지, 그게 문제였다.

예전에는 아무리 사마외도의 무리라 할지라도 소림으로 오는 손님이라면 언감생심 건드리려 하지 못했을 것이다.

그러나 지금은 사정이 다르다. 소림의 위상이 날로 추락하여 일반 무인들조차 소림의 경내에서 목소리를 높인 사건들이 있지 않았는가!

어떻게 하면 소림에 흠집을 낼 수 있을까 하고 호시탐탐 기회만 엿보는 무리들이 이런 기회를 놓칠 리 만무하다.

소림에 손님으로 찾아온 북해빙궁의 사자가 도중에 해코지라도 당한다면?

소림의 입장이 난처해지는 것은 물론이요, 강호의 뭇 사람들이 소림을 우습게 여길 것이 분명하다. 손님이 나쁜 꼴을 당하는 것이야말로 집주인에게는 크나큰 치욕이므로.

강호의 순리에서 첫 손가락에 꼽는 것이 복수다.

대의명분도 있겠다, 변명거리도 있겠다. 소림을 침몰시키기에 이만한 기회는 없는 것이다.

그것뿐만이 아니다.

누구인지는 알 수 없으나 북해빙궁의 사절단에는 고위 관계자까지 있다 했다. 그가 만에 하나 변이라도 당한다면 북해빙궁과의 마찰은 필연적으로 생기리라.

그것이 이제껏 잠자코 숨죽여 지내던 북해빙궁과의 전면전으로 벌어질 수도 있다.

싸움은 두렵지 않으나 소림은 싸움의 빌미를 제공하도록 그저 이용만 당하게 될 뿐이다. 만일 싸움에 이긴다 해도 소림은 아무것도 얻을 수 없는 것이다.

"시기가 좋지 않아……."

최근 우내십존의 은퇴설이 나도는 와중이다. 바야흐로 강호의 구도가 재편성되는 중대한 기로에 서 있는 시점이다. 그동안 숨죽이고 있던 많은 무인들이 서로의 실력을 뽐내기 위해 대거 강호로 쏟아져 나올 것이며, 각 문파의 세력 싸움도 치열해질 것이다.

어떻게든 자신을 드러내어야 하는 이들에게 북해빙궁과의 전쟁은 오히려 바라 마지않는 일이 될 터였다.

어쩌면 그간 힘을 비축하고 웅크리던 북해빙궁 역시 그 같은 사태를 노리고 있는지도 몰랐다.

사안의 중대함이 피부로 와 닿는다.

소름이 쭉 끼쳤다.

"그렇게 돼서는 안 된다. 소림이 먹잇감으로 전락하도록 만들 수는 없어."

원호는 이를 악물었다.

"내가 이러고 있을 때가 아니지."

북해빙궁의 사절에게 호위를 붙여야 한다.

그것이 가장 급선무다.

누구를 보내야 할까.

원호가 몇몇을 손꼽아 보고 있는데.

"사백님!"

갑자기 무자배의 승려 한 명이 헐레벌떡 원호의 집무실로 들어왔다.

"무슨 일이냐?"

"오황께서……."

"본사에 드셨다는 얘기는 들었다. 그 얘기로 호들갑을 떠는 것이냐?"

"아닙니다. 그게 아니고……."

왜였을까?

원호는 뒷말을 듣고 싶지 않았다. 더구나 그 뒤에 나올 말을 알 것 같은 착각까지 들었다.

툭 하고 말이 튀어나왔다.

"건이냐?"

"예? 예. 오황께서 건이를 만났답니다."

"건이!"

부들!

그 이름을 듣자마자 갑자기 손이 떨렸다.

"말하지 마라."

"네?"

보고를 하러 온 승려가 더 당황했다.

"하, 하지만 말씀을 드리지 않으면……."

듣기 싫다고 듣지 않을 문제가 아니었다.

원호가 진저리를 치며 한숨을 내쉬었다.

"아니다. 말해봐라."

"오황께서 본사의 기물을 마구 파손하셨는데……."

"뭣이? 오황께서 왜 본사에서 난동을 부리셨단 말이냐! 아니다. 건이를 만나서 어떻게 되었느냐? 그것부터 들어야겠다!"

"뛰고 계십니다."

"응?"

잠깐 동안 원호는 승려의 말을 곱씹어보아야 했다. 무슨 말인지 알 수가 없었다.

"뭐라고?"

"뛰고 있습니다. 오황과 건이가……."

"뛰긴 뭘 뛰어! 오늘 처음 본 사람들끼리 뭘 어떻게 했기에 다짜고짜 뛰어! 그게 무슨 말이야!"

무슨 일인지 종잡을 수가 없었다. 도대체가 장건만 끼면 뭐가 어떻게 되어가는 것인지 상상도 할 수가 없다.

뛴다는 게 도대체 무슨 말이란 말인가!

원호는 미칠 것 같은 심정이 되었다.

"됐다! 내가 직접 가봐야겠다."

원호는 자리를 박차고 일어섰다.

어쨌거나 그에게 주어진 일.

회피할 수 있는 일도 아니고 이미 익숙한 일이다. 이제는 마음 한구석에서 피어오르는 불안감에 친숙함마저 느껴진다.

그것이 절대로 좋은 일은 아니겠지만 말이다.

"으으으, 장건 이놈."

원호의 얼굴이 파르르 떨렸다.

당장에 닥친 일만 해도 버거운데 장건, 장건! 그놈의 장건이 늘 문제였다!

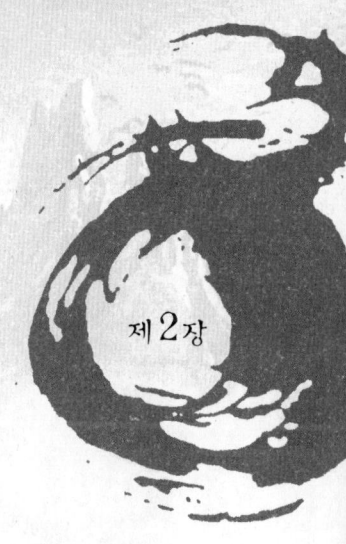

제2장

니가 사람이냐

 난리가 났다는 화승당까지 원호가 급히 걸음 했을 때에는 많은 사람들이 모여 있던 차였다.
 일하던 일꾼들은 물론 승려들까지 백여 명이 모여 웅성댔다.
 굉운도 막 도착했는지 자리를 잡고 있었다.
 "왔는가?"
 여유 있게 인사를 건네는 굉운이 왠지 얄미운 원호였다.
 원호는 애써 마음을 추스르며 물었다.
 "대체 무슨 일입니까?"
 "보면 알지 않나."
 굉운이 눈짓한 곳은 사람들의 시선이 모두가 쏠려 있는 화승당의 너른 마당이었다.

거기에는 일로일소가 탑이 놓인 마당을 빙 둘러 원을 그리며 뛰고 있었다. 그것이 장건과 오황임에는 틀림없는데, 그 모습이 참으로 우스꽝스러웠다.

오황은 한 걸음을 내디딜 때마다 둥실 하고 구름 위를 노닐 듯 앞으로 날아가고, 장건은 거의 미동도 없이 빙판 위를 미끄러지듯 나아가는 형국이다.

그렇게 오황이 장건을 뒤쫓는다.

'이게 뭐야!'

정말 뛴다.

뛰고 있다.

뛴다는 게 무슨 말인가 했더니, 그냥 말 그대로 뛰고 있다!

기괴하게 뛰기 대회라도 한다면 일, 이등을 두고 앞다툴 만했다.

'도대체 왜 여기서 저리 이상한 짓들을 하고 있는 거야!'

원호는 차마 소리까지는 지르지 못하고 속으로만 비명을 질러댔다.

그런 원호의 속마음을 알았는지 굉운이 껄껄 웃었다.

"얼굴 좀 펴게. 재미난 구경을 하고 있는데 그렇게 정색을 하면 쓰겠나."

"제가…… 지금 웃게 생겼습니까? 대관절 왜 저런 이상한 행동들을 하고 있는 거랍니까? 장건이야 그렇다 치더라도 오황 선배까지 이런……."

"아, 오황 선배가 화난 모양이네."

그때 장건이 소리쳤다.

"왜 이러시는 거예요!"

오황도 소리쳐 대꾸했다.

"그만 도망가고 어서 이리 오지 못해?"

"싫어요!"

둘의 대화에 원호는 더 당황했다.

'뭐냔 말이다, 뭐냐고!'

오황은 장건을 뒤쫓다가 문득 고개를 돌려 굉운과 원호를 보았다.

걸음은 멈추지 않은 채였지만 굉운이 먼저 인사를 건넸다.

"나무아미타불. 오랜만에 뵙습니다. 별래(別來)에 무양(無恙)하셨는지요."

오황도 손을 들어 흔들었다.

"아, 방장 대사. 사람이 살다 보면 이런 일도 있고 저런 일도 있고 그러는 건데 내내 별래무양하면 억지스럽지. 그냥저냥 잘 지냈다네."

"허허, 그러셨군요. 한데 건이와는 벌써 안면을 익히신 모양입니다?"

"이런 망할, 자네의 못된 꾐에 넘어가서 이 고생이잖은가!"

굉운이 말없이 웃었다.

오황은 여전히 걸음을 멈추지 않은 채 말했다.

"할 얘기가 많긴 한데, 그건 나중에 다시 하기로 하고. 나 애 좀 빌려가겠네."

굉운이 아니라 원호가 놀라서 되물었다.

"넷? 뭘 빌려가신다구요?"

그러나 굉운은 고개를 끄덕였다.

"그리하십시오. 하지만 건이가 제 말을 들을지 모르겠습니다."

뛰고 있던 장건이 소리쳤다.

"방장 대사님! 원호 사백님! 이 할아버지 좀 말려주세요!"

오황이 장건을 향해 버럭 소리를 질렀다.

"시끄럽다, 이놈아! 지금 네놈을 빌려가겠다는데 방장이 허락하는 거 못 들었느냐!"

장건이 울 듯한 표정으로 굉운을 쳐다보았다.

"방장 대사님……."

굉운은 웃으며 말했다.

"오황 선배는 강호의 큰 어른이시며 존경받는 무인이시다. 하지만 네가 따라가기 싫으면 따라가지 않아도 좋다."

오황이 울컥해 외쳤다.

"방장 대사! 나중에 나한테 혼 좀 날 테니까 그런 줄 알고 있어!"

굉운은 여전히 웃는 채였다.

"알겠습니다. 기다리고 있겠습니다."
원호가 어이가 없어 조그만 소리로 굉운에게 물었다.
"뭐하시는 겁니까?"
굉운이 장건과 오황에게서 시선을 떼지 않으며 대답했다.
"이 방법이 서로를 가장 빨리 알 수 있는 길인 듯해서 말일세."
원호는 한숨만 푹푹 내쉬었다.

* * *

장건은 기가 막혔다.
상관이 있을 거라고 말하자마자 갑자기 오황이 장건을 향해 손을 쓴 것이다.
그냥 평범한 수법도 아니었다.
손을 쓱 내미는데 한순간에 소름이 쭉 끼쳤다. 본능적으로 몸을 피했더니, 장건이 서 있던 공간에서 '퍅!' 소리가 났다.
동상을 부수었을 때 쓴 그 수법이다. 장풍을 쏘는 것도 아닌데 마치 공명검처럼 공간을 격하고 공격이 이루어지는 것이다.
만약 그 수법을 한 번도 보지 못했다면 피하는 것조차 불가능했을지 몰랐다.
"어쭈?"
벼락같은 속도였는데도 장건이 아슬아슬하게 공격을 피해

내자 오황은 눈가에 힘을 주었다.

사실 장건을 괴롭히거나 다치게 할 생각은 아니었다. 그저 점혈을 해서 움직이지 못하게 한 후 보따리처럼 짊어지고 갈 생각이었다.

좋은 말로 따라오라고 해봤자 바쁘다고 안 따라올 게 뻔했으니 말이다.

한데 민망하게도 장건이 오황의 한 수를 피해낸 것이다. 강호에서 자신의 기습적인 수를 피해낼 수 있는 이가 몇이나 될까 생각해 보면 다소 당황스럽기까지 한 일이다.

"야, 임마! 안 아프게 할 테니까 그냥 가만히 있어!"

"싫어요. 할아버지 같으면 가만히 있겠어요?"

"그럼 그냥 조용히 나 따라갈래?"

당연히 장건은 생각할 필요도 없다는 투로 대답했다.

"그것도 싫은데요?"

"그럼 어쩔 수 없지!"

오황이 손가락을 튕겼다.

장건은 기겁해서 보법을 밟았다.

팍!

겨우 손가락 한 마디 정도의 거리를 두고 오른쪽 어깨 옆에서 공기 터지는 소리가 났다.

"진짜 왜 이러시는 거예요!"

"너 데려가려고."

"그러니까 절 왜 데려가시려는 건데요!"

"으익! 방금 그 보법은 정말 보기 좋지 않구나. 아, 그래. 우선은 그 걷는 모양새부터 좀 고쳐야겠다."

자기 하고 싶은 말만 하는 오황이라 장건은 그의 생각을 종잡을 수가 없었다.

"제가 걷는 게 어디가 어때서요?"

"어디서 이상한 보법을 배워가지고, 부자연스럽게 그게 뭐냐?"

"이상한 보법 아니에요. 이렇게 걸어야 힘이 덜 든단 말예요."

"웃기고 있네. 일부러 그렇게 걷는 게 더 힘들겠다."

"그렇지 않다니까 왜 자꾸 그러세요? 전 할 일이 많아요. 놀고 싶으면 오황 할아버지 혼자 노세요."

"혼자 노세요?"

오황이 욱했다.

"오냐. 그럼 어디까지 피할 수 있는가 보자. 이 나쁜 놈, 건방진 놈, 부자연스러운 놈."

이제는 오기마저 발동했다고나 할까?

오황은 공력을 잔뜩 끌어올렸다.

부우우!

오황의 장포가 크게 부풀며 펄럭인다.

장건은 '이래서 무림인은 싫어!' 하고 외치면서도 자신 역시 급하게 공력을 끌어올렸다.

몸에서 기를 움직이는 건 장건에게 별로 어려운 일이 아니다. 단전에서 흘러나온 기가 순식간에 임독맥을 타고 기경팔맥을 순환했다.

장건에게서 느껴지는 기운에 오황이 깜짝 놀랐다.

"……뭐? 벌써?"

오황이 의심의 눈초리로 장건을 보았다. 갑자기 눈빛이 맑아지고 정광이 흘러나오는 걸 보니 단순히 내공을 단전에서 몸으로 끌어낸 정도가 아니었다.

몸으로 끌어낸 내공을 소주천까지시켜 전신에 활력이 가득하다.

고작 눈 한 번 깜박일, 아니, 눈 한 번 깜박이기에도 부족한 틈에 벌어진 일이었다.

"흐음."

이번만큼은 오황도 감탄했다.

단전을 열어 공력을 끌어내는 건 누구나 할 수 있는 일이지만, 그 짧은 시간에 소주천까지 해서 전신 근육과 혈을 활성화시키는 건 어려운 일이다.

할 수 있다면 그리하는 게 좋긴 하다. 급하게 필요한 것만 준비하느냐 완벽히 준비를 하느냐, 하는 차이가 생긴다.

그러나 어지간한 고수도 짧은 시간 내에 일주천을 시키지 못한다. 수십 년 수련한 고수도 보통 일 다경의 시간은 필요로 한다.

그런데 장건은 눈 깜짝할 사이에 완벽하게 소주천을 마치고 공력을 전신에 퍼뜨려 준비를 마쳤다.

'한 가닥 한다는 게 이유가 있긴 있었군. 흥!'

그래봐야 애다.

오황은 땅을 박차고 몸을 날렸다.

"순순히 잡혀라!"

"싫다니까요!"

오황이 순식간에 장건에게 날아가 손을 뻗었다. 현란하지는 않지만 신묘한 무리가 담긴 금나수법이 펼쳐졌다.

그런데 장건은 선 자세 그대로 뒤로 쓱 미끄러지더니만 갑자기 몸을 돌려 달아나기 시작했다.

"응?"

오황은 황당해했다.

장건도 사실 그 순간 잠시 고민을 했다. 맞서야 할까, 그냥 달아나는 게 나을까.

결론적으로 달아나는 게 속 편하고 귀찮은 일에 휘말리지 않는 길이라고 판단했다. 이제 귀찮은 건 질색이었다. 그래서 달아났다.

반대로 허공에 헛손질을 한 셈이 된 오황은 많이 무안해졌다. 전신을 완전히 활성화시켜놓고 그냥 튈 거라고는 생각도 못 했다.

"이놈이? 어딜 달아나!"

오황이 번개처럼 빠르게 장건을 뒤쫓았다.

소림 내원으로 달아나면 오황도 더 쫓기는 뭐하다. 그래서 오황은 장건이 샐 것 같은 방향으로 미리 지풍을 날렸다. 신기하게도 장건이 딱 가려고 마음만 먹으면 그 방향으로 지풍이 날아온다.

장건은 할 수 없이 방향을 틀어 달렸다.

펑펑!

"으앗!"

펑펑!

장건이 편하게 달아날 수 없게 마구 지풍을 날려대다 보니 결국 장건은 화승당의 마당을 뱅글뱅글 도는 꼴이 되어버렸다.

*　　*　　*

오황의 한 걸음은 보통 성인의 서너 걸음과 맞먹는다. 여유롭게 노니는 듯하면서도 일반 사람이 달리는 것보다 몇 배는 더 빠르다.

속도가 그렇게 빠른데도 힘을 많이 쓰지 않는 게 오황의 특징이다.

자연의 흐름을 읽는 오황의 무공 특성상 경공을 쓸 때에도 바람을, 바람의 흐름과 결을 타는 것이다.

돛을 달고 구름 위를 순항하듯 바람을 타고 나아간다.

희한하게도 마치 나뭇잎이 바람에 흔들리듯 전혀 몸무게가 없는 이처럼 휙휙 날린다. 곧장 앞으로 직진하는 게 아니라 바람의 방향대로 이리저리 흔들거리는데도 가만 보면 어느샌가 저 앞쪽 멀리 나아가 있다.

　그럼에도 딱히 무공을 쓰는 것 같지도 않고 시골 촌로가 뒷짐을 지고 산책 나가는 듯 자연스러운 모습이다. 신선처럼 과한 모습도 아니고 멋을 부린 것도 아니다. 그저 '걷는다'는 동작에 충실한, 있는 그대로의 동작이다.

　원호가 감탄했다.

　"과연! 오황의 경공술이 견식할 기회는 적으나 강호의 일절임에는 틀림없다더니, 그 말들이 사실이었군요."

　굉운도 적이 놀라고 있었다.

　"정말 대단하네."

　평범하기 그지없는 동작임에도 현묘한 무리가 담겨 있으니 오황이 얼마나 고절한 경지에 올라 있는지 가늠하기도 어렵다.

　검성이 손가락을 들어 가리키는 동작 하나만으로 홍오를 쓰러뜨린 것 또한 같은 맥락이 아닌가!

　"그나저나……."

　원호의 얼굴이 어두워졌다.

　"도대체 이게 무슨 짓인지."

　굉운이 담담한 미소를 지으며 말했다.

　"너무 걱정할 것 없네. 오황께서도 내 의도를 어느 정도 받아들이신 것 같으니."

오황이 장건을 맡기로 결심했다는 의미다. 하지만 원호는 그게 그리 잘될 것 같지 않았다.

"글쎄요…… 어떻게 될는지."

원호는 가만히 오황과 장건을 지켜보고 있다가 길게 한숨을 내쉬었다.

"저는 이만 돌아가서 남은 일을 해야겠습니다."

굉운이 물었다.

"왜? 결과가 궁금하지 않은가?"

"궁금하지요. 궁금하지만 그것보다 더 급히 해결해야 할 일이 있어서 말입니다. 나중에 알려나 주십시오."

왠지 투정을 부리는 듯한 말투였다.

굉운이 웃었다.

"아주 바쁘지 않으면 마저 보고 가게. 재미있을 것 같은데?"

원호가 심드렁하게 대꾸했다.

"이미 결과는 대충 알 것 같기도 해서 말입니다."

"결과를?"

"예. 어떤 결과든 간에 적어도 제가 예상하는 것과는 정반대일 겁니다. 그러니 그걸 이 자리에서 보고 복장이 터지느니 나중에 듣고 터지겠습니다."

"껄껄! 그건 자네 스스로에 대한 결과로구먼."

"무슨 결과든 어떻습니까? 어차피 예상할 수도 없는 것을요. 그럼 저 갑니다."

원호는 승복 자락을 한 번 탁! 떨치더니 해탈한 승려처럼 휘적휘적 집무실로 돌아가버렸다.

굉운은 빙긋이 웃으며 다시 오황과 건이에게로 시선을 옮겼다.

* * *

장건이 흘낏 뒤를 쳐다보았다.

오황이 왠지 화난 얼굴로 마구 쫓아오고 있었다.

'장난 아니네!'

겨우 오황의 속도만큼을 내서 달리고 있는데 오황이 더 속력을 낸 것이다.

사이가 빠르게 좁혀지고 있다. 오황은 정말로 엄청나게 빨랐다. 지풍을 날리면서 조금도 흐트러지지 않고 쫓아온다.

"이놈아! 그것밖에 안 되면서 달아나려고? 일찌감치 꿈 깨거라. 크허험."

장건은 더 빠르게 달렸다. 있는 힘을 다해 달렸다. 옷자락이 마구 펄럭이고 머리가 휘날렸다.

거의 장건을 따라잡을 뻔했던 오황은 장건이 다시 멀어지자 혀를 내둘렀다.

"저 망할 놈이?"

오황도 뒤질세라 장건을 욕하면서 속도를 높였다. 자신의 경공도 강호에서는 손꼽히는데 장건을 쉽게 따라잡지 못해서 적이 놀라던 중이었다.

스스스슥.

착시나 환상을 보는 것처럼 가만히 선 채 슥 미끄러지며 달리는 장건을 보면 어떻게 그런 속도가 나오는지 신기할 따름이다.

'정말 희한한 놈이라니까. 저 괴상망측한 동작만 어떻게 좀 하면 좋겠는데.'

지금도 일반 무인은 쫓아오기조차 힘든 속도다.

절로 짜증이 치미는 것은 어쩔 수 없다.

그런데.

"응?"

오황의 눈이 이채를 발했다.

장건의 경공술이 변화한 것이다.

이전까지 장건의 경공은 - 사실 오황은 그것을 경공이라 부르고 싶지도 않았지만 - 불영신보의 묘리를 담고 있었다. 불영신보에서 한 오 할 정도를 덜어내면 딱 장건의 경공이었다.

소림에서 유명한 신법 중의 하나니 그건 쉽게 알아보았다.

한데 지금은 거기에 한 가지의 묘리가 더해졌다.

오황은 눈을 가늘게 뜨고 장건의 걸음을 주시했다. 흙먼지조차 거의 일으키지 않는 가벼운 걸음인데 어딘가 모르게 진중한 힘이 깃들어 있다.

'저게 뭐더라? 왠지 익숙한데.'

불영신보야 워낙 소림승들이 자주 쓰니 알아보았는데 지금의 경공은 본지가 좀 되어 기억이 잘 나지 않았다. 더욱이 장건의 경공은 제대로 된 경공도 아니지 않은가!

잠시 끙끙대던 오황이 마침내 떠올렸다.

'으잉?'

설마설마했는데 정말 그거였다.

'니미럴! 저거 대나한선보였어?'

소림의 보법 중에서도 신묘하여 제대로 배우기가 어렵다는 그 대나한선보가 경공으로 쓰이고 있다니!

'어떤 미친 땡중 놈이 보법을 경공으로 쓰라고 가르친 거야!'

불영신보도 그렇고 대나한선보도 보법인데 둘 다 경공으로 쓰고 있는 장건이었다. 불영신보야 그렇다 치더라도 이치가 오묘한 보법을 경공으로 쓰니 쉽게 못 알아본 것도 당연하다. 아니, 알아본 게 더 신기한 노릇이다.

그나마 홍오가 잘 쓰던 보법이라 알 수 있었던 것이다.

오황은 장건의 혼합된 경공을 보며 참으로 미묘한 감정에 휩싸였다.

보법이라는 게 상대의 공격을 흘리고 좋은 방위를 선점하는 것이니만큼, 좋은 방위에서 단숨에 상대와의 거리를 좁혀 공격을 가할 수 있는 - 가장 빠르게 움직이는 - 수법도 한 가지

쯤은 내재되어 있기 마련이다.

 장건은 불영신보에서 몸의 움직임을 최소한으로 줄이는 발놀림만을 이용했고, 대나한선보에서는 순간적으로 속도를 높이는 걸음만을 이용하고 있다.

 그 두 개를 합쳐놓았는데도 전혀 이상하지가 않다. 내공의 운용이 꼬여서 힘들어하는 모습도 보이지 않는다. 그냥 나무토막처럼 꼿꼿이 서서 달릴 뿐이다.

 장건은 불영신보와 대나한선보에서 가장 빠르고 힘을 절약하는 방법만을 골라내 자신만의 경공술로 만들어낸 것이다.

 마치 내기를 시작하기 전에 장건이 '공명검'이라며 당가의 섬절과 백보신권의 묘리로 지풍을 쏘아낸 것처럼, 지금도 이런저런 무공의 묘리를 섞어버렸다.

 그것이 오황을 놀라게 만들었다.

 불영신보나 대나한선보나 하나의 완성된 보법이다. 수천 년 소림의 역사가 지속되는 동안 두 보법은 점점 더 완벽해져왔다.

 그 두 완벽한 보법 중에서 일부만 뚝 떼어 사용한다는 건 상상할 수도 없는 일이다. 각기 다른 집에서 주춧돌만 빼오고 기둥만 빼와 지은 새 집이 멀쩡할 수 있겠는가?

 그런데 장건이 지금 그것을 해내고 있는 것이다.

 심마에 든 아이가 할 수 있는 행동이라고는 조금도 생각할 수 없었다.

 그러나 한두 번은 우연으로나마 잘 되었다고는 해도, 계속해서 그런 행동을 한다면 무슨 일이 생길지는 명확하다.

'소림은 어째서 저리되도록 아이를 방치한 것이냐! 어이구, 내 복장이 다 터지네.'

안타까움 반, 답답함 반.

오황이 자기도 모르게 소리를 높였다.

"네가 무슨 대종사라도 되냐!"

"예?"

오황은 장건의 뒤를 따라오며 또다시 소리쳤다.

"이 멍청한 녀석아!"

장건이 참지 못하고 대꾸했다.

"왜 자꾸 욕하세요? 제가 뭘 잘못했는데요!"

참다못한 오황이 장건의 움직임을 지적했다.

"사람이 빨리 달리다 보면 자연스럽게 팔다리도 흔들고 허리도 굽히고 그러는 것이야! 자연스러운 건 다 이유가 있어! 너처럼 필요한 것만 골라 쓴다고 그게 다가 아니란 말이다!"

오황의 말을 듣고 장건이 입을 삐죽 내밀었다.

'난 이렇게 달리는 게 자연스러운데.'

하지만 그런 말을 들으니 조금 신경이 쓰이긴 했다.

'팔다리를 흔들고 허리를 굽히려면 기운을 써야 하잖아. 그게 어디가 자연스러운……'

신경이 쓰이니 오황이 말한 부분이 의식되었다.

팔, 다리, 허리……

그런데 순간.

'어?'

장건은 머리에 번개를 맞은 것 같았다.

오황의 말에도 맞는 데가 있었다.

'바람!'

그랬다.

달리며 부딪히는 바람에 저항하느라 상당한 힘이 소모되고 있었다. 자기도 모르는 사이에 허리를 꼿꼿이 펴느라 힘을 주고 있었다.

그게 당연하다고 생각했기 때문에 미처 고쳐야 한다고 의식하지도 못했다.

'이제껏 이렇게 센 바람을 맞으면서 뛰고 있었다니……'

장건은 이제껏 움직이지 않으면 당연히 힘이 덜 든다고 생각해왔다.

그런데 빨리 달리면 달릴수록 움직이지 않는 게 쉽지 않다. 머리카락이 마구 휘날리고 옷자락이 펄럭대는 소리가 북을 두드리는 것처럼 날 정도다.

그렇게 거센 바람을 받으면서도 상체를 꼿꼿이 세우고 있으려면 허리에 잔뜩 힘을 주어야 한다.

'내가 왜 이런 생각을 못했지?'

장건에게는 실로 놀라운 깨달음이었다.

움직이지 않아도 힘이 들 때가 있다!

지금처럼 빨리 달릴 때에는 맞바람에 거세게 부딪히니 오히려 움직이지 않으려 버티는 데에 힘이 드는 것이다. 그것을 미처 인식하지 못하고 이제껏 쓸데없는 데에 힘을 쓰고 있었다.
'아아, 그랬구나……'
과소비는 즉시 고쳐야 하는 것.
장건은 즉시 실행에 나섰다.
'일단 허리에서 힘을 빼자. 바람에 버티려 하지 말고……'
목에서부터 등까지 이어지는 근육들을 완전히 이완시키고 허리를 지탱하는 근육에서 힘을 뺐다.
곧장 상체가 무너졌다.
꼭 허리가 없는 사람처럼 상체가 흐느적거리다가, 달리는 속도 때문에 허리가 뒤로 확 꺾였다.
전신의 근육과 뼈를 모두 조정할 수 있는 장건이다. 보통 사람이 도저히 따라할 수 없는 각도까지 허리가 휘어졌다.
'덜렁!
장건의 허리가 꺾여서 고개까지 뒤로 젖혀졌다. 양팔이 휘리릭휘리릭 마구 너덜거렸다.
이렇게까지 확 젖혀질 줄은 몰랐던 장건이 비명을 질렀다.
"으악!"
바로 뒤에 따라오던 오황도 전혀 예상하지 못한 일에 경기를 일으켰다.

"으허억!"

앞에서 달리고 있던 장건이 허리를 젖히고 팔을 휘두른 순간, 오황은 본능적으로 최고의 신법을 발휘해 몸을 네 갈래로 나누었다.

파파파팟!

그렇게 자신이 할 수 있는 최고의 방어 수법을 펼쳤지만 아무 일도 일어나지 않았다…….

장건은 그냥 계속 덜렁거리고 있을 뿐이었다…….

순식간에 오황은 뻘쭘해지고 말았다.

그러나 이내 마구 용암을 내뿜는 화산처럼 화가 치밀었다.

덜렁덜렁.

나풀나풀.

장건의 몸이 완전히 젖혀져 대롱거리는 바람에 장건의 시선과 오황의 시선이 마주쳤다.

'으드득!'

앞에서 달리고 있는 사람과 시선이 마주친다는 있을 수 없는 일이 일어난 것이다!

근 백 년 세상을 살아오며 볼 꼴 못 볼 꼴을 모두 보아온 오황이었지만 이 같은 상황은 처음이었다.

세상에나!

다리는 달리고 있는데 상체는 뒤로 젖혀져서 늘어진 버드나무 가지처럼 휘청휘청거리고 있는 것이다!

꼭 누군가 상체의 뼈를 모두 조각조각 분질러버린 것처럼!

검성이 일검을 날린다 해도 눈 하나 깜짝하지 않을 오황이었지만 지금만큼은 심장이 다 떨렸다.

멀쩡하게 달리다 말고 허리가 뒤로 접혀서 거꾸로 자신을 빤히 바라보고 있으니……. 백 번을 죽었다 깨어나도 전혀 예상할 수 없는 일이 일어났으니 그라고 해도 놀랄 수밖에 없었다.

'죽었나?' 하고 보니 죽지 않았다. 다리는 지금도 열심히 뛰고 있었으니까. 그 상태로 십여 장을 더 뛰어갔으니까.

막상 자기도 해놓고 머쓱했는지 장건이 오황을 보고 히 웃는다.

오황은 화가 머리끝까지 솟구쳤다. 목에 간신히 붙어서 대롱거리는 듯한 장건의 웃는 머리통을 그냥 쑥 뽑아버리고 싶은 욕구에 휩싸였다.

처절한 원한을 담은 목소리로 오황이 부르짖었다.

"야, 이 새끼야! 니가 사람이냐!"

놀란 것은 오황뿐만이 아니었다.

지켜보던 모든 이들이 경악하며 낮은 비명을 질러댔다.

"헉!"

"으으음!"

몇몇은 얼굴이 시퍼렇게 질려서 자리에 주저앉기도 했다.

그럴 수밖에 없었다.

다리는 달리고 있는데 허리는 뒤로 확 꺾여서 팔과 머리를 덜렁거리고 있으니…….

굉운과 각대원주들도 난감한 얼굴로 서로를 마주볼 뿐이었다.

다행인지 불행인지 장건은 곧 상체를 일으켜 세웠다.

그리고는……

다시 한 번 굉운과 각대원주들의 입에서 신음성이 터져 나오게 만들었다.

그것은 눈으로 보고도 도저히 믿을 수 없는 일이었다.

평범한 이들은 보고도 믿을 수 없었다.

각대원주 이상의 무위를 가진 이들만이 그 현상을 알아보고 경악하였다.

아마도……

아니, 단언컨대!

강호 역사상 이런 경공법은 나온 적도 없었고, 앞으로도 나오지 않을 게 분명했다.

제3장

독박 아니면 쪽박, 그게 그건데?

장건은 아파서 끙 소리를 냈다.

갑자기 힘을 뺐더니 생각지도 못하게 허리가 뒤로 젖혀지며 삐끗한 모양이었다.

'이건 안 되겠네.'

상체에 힘을 뺀 건 좋았는데 중심을 잡기가 굉장히 어려웠다. 달리면 달리는 대로, 바람이 불면 부는 대로 상체가 흔들리다 보니 무게중심이 계속 바뀌었다. 장건이 몸의 모든 부분을 세세하게 움직여 중심을 잡는 데 능하다지만 넘어지지 않은 것만도 다행이었다.

결정적으로, 상체가 움직이면 머리까지 따라 움직여서 앞을 제대로 볼 수가 없었다.

아무리 잘 달려도 앞을 보지 못하면 아무 소용이 없잖은가.

어쨌거나 고개와 몸이 뒤로 젖혀지면 무게 중심이 뒤쪽으로 쏠려 달리는 데에 속도도 나지 않고 불편하다는 건 알았다.

'힘을 빼면 한결 바람을 덜 받는 것 같긴 한데……. 어? 가만?'

장건은 다른 생각이 떠올랐다.

'허리를 세워도 바람만 세게 안 받으면 힘이 안 들잖아. 바람이 세니까 힘이 드는 거지. 그럼 바람을 세게 받지 않는다면?'

힘을 전이(轉移)하는 수법.

장건은 그 수법을 알고 있었다.

무당의 환야가 사용했던 태극경이 그것이다.

장건은 몸을 활짝 폈다.

바람이 급격하게 몸에 와 부딪힌다. 속도가 줄어들 뻔했지만 가까스로 버텼다.

순간적으로 몸의 근육들을 세밀하게 조정해 앞에서부터 부딪혀오는 힘을 뒤로 보냈다.

'된다!'

만약 부딪히는 바람이 강물처럼 연속적이라면 태극경으로 흘려내는 것은 굉장히 어려운 일이었을 것이다. 하지만 달릴 때 부딪히는 바람은 연속적인 것 같지만 사실은 그렇지 않다.

발을 내디뎌 땅을 차고 앞으로 나갈 때에만 저항을 크게 받는다. 다시 앞발을 디디고 뒷발을 앞으로 내딛는 도중에는 잠시 정지하는 형태가 되므로 바람의 영향이 적다.

장건은 보통 사람들이 느끼기도 어려운 그 찰나의 순간에만 태극경을 써서 바람을 흘려내는 방법을 썼다.

바람이 부딪히는 순간 몸 전체에 힘을 빼고 바람을 받는다. 바람에 뒤로 밀릴 것 같은 찰나에 태극경으로 바람의 힘을 뒤로 흘려낸다.

그런 과정을 통해 바람이 거의 몸을 투과하듯 스쳐 지나간다. 그것만으로도 바람의 저항은 어느 정도 이겨낼 수 있었다.

바람에서 받는 영향을 완전한 무(無)로 만들 수는 없었지만 그것만으로도 상체가 받는 힘을 반 이하로 줄일 수 있었다. 아마 좀 더 연습을 하면 그 이하로 줄이는 것도 가능할 듯하다.

역방향으로의 저항이 줄어드니 달리는 데 힘도 덜 들고 속도도 붙는다. 옷의 펄럭임이 줄어들어 거슬림도 많이 사라졌다.

장건은 오황이 쫓아오고 있다는 사실도 잊고 미소를 지었다.

바람이 몸에 와서 딱딱 부딪히는 게 아니라 부드럽게 몸을 감싸듯 흘러 지나가는 게 느껴진다. 포근한 바람이 엄마의 품처럼 따스했다.

달리는 게 즐거운 일이 되었다. 물론 쓸데없이 달릴 필요는 없었지만.

어쨌든 이젠 허리를 펴고 달려도 별 상관이 없게 되었다.

장건을 뒤따르던 오황은 큰 충격에 휩싸였다.

말도 잃었다.

허리를 휘꺼덕 뒤집어 시체놀이를 했던 녀석이 이번에는 흐느적거리면서 요상한 춤(?)을 추고 있지 않은가!

어깨를 움찔움찔하고 팔을 휘적휘적하는 모습이 어디선가 본 듯 익숙하다.

처음엔 그냥 생각 없이 휘적거리는 것 같더니만, 얼마 지나지 않아 그 동작이 점점 줄어들었다.

장건의 움직임은 계속해서 잦아들더니 마침내는 움찔움찔거리는 정도로만 움직이게 되었다.

달리고 있는데 상체를 연신 움찔거리는 것도 보기 좋은 건 아니었고 괴상하기 짝이 없는 건 마찬가지였지만, 뭔가 이상했다.

조금 전까지와는 뭔가 달랐다.

마구 펄럭이던 장건의 옷자락은 미풍에 날리듯 부드럽게 나부끼고 있다. 머리카락도 미친 듯 휘날리는 게 아니라 손으로 가볍게 쓰다듬듯이 흔들리는 정도다.

달리는 속도가 줄었느냐 하면 그것도 아니다. 달리는 속도는 더 빨라졌다.

이질적이다.

이렇게나 부자연스럽고 이질적일 수가 없다.

그냥 장건을 보면 산보하듯 걷고 있는 - 움직이지도 않고 슬슬 미끄러지는 - 모습이었다. 지켜보고 있는 사람들 중 누구도 그 모습을 보고는 뛰고 있다 생각할 수가 없다.

그러나 실제로는 일반 무인들이 온 힘을 다해 경공을 쓰는 것보다 배나 빠른 속도로 달리고 있는 것이었다.

자연의 법칙을 완전히 무시한 이질적인 존재.

윤기가 잘잘 흐르는 밥 위에 생뚱맞게 올려놓은 한 조각 당과처럼 주변과 어울리지 않는 이 광경.

오황에게는 가장 보기 싫고 인정하기 싫은 최악의 광경.

부자연스러움의 극치!

그럼에도 불구하고 오황은 섣불리 욕설을 내뱉을 수 없었다.

부자연스러운 존재인 장건에게서 이루 말할 수 없는 현묘한 기운이 물씬 풍겨 나오고 있기 때문이었다.

오황은 씹듯이 신음소리를 내뱉었다.

"으으음……."

그냥 몸을 흔드는 거라면 이렇게까지는 놀라지 않았을 터다. 그것은 결코 아무 의미 없는 몸짓이 아니었다.

오황이나 되는 사람이 어찌 그 수법을 모를까!

처음에 장건이 어설프게 휘적휘적할 때부터 이미 오황은 그것이라고 단언하고 있었다.

"태극경……."

무당을 대표하는 독문 수법.

태극권을 십성까지 터득해야 익힐 수 있다는 상승의 무공.

그 묘리를 정확하게 이해하지 못하면 저런 기운이 느껴질 수 없다.

무당에서도 환야나 제대로 펼칠 수 있다는 태극경의 묘리를 무당과 멀리 떨어진 소림에서 약관도 되지 않은 아이가 펼치고 있는 것이다.

그것도 매우 부자연스러운 극소의 움직임으로.

우연이 아니었다!

지풍으로 섬절에 백보신권의 무리를 섞어 쓴 것이나 불영신보와 대나한선보를 섞은 경신법에 태극경을 쓰는 것이나!

쓸 만한 무골이라는 소리를 듣는 무인들조차 한 가지 익히기 힘든 상승의 수법들을, 장건은 그냥 아무렇지 않게 내키는 대로 사용하고 있는 것이다!

뭐라고 설명을 해야 할까?

'저놈……'

전율이 인다.

이런 경우를 딱 한마디로 적당하게 표현하자면,

'괴물.'

괴물 같은 놈도 아니고 그냥 괴물이다.

백 년에 한 번? 아니, 백 년도 우습다. 천 년에 한 번도 나오기나 할까 싶은 괴물.

그 말이 딱 어울렸다.

그런데 오황은 갑자기 한 가지 의문이 들었다.

'뭐하러 달리다 말고 태극경을 쓴 게야?'

자기가 한 말 때문이라는 건 알겠는데, 오황은 내기(內氣)의 순환이 자연스러운 자세에서 가장 무리 없이 돈다고 말하고 싶은 거였다. 나무토막처럼 달리는 꼴이 이상하다고 말하고 싶은 거였다.

절대 태극경을 쓰라고 한 소리가 아니었다.

'가만……'

본래 태극경은 힘을 되돌리거나 흘리는 수법.

오황은 기가 막혔다.

'바람을 흘리고 있는 거였구나!'

경악.

오황은 소름이 쭉 끼쳤다.

오황 정도의 고수가 경공으로 있는 힘껏 반나절을 달리면 옷이 뜯어지거나 해져서 너덜거리는 경우가 있다. 보통 사람은 상상도 할 수 없을 만큼 세찬 바람을 맞기 때문이다.

아무리 빠르게 잘 달려도 거지꼴로 너덜거리면 남들이 보기에도 좋지 않고, 고수의 풍모도 살지 않는다. 그래서 경지에 오른 고수들은 은근히 그런 꼴을 모면하는 한 가지 방법쯤 알고 있기 마련이다.

오황의 경우엔 바람을 탄다. 결을 읽고 그 흐름의 사이로 몸을 내맡겨 자연스럽게 자연과 동화한다. 빠르게 달려도 바람의 영향을 거의 받지 않는다.

그러나 그 방법은 엄청난 깨달음이 있어야 가능하다. 또한 깨달음이라는 건 인생과 경험과 온갖 무리에 통달해야 가능한 법.

아무리 무공이 뛰어나도 장건의 나이에는 절대 할 수 없는 일이다.

그런데 장건은 전혀 의외의 방법으로 그것을 넘어섰다.

세상에! 태극경으로 바람을 흘리며 달릴 수 있다니!

태풍이 휘몰아쳐도 날려가지 않고 제자리를 지킬 수 있는 환야라고 해도! 단언컨대, 그런 그라고 해도 달리면서 바람을 태극경으로 흘릴 수는 없을 것이다.

물론 환야가 그의 말을 듣는다면 이렇게 말할 것이다.

'뭐하러 닭 잡는 데 소 잡는 칼을 써? 바람 따위는 태극경을 쓰지 않아도 얼마든지 흘릴 수 있어.' 라고.

하지만 그런 환야가 지금의 이 광경을 본다면 오황과 마찬가지로 - 지켜보던 소림의 원주들과 마찬가지로 - 충격을 받으리라.

오황은 장건을 인정할 수밖에 없었다. 아무리 심마에 들었다 해도, 고작 경공으로 달리는 데 태극경을 쓰는 괴상한 놈이라고 해도, 장건은 과연 장건이었다.

오황은 돌연 달리기를 멈추었다.

"고얀 놈."

그렇게 중얼거리더니 갑자기 광인처럼 크게 웃기 시작했다.

"껄껄껄!"

그의 웃음소리를 들은 장건이 뒤를 돌아보고는 걸음을 멈추었다.

미친 듯 쫓아오다 말고 갑자기 멈춰 서서 미친 듯 웃으니 장건도 의아했다.

오황은 눈물까지 찔끔거리며 웃어댔다.

"클클클, 이것 참! 생각지도 못하게 일이 커져버렸구나?"

장건이 조심스럽게 물었다.

"무슨 말씀이세요?"

자신만의 세계에 빠져 있을 것 같은 오황이 의외로 대답을 했다.

"무공을 하기 싫다던 놈이 틈만 나면 무공을 하니까, 그래서 하는 말이다."

"저는 무공 안 한다고 안 그랬는데요. 그냥 무공을 배워도 싸우고 시비 붙고 그러는 게 싫을 뿐이에요."

"낭중지추(囊中之錐)란 말은 아냐?"

"네, 알아요."

안다는데도 오황이 굳이 설명했다.

"이상한 놈은 아무리 감추려 해도 괴상한 게 만천하에 드러난단 얘기다."

장건이 황당한 표정을 지었다.

"그런 얘기는 아닌 거 같던데요."

"뭐, 그렇다 치자."

오황이 갑자기 손가락 세 개를 펴 내밀었다. 공력이 느껴지지 않았으므로 장건은 놀라지 않았지만 긴장은 풀지 않고 있었다.

오황이 말했다.

"내 장법을 삼초만 받아라. 그럼 그냥 귀찮게 안 하마."

장건은 바로 고개를 저었다. 자신에게 별 이익이 없는 제안이었다.

"애초부터 할아버지와 전 아무 상관이 없는데 아무 조건 없이 귀찮게 안 한다고 하셔야 맞는 말이잖아요."

"그럼 네가 바쁘다고 말한 일이 끝날 때까지 도와주마. 네가 원하는 게 있다면 그것도 다 들어주마. 가벼운 내기라고 생각해도 좋고."

무림인들은 내기를 좋아하는 족속이다. 가벼운 도박도 많이 즐기는 편이다. 애초에 더 강해지려고 하는 호승심이 영향을 주는지도 모른다.

"네가 나와 내기를 한다는 게 많이 부담이 되긴 하겠지. 언감생심 강호의 그 누가 나와 내기를 하는 걸 꺼리지 않겠느냐.

하지만 안심해라. 난 약속은 칼같이 지키는 사람이다."

우내십존이라는 거물과 내기를 한다는 게 어지간한 배포가 있지 않고서야 쉽지 않긴 하다.

하지만 장건은 아니었다. 우내십존이 엄청난 강자라는 건 알지만 다른 사람들에 비해 인식이 희박하다. 이미 몇 번이나 내기를 한 경험도 있다.

"어떠냐? 내기에서 이기면 네가 원하는 대로 되는 거야. 그냥 삼초만 받으면 될 거 아니냐."

"으으음."

"임마, 고추 달린 놈이 이리저리 재고 그러는 거 아냐! 화통하게 그냥 하자고 해야 하는 거야! 나 같은 노인네가 뭐가 무서워서?"

나 같은 노인네라는 말을 듣고 지켜보던 이들이 모두 웃음을 터뜨릴 뻔했다.

우내십존이 안 무서우면 세상의 어떤 노인네를 무서워해야 하는가!

하나 정작 장건은 그 말에 신경도 쓰고 있지 않았다.

장건이 생각해 보니 오황은 무공이 뛰어난 무인.

'지난번에도 검성 할아버지와 검왕 할아버지, 그리고 청성의 할아버지도 꽤 일을 잘하셨지.'

며칠을 해야 할 것을 그 세 사람이 한 결과, 반나절도 채 안 되어 끝내지 않았던가!

독박 아니면 쪽박, 그게 그거데?

'오황 할아버지도 성격은 좀 이상하지만 혼자서 몇 사람 분은 충분히 잘하실 수 있을 것 같기도 하고……. 또 혼자 계시니 지난번처럼 싸움이 나지도 않겠지?'

남들이 들으면 뜨악하고 놀라고도 남을 만한 생각을 아무렇지도 않게 한 장건이었다.

장건의 표정을 본 오황은 장건이 무슨 생각을 하는지 알 것 같았다. 우내십존 중 한 명인 오황의 삼초를 받아내는 것보다 귀찮은 게 더 싫다는 얼굴이었다!

'거참, 건방진 꼬마 놈일세.'

그렇게 생각은 해도 배포가 있어 보여 마음에 든다.

장건이 결정을 내렸다.

"좋아요……."

말이 끝나기가 무섭게.

"그럼 내기하는 거다!"

오황이 외치면서 손을 뻗었다.

드디어 그의 절기가 펼쳐진다.

풍연경(風然經)!

오황은 자신의 보법과 장법, 신법과 권각법에 이르기까지 모든 무공에 딱히 명칭을 두지 않았다. 삼류무공이든 그냥 시정잡배들이나 휘두를 법한 주먹질이든 내키는 대로 자유롭게 사용했다.

그의 모든 무공을 통틀어 맥을 관통하는 하나의 흐름.

자연스러움.

빈틈이 보이면 때리고, 공격해오면 피한다. 인지하여 움직이지 않고 본능과 자연스러움에 몸을 내맡긴다.

그것을 오황은 스스로 풍연경이라 불렀다.

"윽!"

오황이 어마어마한 공력을 끌어올린 것도 아닌데 장건은 갑자기 주위가 어두워진 듯한 느낌을 받았다.

시야가 극도로 좁아지고 세상이 무채색으로 음울하게 물든 것 같다.

검왕의 제왕검형과는 또 다른 수법으로 오황이 장건의 주위 공간을 장악해버린 것이다.

정면에서 오황이 장을 뻗고 있지만 장건은 공격이 정면에서 오지 않는다는 걸 알고 있었다. 공명검처럼 오황의 공격은 허공을 격하고 이루어진다. 마치 대자연이 오황의 의도에 반응하여 공격하는 것처럼.

장건은 극도로 감각을 끌어올렸지만 주변 기운이 잘 느껴지지 않는다. 보이지 않는 막이 장건의 몸을 감싸 차단한 것처럼 감각이 뻗어나가지 않는다.

이래서야 최소로 움직여 피하는 방식은 불가능하다.

'안법!'

장건은 안력을 끌어올리며 공력을 눈으로 보려 했다. 무언가 가슴팍으로 시커먼 것이 날아든다. 보통 이들은 볼 수 없는 장력의 형체다.

장건은 몸을 반 바퀴 회전시키며 옆으로 이동했다.

팍!

장건이 서 있던 공간에서 갑작스레 오황의 손, 정확히는 그의 장력이 튀어나왔다. 그 손은 멈추지 않고 장건을 따라온다.

기감을 느끼지 못해 너무 일찍 피한 모양이다.

장건은 다시 뒤로 한 걸음을 물러나 손을 피하려 했다. 그런데 그것을 어떻게 알았는지, 막 움직이는 순간에 오황의 손이 이미 그 방향으로 꺾어 날아들고 있다.

다른 방향으로 가는 장력에 스스로 몸을 가져다 부딪치는 꼴이다.

'세상에!'

이런 수법은 장건도 예측하기 힘들었다. 아까도 오황은 장건이 갈 방향을 미리 알고 있다는 듯이 공격을 해왔었다.

장건은 엄지발가락에 힘을 주고 그것을 축으로 몸을 다시 회전시켜서 급격하게 방향을 꺾었다.

핑그르르.

바닥의 흙이 마구 튀었다.

아무리 장건이었지만 급하게 몸을 역으로 튼 바람에 힘을 다 이겨내지 못하고 두어 바퀴를 더 돌았다. 너무 급해서 태극경을 쓸 생각도 못했다.

오황의 손 모양을 닮은 장력이 아슬아슬하게 비껴가며 공간을 으스러뜨렸다.

퍽!

손바닥에 올려놓은 사과를 꽉 쥐어 부수는 듯한 모습이었다.

"일초!"

오황의 목소리가 들려왔다.

가슴이 답답해진다. 한 번은 피했는데 두 번은 피할 자신이 없다. 자신의 움직임을 완전히 읽고 있는데 어떻게 공격을 피해야 할까?

마치 공명검을 보는 듯해 장건은 가슴이 점점 더 꽉 막혀왔다. 이제껏 그런 적이 없었는데 심장이 마구 두근거려서 호흡까지 가빠졌다.

'공명검……'

검성이 쏘아내는 의지의 칼.

눈에 보일 듯 말 듯 길게 뻗은 선이 가슴에 와 닿은 듯한 착각이 들어 장건은 두려움에 휩싸였다. 그 선은 어떤 장애물도 개의치 않고, 심지어 피할 수도 없는 선이다.

이미 쏘아진 순간에 상대의 몸을 파괴한다. 그런데 어떻게 피하겠는가.

"후우우우우."

장건은 크게 심호흡을 했다. 여전히 가슴은 두근거리지만 오황의 공격은 공명검에 비하면 좀 나은 편이라고 위안을 삼

앉다.

 적어도 쏘아내는 순간 터지는 건 아니다. 그저 상대의 움직임을 읽고 미리 앞서갈 뿐.

 '침착하자.'

 장건은 고개를 들었다. 오황이 반대편 손으로 두 번째 공격을 해오고 있다.

 동작은 같은데 조금 전보다 더 묵직하다.

 장력이 약간 휘어진 곡선을 그리며 장건의 오른쪽 어깨로 날아든다.

 장건은 허리를 슬쩍 돌리고 어깨만 완전히 틀어 장력을 스쳐 보내려 했다. 그런데 장력이 급격하게 휘어지더니 움직이지 않는 장건의 하체로 뚝 떨어진다.

 기겁할 수밖에 없다. 어떻게 피하려고 했는지는 또 어떻게 알고 빈틈을 노리는 건지.

 장건은 허리를 반쯤 튼 자세 그대로 뒤꿈치를 들고 뒷걸음질을 쳤다.

 사사삿!

 세 걸음쯤 물러나려 했는데, 장건은 문득 든 불길한 생각 때문에 두 걸음만 물러나 힘을 주고 멈추었다. 갑작스럽게 멈췄기 때문인지 제대로 서기 힘들어 몸이 흔들렸다.

 앞으로 날아들던 장력이 수십 갈래로 갈라지며 장건의 몸을 감싸듯이 뒤쪽으로 돌아간다.

펑!

바로 등 뒤에서 폭음이 울리며 머리가 앞으로 휘날린다.

'와……'

장건은 섬뜩했다.

앞에서 오던 장력이 뒤에서 터진 것도 신기한데, 세 걸음을 그대로 물러났다면 꼼짝없이 당했을 터였다.

'도대체 무슨 방법으로 내 생각을 읽는 거지?'

오황을 쳐다보니 오황의 표정이 찡그려져 있다. '쳇' 하고 소리를 내뱉는 얼굴이다.

"이초!"

장건은 집중했다.

오황이 손을 슬쩍 내미는데 얼굴 표정이 변한다. 음식 맛을 음미하는 사람처럼 마치 뭔가를 가늠하는 듯했다.

'만약 생각을 읽는 게 아니라 동작을 예측하는 거라면?'

장건이 상대의 움직임을 예측하는 방법은 상대 근육의 움직임이나 눈동자를 보고서다.

무인들은 상대의 움직임을 한 번에 보기 위해 안법을 수련하는데, 제대로 익히면 눈동자가 거의 움직이지 않는다. 그 때문에 어지간한 무인만 되어도 눈동자가 어디를 보고 있는지 알기 힘들다.

하지만 근육의 움직임을 보면 다음 움직임을 예측할 수 있다. 팔을 크게 휘두르기 위해서는 반대편 다리에 힘이 들어가

땅을 지지하고 허리와 어깨가 순차적으로 돌아간다.

 어느 다리에 힘이 들어가는지만 보아도 공격이 왼쪽인지 오른쪽인지, 앞으로 달려올 것인지 뒤로 물러날 것인지 반 이상 예측이 가능하다. 옷의 주름이 조금만 움직여도 어디를 노리는지 알 수 있다.

 그러나 움직임 자체가 극히 미세한 장건인데 오황이 어떻게 움직임을 보고 예측할 수 있을까?

 그때 장건은 자신이 오황의 공간에 갇혀 있다는 걸 새삼스럽게 깨달았다.

 청성일검 풍진은 자신의 기파(氣波)를 사방으로 퍼뜨려 상대의 움직임을 감지했다.

 그때와 비슷하다.

 만약 지금의 이 공간이 오황의 감각이 확장된 공간이라면, 장건의 일거수일투족은 오황의 감각에 잡힐 수밖에 없다. 아무리 미세하게 몸을 움직인다 하더라도 움직이는 순간 장건은 오황에게 '나 어디로 움직일 거예요' 하고 보고하는 거나 다름없는 꼴이다.

 장건은 자신의 추측이 거의 맞을 거라 생각했다.

 '자연스러움······.'

 세 걸음을 움직이려 근육을 움직이는 힘이면 세 걸음을 움직여야 자연스럽다. 실제로 장건이 세 걸음을 움직이려다 두 걸음만 움직이고 멈추자 공격이 빗나가지 않았는가.

이래서야 제아무리 눈을 어지럽히는 현란한 보법이라 할지라도 오황에게는 소용없을 게 뻔하다.

그렇다고 중간 중간 억지로 움직여봐야 자신의 몸만 망치는 꼴이다. 장건이 기가 마음을 따라 움직이는 심생종기의 경지가 아니었다면 벌써 기가 역류해 내상을 입었을 테니까.

검왕은 상대의 움직임을 제압해 평범한 수법으로도 치명상을 입히지만, 오황은 상대의 움직임을 읽고 자연스럽게 공격을 성공시킨다.

각자의 무공. 각자의 개성.

무공의 세계는 이렇게 끝도 없이 새로운 것들이 널려 있다!

'아······!'

장건은 자기도 모르게 흥분한 자신을 깨닫고는 깜짝 놀랐다.

'안 돼, 안 돼!'

세차게 고개를 흔들었다.

재미있다고 자꾸만 생각하면 자기도 다른 무인들처럼 될까봐 두려웠다.

장건은 눈을 질끈 감았다가 떴다.

'집중하자. 한 번, 앞으로 한 번만 더 하면 돼!'

여러 번 할 수는 없지만 단 한 번이라면 받아낼 방법이 있을지도 모른다.

오황이 마지막으로 양손을 뻗었다.

오황의 양손이 너무 커져서 장건의 시야 전면을 완전히 가릴 정도다.

 '한 번!'

 장건은 움직이지 않았다.

 오황의 쌍장이 장건의 가슴에 그대로 날아든다.

 '피하지 않아!'

 장력을 볼 수 없는 사람이라면 생각하기 어려운 장건만의 방법이다.

 오황의 장력은 움직임을 따라간다.

 만일 피하지 않는다면?

 아무리 장력이 빠르고 강해도 처음 목표로 한 곳으로만 쭉 날아올 수밖에 없다.

 과연 장건의 생각 그대로였다.

 장건이 움직이지 않자, 오황의 쌍장은 장건의 가슴팍에 그대로 날아올 뿐이다. 별다른 변화는 없다.

 장건은 최대한으로 집중했다.

 '조금만 더, 조금 더!'

 끝까지 기다리고 또 기다렸다.

 파…… 아……

 마침내 장력이 정확히 장건의 가슴에 날아와 닿았다.

 그 순간, 장건은 전신의 경락과 근육, 뼈를 총동원해 몸속에 작은 회오리를 만들었다.

태극경!

솔직히 큰 자신은 없었다. 손으로 하는 것도 아니고, 몸의 다른 부위로 엄청난 위력의 장력을 받아내야 한다는 건 부담이 컸다.

'윽!'

오황의 장력은 아주 적은 힘으로도 동상을 부술 만큼 강력하다. 그것을 그대로 받아냈으니 아무리 찰나지간이었으나 장건은 머리가 뒤흔들리는 충격을 받았다.

가슴의 갈비뼈를 안으로 오므려 충격을 완화하고, 어깨의 견골과 허리의 골반으로 힘을 분산시킨다.

투투투투!

장건의 근육과 뼈들이 나선형으로 마구 비틀려 힘을 전이하는 동안 옷까지 휘말리며 빨래를 쥐어짜듯 휘감긴다.

힘을 분산시키는 데에는 성공했다. 약간의 내상을 입은 듯했지만 양 손바닥과 발바닥으로 오황의 장력 대부분을 이동시켰다.

장심(掌心)은 기가 발출되기 가장 좋은 부분이다.

장건은 팔을 하늘로 쭉 뻗었다.

"이얍!"

오황의 장력 두 가닥이 장건의 손을 타고 허공으로 쏘아졌다.

우르르릉!

힘이 분산된 장력인데도 벼락 소리가 날 정도다.

나머지 장력 두 가닥은 발바닥으로 내보냈다.

꽝!

장건의 발밑에서 폭음이 일며 땅이 꺼지고 장건은 한 뼘가량 땅 밑으로 가라앉았다. 신발은 구멍이 뚫려 걸레짝이 되었다.

"삼초! 해냈다!"

장건의 표정은 우는 듯 웃는 듯 기괴했다.

막아낸 건 좋았는데 멀쩡한 신발에 구멍이 난 게 내내 아깝다는 생각이 들어서였다.

"오오오!"

사방에서 감탄과 탄성이 쏟아졌다.

각대원주들과 일꾼들까지도 입을 쩍 벌린 채 다물지 못하고 있었다.

평범한 일꾼들은 뭐가 뭔지 잘 보지도 못했다. 그러나 오황이 보이지도 않는 장력을 마구 날렸는데 장건이 아슬아슬하게 피해낸 것과 마지막에 몸으로 받아낸 건 알 수 있었다.

눈앞에서 석상 부수는 걸 본 터라 오황의 무공이 얼마나 고강한지도 알고 있었다.

그런데 저 소년이 삼초를 다 - 솔직히 너무 빨라서 세 번이었는지도 잘 못 봤지만 - 받아내었다.

그것도 마지막에는 몸으로.

"와……."

"정말 다 버텨냈어."

항간에 떠도는 소림소마의 실력이 우내십존이란 거물에 뒤지지 않는다는 사실에 사람들은 놀랄 따름이었다.

그런데 사람들은 다음 광경에 그대로 굳고 말았다.

장건이 해냈다고 기뻐하는 사이, 자욱하게 피어오른 흙먼지를 헤치고 어느샌가 오황이 장건의 뒤로 돌아가 서 있었던 것이다.

"에에?"

장건은 양팔을 하늘로 뻗은 그대로 몸이 딱딱하게 굳어오는 것을 깨닫고는 깜짝 놀랐다.

오황은 흔히 말하는 초고수다.

아주 작은 잠깐의 틈도 놓치지 않는다. 조금 전 세 번의 공격 역시 눈 몇 번 깜박일 동안 벌어진 일이다.

그러니 긴장을 풀고 한눈을 팔면 도저히 막을 도리가 없다.

장건은 눈만 끔벅거리며 오황을 곁눈질로 볼 따름이었다.

'세 번 다 끝났잖아요! 이게 무슨 짓이에요!'

라고 외치고 싶어도 목이 움직이지 않는다. 허리가 뻐근한 게, 혈이 짚인 모양이다.

오황이 말했다.

"삼초."

다들 멍해졌다. 장본인인 장건도 잠깐 동안 오황이 무슨 말을 한 건지 의미를 파악하지 못했다.

이내 장건이 속으로 외쳤다.

'……이게 무슨 삼초야!'

속았다.

'약속은 칼같이 지킨다더니!'

장건의 생각에 대답이라도 하듯 오황이 너털웃음을 터뜨렸다. 그리고는 매우 진지한 얼굴로 말했다.

"세 번째의 쌍장은 허초였느니라. 사실은 요게 진짜지."

지켜보던 사람들 모두가, 특히 각대원주들이 기가 막혀서 얼굴을 마구 일그러뜨렸다.

'거짓말!'

'그게 어디가 허초입니까!'

한 초식은 한 가지의 맥락으로 이어진 동작의 연속이다. 지금 오황처럼 무시무시한 쌍장을 퍼붓고, 상대가 그것을 다 해소할 때까지 기다렸다가 몰래 뒤로 돌아가 공격한 것은 한 초식이라고 보기 어렵다.

워낙에 정형화된 초식과는 거리가 먼 오황인지라 정말 우긴다면 그렇다고 할 수밖에 없긴 한데, 아무리 봐도 우내십존이 어린아이를 상대로 억지를 쓰는 황당한 상황이라고밖에는 할 수 없다.

장건은 입을 벌린 채 굳었기 때문에 이를 갈고 싶어도 갈 수 없었다.

'혈을 짚었다고 못 움직일 줄 알아요?'

장건에게 점혈은 거의 무용지물이다. 장건은 내부에서 막힌 경락을 확인한 후 금강권의 경력을 이용해 소용돌이의 경기를 일으켰다.

장건이 소용돌이의 경기를 순환시켜 막힌 경락을 뚫으려는 찰나였다.

굉운이 오황을 보고 말했다.

"건이는 스스로 해혈을 할 줄 압니다."

담담한 미소까지 지으며 말하는 굉운!

"허어!"

"뭐하러 그런 말을……."

각대원주들은 어이가 없어 진이 빠질 지경인데, 오황은 대수롭지 않게 받아들였다.

"아, 그래? 말해줘서 고맙네."

오황은 장건의 뒷목을 손가락으로 툭 쳤다. 보통 사람이 몽둥이로 두드려 패는 것보다 강한 충격이 장건의 머리를 울렸다.

'윽!'

장건은 점혈을 풀어내 벌써 조금이나마 움직일 수 있는 상황이었다. 고개를 돌려 원망스러운 눈으로 방장 굉운을 쳐다보았다.

"왜……."

독박 아니면 쪽박, 그게 그건데? 95

앞으로 힘없이 쓰러져가는 장건을 오황은 가볍게 받아 들쳐 멘다.

"내 처음엔 가볍게 혈이나 짚어서 데리고 갈 생각이었는데, 이렇게까지 해야 될 줄은 몰랐다. 그 점은 미안하게 생각한다만."

장건은 거기까지 겨우 듣고는 완전히 혼절해버렸다.

오황이 장건을 어깨에 멘 채 굉운을 보고 전음을 날렸다.

『방장 대사! 이거 빚인 거 알지?』

굉운이 웃으며 고개를 끄덕였다.

『잘 부탁드립니다.』

『내가 무슨 짓을 하든 그건 요 망할 꼬마를 내게 맡긴 방장 탓이니까 나중에 뭐라 하진 말게.』

『알겠습니다.』

오황은 전음을 끝내고 코웃음을 쳤다.

"흥. 가자, 이놈아."

어차피 장건은 들을 수 없다.

오황이 오 년 동안 거의 쓰지도 않던 경공을 쓰며 몸을 휙 날리자, 굉운을 제외한 모든 이들이 굉운을 쳐다보았다.

"이건 명백히 백주대낮의 납치 아닙니까!"

굉운은 여전히 담담한 미소를 지으며 그들을 보았다.

"오황께서 명예에 연연하는 분은 아니네만, 당신의 말씀을 깨고 건이를 데려가셨다면 그만한 이유가 있는 걸세. 우리가 줄 수 없는 것을 오황께서 건이에게 주실 걸세."

"하지만……."

"그렇다고 해도……."

굉운은 조용히 고개를 저었다. 더 이상의 질문을 받지 않겠다는 의미다. 아직 몸이 낫지 않은 탓인지 얼굴에 순식간에 피로감이 가득 차서, 각대원주들은 불만스러웠지만 더 물을 수가 없었다.

대부분 굉운의 의도는 짐작하고 있다.

소림에서는 장건에게 더 해줄 게 없다. 그야말로 꿔다 놓은 보릿자루 신세가 장건이다.

하지만 이렇게까지 해서 얻는 게 잃을 것보다 큰지 확신할 수는 없는 일이다.

각대문파의 모든 무공을 몸에 지니고, 독선의 독정에 검성의 무공까지 사사.

화산의 보물인 소요매화검을 든 장건.

거기에 강호에서도 손꼽는 기인인 오황의 손을 탄다면…….

원주들은 머리를 싸잡았다.

뒤죽박죽 뭐가 나올지 알 수 없는 최악의 상황만은 오지 않기를 부처님께 기원해야 할 것 같았다.

먼저 자리를 뜬 원호의 선견지명(先見之明)이 부럽기만 하다.

그런데 굉운이 먼저 자리를 뜨고, 이어 힘없이 발걸음을 돌리는 원주들과 승려들의 귀에 수군대는 말들이 들려왔다.

장인들과 일꾼들이 두런거리며 나누는 말이었다.

"나는 무공의 무 자도 모르는 놈이지만 저 오황이란 분의 명성은 소문으로나마 들어서 알고 있네. 그런데 그런 분이 저 장 소협을 어찌기 힘들 정도인 줄은 몰랐어."

"정말 엄청나구먼. 그러니까 강호 전역에서 색시가 되겠다고 처자들이 몰려든 거 아니겠나. 나 같아도 정말 놓치기 아까울 것 같네."

"으이구, 내가 딸만 있었어도 그냥."

"꿈 깨, 이 사람아. 엄청난 미녀 둘이 소림사 밑에 집까지 짓고 장 소협을 기다리고 있다는 거 모르나?"

원주들은 장건을 칭찬하는 장인과 일꾼들의 말에 그나마 좀 위안이 되었다.

그때,

"아, 그럼 뭐해? 저렇게 재주가 있으면 뭐해? 오황이란 분이 말한 거 못 들었어?"

라는 말이 원주들과 승려들의 귀를 솔깃하게 만들었다.

이게 무슨 말인가. 오황이 뭐라고 했지?

한 일꾼의 말에 다른 일꾼들이 떨떠름한 투로 말했다.

"그러게. 그걸 깜박 잊었구먼. 아무리 무공이 뛰어나고 그래도 사실…… 정말 내 딸을 주라고 하면 못 주지."

"어쩌면 그 많던 처자들이 다 집으로 돌아간 것도 그 이유

때문 아니겠나?"

"그럼 저 아래 집 짓고 기다린다는 미녀 둘은 정말 장 소협을 좋아하는가 보구먼?"

"그렇지. 얼굴이 예쁘면 마음도 고운 거지. 하지만 참……어떻게 보면 불쌍하지."

일꾼들의 말이 어딘가 이상했다.

대부분의 원주와 승려들은 장건과 오황의 시비가 한참 붙은 후에 온 것이기 때문에 그 전에 무슨 일이 있었는지 모른다.

궁금함을 참다못한 한 승려가 일꾼을 붙들고 물어보려 했는데, 한 일꾼이 혼잣말처럼 탄식하는 말이 들려왔다.

"쯧쯧. 재주가 아무리 뛰어나면 뭐하누? 남자가 남자 구실을 못하는데."

쩌억.

원주들은 턱이 목 밑까지 내려왔다.

"저런 아이가 고자라니, 정말 안타깝기 그지없네그려."

"원래 사람이 너무 뛰어나면 한 가지는 부족한 게 있는 법이야. 그게 저 아이의 운이지 어쩌겠나."

원주들은 정신적인 충격을 받고 서로의 얼굴만 바라볼 뿐이었다.

원호가 있었다면 '그럴 리 없어'라고 대신 얘기를 해주었을 테지만, 불행히도 원호는 없었다.

대신 원주들은 다른 사실을 떠올렸다.

당가의 여아가 당가 비전의 춘약까지 풀었는데 장건이 넘어가지 않아 결국 포기하고 돌아가게 된 사실을……

 그건 극비에 가까운 일이었으나 원주들은 대부분 알고 있는 사실이었다.

 그리고 춘약이 통하지 않은 게 장건이 고자이기 때문이었다는 걸, 자기들도 모르게 인정했다.

 결정적으로, 오황이 내막도 모르면서 그런 말을 했을 리는 없지 않겠는가!

 * * *

 오황은 이상하게 즐거웠다.

 잘 쓰지 않는 경공으로 달리는 것도 그래서였다.

 그냥 마음 편하게 슬슬 걷는 것만으로는 이 기분을 가라앉힐 수 없었다.

 마구 우겨서 장건을 기절시키고 납치했지만 별로 신경 쓰이지 않았다.

 처음부터 삼초로 장건을 제압할 생각은 눈곱만큼도 없었다. 이미 장건이 그 정도에 제압될 아이는 아니라는 걸 알았다. 거의 우내십존에 버금가는 무인으로 보고 상대해도 쉽지 않으리란 걸 알고 있었다.

 앞선 두 번은 장건을 시험하는 것이었고, 세 번째는 눈가림

용으로 위력만 잔뜩 집어넣은 허세였다. 그때 이미 뒤로 돌아갈 생각을 하고 있었다.

따라서 자신의 마지막 장력은 상당한 위력이 담긴 것이었다.

그것을 장건이 그냥 받아낼 때만 해도 '저놈이 미쳤나!' 하고 장력을 거둘까 말까 고민하고 있었다.

그런데 장건의 눈빛을 보고는 장력을 거두지 않았다.

아니나 다를까!

자신의 장력을 태극경을 이용해 그냥 공중분해시켜버린 것이다!

오황은 그때 또다시 전율을 느꼈다.

이런 인재가 무공을 이상하게 싫어한다는 것도 안타까워졌다. 특정한 문파에 소속되어 있지 않은 오황인 만큼 강호의 미래를 짊어진 인재라면 문파를 가리지 않고 좋아하는 편이다.

"그랬구나. 그랬어."

심마의 근원은 공명검이라는 게 거의 확실하지만, 또 다른 원인도 알 것 같았다.

자신의 처음 생각이 맞다.

아이는 아이다워야 그게 자연스럽다. 그리고 지금 자신의 선택이 매우 자연스럽고 적절하다는 것도 자신할 수 있었다.

오황은 기절한 장건에게 대화하듯 말을 걸었다.

"앞으로 달리기만 하는 놈은 뒤를 볼 줄 모른다. 쉴 땐 쉬어야 달려갈 수 있는 힘이 생기는 법이야. 한창 뛰어놀 꼬마 놈이 세상을 모두 짊어진 듯한 얼굴 하지 마라."

장건은 보지 못했지만, 오황의 표정은 세상 그 누구보다도 복잡했다.

어떻게 하면 이 꽉 막힌 아이를 아이답게 풀어줄 수 있을까?

열여섯 한창때의 소년.

그 또래의 아이들이 가장 흥미 있어 할 것.

"에라 모르겠다! 내 강호에서 무슨 욕을 먹어도 좋다! 이미 욕은 먹을 만큼 먹고 있기도 하고! 독박이나 쪽박이나 그게 그건데, 내 얼마나 살겠다고 이런 부자연스러움을 그냥 넘길 수 있겠는가!"

오황은 무슨 결심을 했는지 비장한 표정으로 혼잣말을 했다.

그러나 입가는 희미하게 웃고 있었다.

부자연스러움을 참지 못해 개방의 전력 삼분지 일을 홀로 날려버린 오황.

그가 장건의 부자연스러움을 보고 칼을 뽑았다.

제4장

반야원앙일체공(?)

오황이 말했다.

"자, 약속 지켰다."

양소은과 호위 무사인 상달, 백리연, 그리고 거지 소녀는 눈만 끔벅거렸다.

바닥에 고이 널브러진 장건과 자랑스러워하는 오황을 번갈아 보며 이게 대체 무슨 일인가 생각했다.

상달이 정신을 차리고 물었다.

"무슨…… 약속이요?"

오황이 대답했다.

"보쌈해다 주기로 한 약속 말이다."

상달은 기겁하며 외쳤다.

"그런 약속 한 적 없잖아요! 이건 엄연히 범죄입니다요. 소림사에서 알기라도 하면 어쩌란 말입니까요!"

"괜찮아. 방장이 허락했어."

"누가 자파의 제자를 납치해 가는데 허락을 해요!"

상달이 기절해 있는 장건을 손가락으로 가리켰다.

"그리고 누가 이걸 보고 허락해서 데려온 거라고 생각하겠느냐고요. 지나가던 개가 봐도 억지로 두들겨 패서 데리고 온 게 뻔한데! 봐요, 머리에 혹도 나 있네!"

오황이 눈썹을 꿈틀거렸다. 상달이 급히 허리를 숙이며 말을 바꿨다.

"아, 그러니까 제 말은요, 왜 점혈을 하지 않고 굳이 기절시켜서 데려왔느냐는 거지요."

"점혈을 스스로 풀 줄 안단다. 그래서 기절시켰다. 왜? 그게 그렇게 이상하냐? 그럼 네놈은 섬절에 태극경에 백보신권까지 할 줄 아는 애를 밧줄로 묶어서 데려올 수 있나 보지?"

"섬절에 태극경에 백보신귀, 권까지요?"

상달은 바로 표정을 바꾸었다.

"아이고, 자가해혈을 할 줄 아는데 당연히 뒤통수를 냅다 후려쳐서 기절시켜야지요. 잘하셨습니다요."

상달은 '그게 문제가 아니라 왜 오기 싫다는 사람을 억지로 데려왔냐는 거라구요!' 라는 말이 턱밑까지 치밀었지만 참았다.

오황의 한쪽 눈썹이 더 찡그려지면 며칠은 똥오줌 못 가리게 처맞을 게 분명했다.

백리연이 조심스럽게 물었다.

"장 소협은 괜찮은가요?"

"이놈은 괜찮아. 내가 안 괜찮지."

"네?"

"아니다. 뭐, 그게 중요한 건 아니니까."

오황은 장건을 어깨에 둘러메고 올 때를 떠올렸다.

장건이 갑자기 깨어나면 골치가 아파질까 봐 기절한 상태에서 또다시 점혈을 했다. 깨어나서 스스로 해혈을 하려고 하면 공력을 써야 할 테니 그때 다시 기절시킬 생각이었다.

한데 조금 뒤 다시 확인해 보니 점혈이 풀려 있었다.

'뭐냐……?'

순간 '벌써 치매가 왔나?' 하고 의심했다.

방문을 꽁꽁 걸어 잠그고 밖으로 나갔는데 막상 나간 후에 문을 잠갔는지 기억이 나지 않는 느낌.

장건이 공력을 일으키기는커녕 깨어난 기척도 없었는데, 장건의 혈을 막아둔 자신의 공력이 완전히 사라져 있었으니 말이다.

'이상한데?'

분명 소림의 경내에서 장건이 해혈을 하려고 들었을 때에는 조금이나마 공력의 기운을 감지할 수 있었다. 한데 바로 어깨에 들쳐 멘 상황에서 기운을 하나도 느끼지 못했는데 해혈이 되었다는 건 이상하다.

긴가민가해서 다시 점혈을 했지만 똑같았다. 몇 번을 해도 결과는 똑같았다. 점혈을 하고 조금이 지나면 해혈이 되어 있으니 귀신이 곡할 노릇이었다.

심지어 마지막에는 점혈을 하다가 기겁을 했다. 손가락 끝에서부터 자신의 내공이 줄줄 빨려나갔던 것이다!

정말로 희한했다. 하다못해 흡정대법이라는 것도 어느 정도는 자기 공력을 이용해야 가능하다. 솜이 물을 빨아들이듯 그냥 줄줄 빨아들이는 건 오황도 어떤 연유인지 알 수가 없었다.

그리고 나서 장건이 보인 행동은 더 괴이쩍었다.

기절한 채로 입맛을 다시면서 '냠냠' 하고 소리를 내고 있었으니……

오황은 괜히 기분이 나빴다.

빡!

장건 머리의 혹은 그렇게 생겨났다.

오황은 고개를 세차게 흔들어서 그때의 생각을 날려버렸다. 결코 무시할 일은 아니었으나 당장에는 그런 생각을 해봐야 소용없는 일이다.

"흠, 내가 너희들에게 할 말이 있다만."

오황은 백리연과 양소은을 쭉 둘러보다가 마지막에 선 거지 소녀를 보고 물었다.

"근데 넌 누구냐?"

거지 소녀가 약간 삐친 투로 대답했다.

"오황 어르신이 괴롭힌 이 오라버니의 내자(內子)되는 사람인데요."

"응? 얘가 벌써 혼인했어?"

백리연과 거지 소녀가 동시에 대답했다.

"아뇨."

"네."

눈치가 아닌 듯하자 거지 소녀가 말을 돌렸다.

"아직은 아니지만 한 거나 다름없어요."

"……"

오황이 근엄한 목소리로 불렀다.

"상달아."

호위무사 상달이 재빨리 대답했다.

"이 처자는 제갈가의 사람인데, 자기가 장 소협의 첫 번째 부인이라고 우기고 있습니다요."

거지 소녀가 항변했다.

"우기는 거 아니거든요?"

상달이 딱 잘라 말했다.

"우기는 겁니다요."

오황이 거지 소녀를 보고 물었다.

"그럼 네가 제갈영이겠구나?"

제갈영은 원래 가문에서 사람이 와 억지로 끌려가던 차였다. 전 가주가 아픈데 소문도 안 좋게 왜 소림에 죽치고 있느냐는 불만이 가문 내에서 터져 나왔기 때문이다.

그러나 그냥 끌려갈 제갈영이 아니다. 제갈영은 눈치를 보다가 재빨리 탈출해서 다시 돌아온 것이다.

"처음 뵙겠습니다. 제갈가의 영이라고 해요."

"넌 처음이겠지만 난 아니다. 아주 어렸을 때 봐서 나도 못 알아보긴 했다만."

오황이 제갈영을 보고 물었다.

"그나저나 제갈립 그 아이가 오늘내일한다는데 집에 안 가봐도 괜찮겠느냐?"

오황의 나이가 세수 백에 이르렀다. 이제 환갑을 넘은 제갈가의 전 가주 제갈립에게 아이라고 하는 것도 무리는 아니다.

제갈영이 당당하게 대답했다.

"여인은 한 번 집을 나서면 출가외인(出嫁外人)이잖아요. 지아비를 버리고 제가 어딜 가겠어요. 그리고 이왕 돌아갈 거면 증손이라도 딱 낳아서 데리고 가야 할아버지도 좋아하시죠."

양소은과 백리연이 기가 막혀 했지만 오황은 껄껄 웃었다.

"대단한 배짱이구나. 아무렴, 여자나 남자나 배짱이 있어야 하는 법이다."

제갈영이 초롱초롱한 눈으로 물었다.

"그런데 오황 어르신께서는 제게 무슨 하실 말씀이 있으신가요?"

양소은이 제갈영의 머리를 쥐어박듯이 눌렀다.

꾸욱꾸욱.

"너한테만 하시는 말씀이 아니라 우리에게 한다고 하셨잖아."

제갈영이 눈물이 핑 돈 눈으로 머리를 만지면서 양소은을 흘겨보았다.

"오라버니에 관한 얘기면 첫 번째 부인인 내가 가장 먼저 들어야 하니까 그렇지!"

"이 꼬맹이가?"

오황이 손을 내저었다.

"됐다, 됐어. 중요한 얘기니까 일단은 너희들이 다 듣는 게 좋겠다."

"네!"

제갈영이 가장 먼저 대답을 했지만 오황은 코를 잡고서 제갈영에게 말했다.

"그전에 넌 일단 좀 씻고 오는 게 좋겠다. 지아비 앞에서 안 좋은 냄새 풍기는 것도 예의는 아니지 않겠느냐."

    * * *

"아우우, 머리야."

장건이 깨어나며 머리를 잡았다.

"뒷목을 맞은 것 같은데 왜 이마가 아프지?"

이마에 큼지막한 혹이 나 있었다.

"좀 괜찮아요?"

친숙한 목소리에 장건이 주저앉은 채 고개를 들었다.

"어?"

가장 먼저 백리연의 모습이 보였다. 언제나처럼 투명하고 맑은 눈동자인데 어딘가 모르게 안색이 좋지 않았다. 그 옆으로 양소은이 서 있다.

그리고 갑자기 등 뒤로 다가드는 서늘한 기운!

뭔가가 달려든다!

장건은 좌식(坐式) 나한보, 일명 앉아서 나한보를 사용하여 옆으로 이동했다.

"으앙- 서방님!"

철퍼덕.

장건을 껴안으려 달려들던 제갈영이 엎어졌다.

"……?"

방금 정신이 깬 터라 장건은 상황을 잘 이해하지 못했다.

"으앗! 미안!"

장건이 급히 제갈영을 일으켰다.

흙 범벅이 된 제갈영이 그렁그렁 눈물 맺힌 커다란 눈으로 장건을 쳐다보았다.

"너무해."

"아하하, 미안해."

언제 봐도 귀여운 제갈영의 표정에 장건은 기분이 좋아졌다.

"그런데 내가 여기엔 왜 있는 거야?"

그에 대답한 이는 오황이었다.

"내가 데려왔다."

장건이 벌떡 일어서서 뒤쪽의 오황을 쳐다보았다. 좋던 기분이 갑자기 가라앉았다.

"왜 절 여기로 데려왔어요?"

"내기에 내가 이겼으니까."

"그게 어떻게 이긴 거예요!"

"자아, 그럼 내가 이겼으니까 어떻게 할까나?"

오황의 천연덕스러운 말에 장건이 씩씩댔다.

"정말 바쁜 사람 데리고 이러실 거예요?"

"바쁜 사람?"

오황이 바닥에 침을 퉤 뱉었다.

"내가 볼 땐 네가 지금까지 한 게 다 헛일이다. 네가 안 하는 게 남을 돕는 거야."

장건에게 헛일이라는 건 절대 해서는 안 되는 것이다. 쓸데없는 일을 한 것만큼 우울하고 절망적인 일도 없다.

"어째서요?"

"그게 문제야! 자기가 뭘 하고 있는지도 모른다는 게 훨씬 더 위험하다는 거다."

오황이 설명했다.

"너는 그게 자연스럽다고 하겠지만, 실제로 네가 만진 벽화나 동상을 보고 다른 사람들이 피해를 볼 수 있다는 생각은 전혀 안 하고 있잖으냐."

"다른 사람이 피해를……. 그럴 리가 없어요. 전 사람을 다치게 하는 무공은 싫어한단 말예요. 그리고 벽화와 동상 때문에 어떻게 사람들이 피해를 입을 수 있어요?"

호기심 많은 상달이 끼어들었다.

"벽화와 동상이 어떤데 그러십니까? 소림사에 뭔 일이라도 났습니까?"

오황이 그 즉시 동작을 취해보였다. 오황이 지옥도라 생각했던 벽화에 그려져 있던 한 승려의 권법 시연 동작이다.

오황은 엉거주춤하니 권을 내밀고 섰는데 그 동작이 어정쩡하기 짝이 없었다.

"이런 젠장, 따라 하기도 힘들군. 하여튼 이런 게 잔뜩 소림에 널려 있더라. 어떠냐? 알아볼 수 있겠냐?"

상달이 고개를 갸웃했다.

"어라? 그건 소림의 이십팔식 오호권(五虎拳)인 것 같은데. 아니다, 뭔가 좀 다른 것도 같고요?"

"그게 아니고 이거예요."

장건이 직접 시범을 보였다.

오황의 동작과 마찬가지로 주먹을 뻗다가 만 어정쩡한 허보(虛步)의 자세였다. 그건 똑같은데 어딘가 모르게 착 안정되어 있다. 또 반대로, 동작은 안정되어 있지만 느낌은 불안정하다. 기이하기 짝이 없다.

그러나 상달이 옆에서 보았을 땐 그냥 그뿐이다.

"잘 모르겠는데요?"

"아, 멍청한 녀석. 앞으로 가봐, 앞으로."

상달이 내켜하지 않으면서 장건의 앞으로 섰다.

"응?"

옆에서 보았을 때와 앞에서 마주할 때가 완전히 달랐다.

장건의 온몸에 빈틈이 보인다. 어디를 때려도 때릴 수 있을 것 같다. 한데 장건의 반쯤 뻗은 주먹이 크게 거슬린다.

상달도 실력은 뛰어난 무인이다. 이리저리 가상의 접전을 펼쳐보았다.

순간 숨이 탁 하고 막혔다.

'얼라리요?'

장건의 주먹에는 힘이 실려 있지 않다. 아무리 내공을 써도 힘이 실릴 자세가 아니다. 중심이 뒤로 가 있고, 힘의 균형점이 뒷발의 발끝에 몰린 형태다.

그러나 다음 동작이 되면 달라진다. 진각을 밟으며 발을 교차시키면 상체와 함께 주먹의 한 점에 모든 힘이 집중될 것이다.

자세만 보자면 장건은 일권에 모든 걸 쏟고 있는 투다. 뒤를 생각하지 않고 무조건 일권을 박아 넣겠다는 의지가 보이는 동작이다.

몸은 허점투성이인데 섣불리 공격할 수가 없다. 아직 다 나오지 않은 주먹의 각도와 궤도를 생각해 보면, 정면에서는 감당하기가 어렵다. 공격을 해서 장건에게 치명상을 입힐 수는 있겠지만 자신도 전심전력을 다한 장건의 일권을 몸으로 받아내야만 하는 구조다.

아무리 생각해도 장건의 주먹을 피하거나 막을 수가 없다. 이렇게 하든 저렇게 하든, 어디 한 군데는 내줄 생각을 해야만 공격할 수 있을 것 같다.

상달은 찔끔하면서 옆으로 비켜섰다.

"으메, 놀라라. 정말 소림 무공이 아니네?"

"네?"

당황해하는 장건에게 상달이 설명했다.

"장 소협, 그 초식은 제가 보기엔 수비를 완전히 도외시하고 공격에만 전력을 다한 동작인 걸로 보이는데요. 너 죽고 나 죽자는 동귀어진의 수법은 결코 대자대비한 소림의 무공이라 할 수 없죠."

장건은 상달의 말에 조금 깨닫는 바가 있었다.

저 동작의 벽화를 어떻게 그리라고 할 때만 해도 최대의 효율을 뽑아내는 동작만을 추구하고 있었다. 그것은 곧 상대를 가장 빠르고 치명적으로 쓰러뜨릴 수 있다는 뜻에 다름 아니었다.

 그건 인정할 수밖에 없었다.

 하지만 동귀어진의 수법이라 수비가 안 되어 양패구상한다는 건 이해가 되지 않는다.

 "그렇지 않아요. 이게 어떻게 너 죽고 나 죽자가 될 수 있어요?"

 "수비할 의도가 전혀 없잖습니까. 그런 자세로는 아무렇게나 휘두르는 칼조차 피할 수 없어요. 뭐, 칼을 휘두른 놈도 당하겠지만……."

 장건이 되물었다.

 "정말 이 동작이 그렇게 보여요? 수비도 할 수 있는 동작이에요."

 "에이, 그 동작 중에는 보법도 못 펼칠걸요? 기혈이 엉망으로 꼬여서 피나 토할 거 같은데."

 상달이 계속해서 말했다.

 "어쨌든 그런 살의가 가득한 동작들은 소림과 어울리지 않는 것 같은데요? 제가 팔 하나를 주면 장 소협은 목숨을 내줘야 하죠. 죽을 때 죽더라도 팔다리 하나 가져가겠다는 게 어떻게 소림과 어울리겠습니까? 소림에 그런 게 하나도 아니고 여러 개 널려 있으면 좀……."

 오황이 상달의 말에 혀를 찼다.

 "아직 네놈은 멀었구나. 저건 이놈아, 일격필살(一擊必殺)의

절초다. 팔 하나를 줘도 안 돼. 네놈이 팔 하나를 주면 이길 거 같아? 해봐라, 그렇게 되나. 저게 권공이라면 그렇게 될지도 모르겠다만 중간에 조공(爪攻)이나 수공(手攻), 장공(掌攻)으로 바뀔 수 있다는 생각은 안 드냐?"

상달이 생각해 보니 정말 그러하다. 아직 장건은 주먹을 다 뻗은 형태가 아니다. 권공이면 그럭저럭 피해만 입고 말 것 같은데 중간에 다른 형태로 바뀐다면 또 달라진다.

조공을 쓰면 갈비뼈가 다 뜯겨 나가고, 수공을 쓰면 목이 날아가고, 장공을 쓰면 복부 내장이 다 녹아버릴 것이다. 어떤 부위든 자신의 허점이 드러난 곳을 무참히 찢어발길 듯하다.

그게 가능한 건 장건의 자세가 그 어떤 동작으로도 변형시킬 수 있는 자세이기 때문이었다. 일정 수준에 오른 고수라면 그 동작에서 여러 가지로 동귀어진의 초식을 파생시킬 수 있을 것이다.

'어어? 듣고 보니 또 그러네.'

단순히 일초식으로 동귀어진을 구사하는 게 아니라, 그야말로 완벽한 동귀어진을 준비한 자세다. 수많은 변초를 내포하고 있는 확실한 일격필살이다.

물론!

장건의 저 자세를 똑같이 따라할 수 있다면, 그리고 저 초식의 내공 운용법을 알고 있다면, 이라는 단서가 붙는다.

상달이 보기엔 내공 운용보다 동작 자체를 따라하는 것이

가장 어려울 것 같았다.

그래도 은근히 욕심이 난다.

'하나 배워두면 언젠가는 써먹을 일이 있지 않을까?'

살다 보면 내가 죽더라도 꼭 죽이고 싶은 놈 하나는 있으니까 말이다.

상달의 표정을 보고 오황이 끌끌거렸다.

걱정대로였다.

무리하다는 걸 몰라도 욕심을 내지만, 알아도 욕심을 낸다. 그게 무인의 습성이다.

"꿈 깨라. 저거 아무나 하는 거 아니다. 내 볼 땐 저 동작에 내공을 운용했다간 십중팔구 주화입마다. 너같이 모자란 놈들이 저걸 보고 욕심을 내니까, 그래서 내가 걱정이 된단 말이다."

"에이……."

상달은 오황이 괜히 그런다고 생각했다.

하지만 그런 상달의 생각을 읽은 듯, 오황이 손을 뻗었다.

찍-

지풍이 날아갔다.

상달이 아니라 아직도 동작을 취하고 있는 장건을 향해서였다.

장건은 초식을 거두지 않은 상태였는데도 가볍게 우측 어깨만 한 치쯤 낮추어서 지풍을 피해냈다.

다른 사람이 보면 지풍이 장건의 어깨를 통과한 듯 보였다.

상달은 그 광경을 보고 얼이 빠졌다.

방금까지 기혈이 엉망이 된다는 둥, 수비가 되지 않는다는 둥 했는데 장건은 아무렇지 않게 거의 움직이지도 않고 지풍을 피해낸 것이다. 혼자 비틀거리다가 쓰러져도 이상하지 않은 자세에서!

"아니, 그러니까 내 말은…… 그게 참 보통 사람들은 안 될 것 같은데…… 장 소협은 되니까, 어…… 음……."

오황이 상달을 무시하고 딱 잘라 말했다.

"수비가 된다는 저놈 말이 틀린 게 아냐. 다만 수비든 공격이든 저건 저놈만 되는 거야. 알겠냐? 저기서 장공이든 조공이든 마음대로 바꿀 수 있는 건 저놈뿐이라고. 그러니까 넌 그냥 시·키·는·거·나 잘해라."

오황이 유독 몇 마디 말에 힘을 주어 말했지만 장건은 그게 무슨 의미인지도 몰랐고, 신경도 쓸 수 없었다.

오황이 바로 고개를 돌려 장건을 보고 말했기 때문이었다.

"이놈아, 귓구멍 파고 잘 들어! 지금 그런 건 섬절에 백보신권을 섞고, 불영신보에 대나한선보와 태극경을 섞어 쓰는 네놈이나 되는 거란 말이다. 보통은 한 가지 초식에 한 가지의 내공을 운용하는 것도 버거워서 수천, 수만 번 같은 동작을 한다. 내공이 몸의 동작에 맞춰서 저절로 움직이도록 노력을 하는 게 정상이야."

장건은 다른 사람들이 내공을 얼마나 힘들게 운용하는지 잘 모른다. 왜냐하면 장건은 그냥 생각하는 대로 내공이 움직여 주니까.

하지만 그냥 가만히 내공을 움직이는 게 아니라 미세한 동작에 따라서 내공의 흐름이 훨씬 더 좋아질 수 있다는 건 안다. 특정한 자세에서 내공이 더 잘 움직인다는 뜻이다.

오황이 계속해서 말했다.

"그러니 너만 할 수 있는 저런 동작을 어지간한 놈들이 따라했다가는 기혈이 다 망가져서 피를 토하고 쓰러질 거다. 근데 그걸 남들 다 지나다니는 데다가 보란 듯이 그려놓으면 어쩌란 거냐?"

장건은 아무 대답도 할 수 없었다.

상달이 혼란스러워하는 장건을 보고 '쩝' 하고 입맛을 다셨다.

'섬절에 백보신권, 불영신보에 대나한선보와 태극경을 섞어 써? 확실히 그런 괴물이니까 저런 동작도 가능한 거였구만. 희한하네. 만년설삼에 공청석유 같은 영약을 끼니때마다 퍼먹어도 안 될 것 같은데.'

그러나 눈치가 빠른 상달은 곧 오황이 무슨 점을 지적하는지도 알아들었다.

'그러니까, 괴물이 일반 사람과 다르다는 걸 알려주고 싶었던 거로군. 쯧쯧.'

뛰어난 것도 좋지만 남들과 다르다는 것도 꽤 피곤한 일이다. 스스로 그것을 깨닫지 못하고 있다면 더더욱 말이다.

'하여간 오지랖도 넓은 영감탱일세. 남이야 그러거나 말거나, 왜 부자연스러운 건 죽어도 그냥 못 넘어가냐고.'

상달이 그런 생각을 하고 있을 때, 오황이 입을 열었다.

"넌 잘난 놈이야. 그것도 남들이 상상하지 못할 정도로 아주 아주 특이하고 부자연스럽게 잘난 놈이지. 그런데 스스로 네가 얼마나 잘난 놈인지 모르고 행동하니까 자꾸 귀찮은 일이 생겨버려. 내 말이 틀리냐?"

잘났다는 말에 얼굴이 화끈 달아올랐지만 장건은 곧 고개를 가로저었다.

"아뇨. 할아버지 말이 맞아요."

"그러니까 네가 지금 생각해야 될 건 소림의 진산식 행사 준비도 아니고, 공명검을 따라하는 것도 아니다. 귀찮음을 벗어나는 데에는 검성처럼 천하제일인의 자리에 서서 남들이 함부로 덤비지 못하게 하는 것도 있다만, 네가 할 일은 그게 아냐."

"그럼 제가 어떻게 해야 하나요?"

장건은 간절한 표정으로 오황을 바라보았다.

하지만 오황은 얄궂게도 바로 대답해주지 않았다.

"알고 싶으냐?"

장건이 힘차게 고개를 끄덕였다.

"네."

"알려주는 건 어렵지 않지! 하지만 남들은 내가 성격이 더럽다고 오황이라 부른다. 그런 내가 방법을 쉽게 알려주면 그건 너무 웃긴 일이겠지? 오황이란 별호와 매우 안 어울리는 부자연스러운 일이지 않겠느냐?"

오황은 말을 끝내기가 무섭게 공력을 끌어올렸다.

장건이 본능적으로 반응해 마주 공력을 끌어올리려는데, 오황은 장건이 아닌 다른 방향으로 장을 뻗었다.

세 줄기의 장력이 날아갔다.

퍼퍼펑!

폭음과 함께 세 마디의 날카로운 비명 소리가 울렸다.

"악!"

"꺄악!"

"크윽!"

장건이 깜짝 놀라 보니 양소은과 백리연, 제갈영이 가슴을 부여잡고 나동그라져 있다.

"이게 무슨 짓이에요!"

장건은 가장 가까이에 있던 제갈영을 부축했다. 제갈영의 얼굴이 삽시간에 붉게 달아오르더니 후끈한 열기가 풍겨 나왔다.

자기 몸이라면 어떻게든 할 수 있겠는데 남의 몸에서 이런 일이 생기는 것에 대해서 장건은 무지하다. 어떻게 해야 할지 몰라 당황스러웠다.

오황은 뭐가 즐거운지 낄낄대며 말했다.

"사람을 다치게 하는 무공이 싫다 하면서 사람을 즉사시킬 무공만 연구하는 네놈에게 과제를 내주마."

오황이 품에서 낡고 얇은 책자 하나를 꺼내어 장건에게 던졌다. 멋진 허공섭물 따위의 수법이 아니라 오황답게 그냥 던졌다.

툭.

멋대가리 없이 바닥에 책자가 떨어졌다.

장건이 책자를 주워들었다.

겉장이 찢어진 조잡한 책이다.

몇 장을 더 넘기던 장건은 얼굴이 벌겋게 달아올랐다.

벌거벗은 남녀 둘이 뭔가 이해할 수 없는 초식을 시연하는 듯한 그림들이 매 장마다 짧은 설명과 더불어 그려져 있었다.

"이걸 왜……."

오황이 말했다.

"내가 방금 사용한 것은 삼화열양장(三和熱陽掌)이다. 그리고 그 무공서는 반야원앙일체공이라 하는데, 삼화열양장을 해소할 수 있는 수법이 담겨 있지."

오황이 말을 마치고 상달을 힐끗 보았다.

"……"

상달은 멍하니 있었다. 오황이 무시무시한 눈으로 째려보자 정신을 차렸다.

상달이 무언가를 깨달은 듯 비명을 질렀다.

"아앗! 삼화열양장! 맞은 지 삼 일 안에 온몸이 타버리며 죽는다는 그 전설의 무공! 우리 아가씨에게 이런 짓을 하다니!"

장건은 심장이 덜컥 내려앉아 상달을 쳐다보았다.

"사, 삼 일 안에 타 죽는다구요?"

상달이 눈물을 훔쳤다.

"크흑, 삼화열양장은 천하에 어떤 빌어먹을 개잡종 쌍놈이 창안한 장법인데, 그 수법에 당한 사람은 지옥의 겁화보다도 더 뜨거운 양기(陽氣)를 이겨내지 못하고 타 죽는다 합니다."

'천하에 어떤 빌어먹을 개잡종 쌍놈'이란 말에 오황의 눈썹이 잠시 꿈틀거렸으나, 장건은 보지 못했다.

장건은 부끄러움보다도 더 급한 마음에 책자를 뒤적거렸으나 이제껏 본 중에 가장 '의미 없는' 동작들이라 조금도 이해할 수 없었다.

"아…… 아무것도 모르겠어. 이건 정말 너무해요! 어떻게 이런 짓을……."

백리연과 양소은, 제갈영이 처참하게 타 죽는 모습이 자꾸만 눈앞에 아른거렸다. 끔찍하고 무서웠다.

오황이 코웃음을 쳤다.

"에이잉, 제 잘났다고 활개 치던 놈이……. 내 친절하게 알려주마. 삼화열양장은 양의 수법이니, 음의 기운이 강한 폭포 아래에서 남자와 여자가 반야원앙일체공을 완벽하게 펼치면 점차 삼화열양장의 기운이 해소되느니라."

"하지만 전 이게 무슨 말인지 전혀 모르겠어요. 그리고 전

노사님의 곁에서 멀리 떨어져 있으면 안 돼요. 소림사 밖에 나와 있으면 안 된다구요."

"소림사가 여기서 얼마나 멀다고. 네놈이면 한 식경도 안 되어 올라갈 건데. 뭐, 됐다. 싫으면 그냥 돌아가든가."

"그럼 다 죽잖아요!"

"활법(活法)은 본래 살법(殺法)보다 어렵다. 네가 사람을 죽이는 무공은 잘도 하면서 살리는 무공은 못하겠다면 어쩔 수 없는 일이지."

오황이 눈짓을 해 제갈영들을 가리켰다.

"네가 그러고 있는 동안에도 죽어가는 사람이 있다는 걸 잊지 말거라. 네가 삼 일 안에 과연 반야원앙일체공을 터득할 수 있을까?"

"하악…… 하아……."

셋은 얼굴이 빨갛게 달아올라 거친 신음을 내뱉고 있었다. 간절하게 장건을 바라보고 있다.

애초에 이런 상황을 만든 것은 오황이다. 그런데도 오히려 자신에게 책임을 묻는 오황의 뻔뻔함은 도를 넘어 치가 떨릴 지경이었다.

하나 이제껏 오황이 보인 언행을 돌이켜보면 따져봐야 무의미할 뿐이었다.

'내가 노사님의 곁에서 멀리 떨어져 있으면 우리 가족들이…… 후우.'

그래도 당장 눈앞에서 죽어가는 이들을 버릴 수가 없었다.

하기야 오황의 말대로 소림이 아주 먼 곳도 아니고, 굉목과 꼭 붙어 있지 않더라도 그간 별일 없기도 했다. 며칠쯤이야 괜찮을 거다.

'왜 무공을 배운 사람들은 사람의 목숨을 이렇게 쉽게 여기는 거야? 차라리 내가 당한 거였으면…… 하아.'

갈등하던 장건은 결정을 내렸다. 어차피 고민한다고 다른 방법이 있는 것도 아니었다.

최대한 빨리 무시무시한 삼화열양장을 해소하여 돌아가는 것, 그것만이 장건이 할 수 있는 유일한 선택이었다.

* * *

쏴아아아!

그리 크지 않은 아담한 폭포의 물줄기가 세차게 쏟아지고 있었다.

장건은 비틀거리면서 겨우 걷는 셋을 부축해 폭포의 근처까지 데려다 두었다.

그리고는 책을 펼쳐 어떻게든 해독하려 애를 썼다.

그 모습을 멀리 풀숲에서 오황과 상달이 지켜보고 있었다.

"으흠, 네 연기력이 아주 뛰어나더구나?"

상달이 넙죽 고개를 숙였다.

"저야 뭐 시키신 대로 했을 뿐인데요. 그런데……."

"그런데 뭐?"

"삼화열양장이 정말 있는 수법입니까?"

"천하에 어떤 빌어먹을 개잡종 쌍놈이 만들었다며? 내 살아생전에 그렇게 부자연스럽고 말이 안 되는 욕은 처음 들었다."

"에헤헤헤. 꼭 그런 뜻은 아니었구요. 아이 참, 사부님을 향한 제 마음 아시잖습니까."

"사부 싫다고 도망간 놈이 필요할 때만 사부 찾는구나."

"에헤헤. 제자의 안목을 넓혀주실 거라 믿습니다."

"흥."

코웃음을 친 오황이 설명했다.

"장법인 척하면서 도도혈(陶道穴)을 막고 명문(命門)과 요양관(腰陽關)에 기를 불어 넣었다."

"도도는 양기의 통로고, 명문과 요양관은 양기를 돋우는 혈…… 그렇군요."

"양기가 몸을 빠져나가지 못하고 오히려 샘솟는 양기는 늘어나니, 며칠 동안은 열병 환자처럼 몸에서 열이 푹푹 날 게다. 뭐, 그 정도의 고생이야 감내하겠지."

"아, 그럼 그 책자는 뭡니까? 반야원앙 어쩌구 하는 거요."

"서장 밀교 중에서도 구생승(俱生乘)이라는 유파에서는 세상을 대우주로 보고 사람의 몸을 소우주로 본다. 육체적 감응을 통해 우주합일을 이루어내기 때문에 남녀 교합(交合)을 한 방편으로 하지. 본 명칭은 반야합일주무상경(般若合一綢繆相經)이라고 하여……."

"으헛!"

상달이 눈을 동그랗게 떴다.

"남녀가 교합하는 방법이 적혀 있단 말입니까? 그렇게 좋은 사마외도의 무공서가! 그럼 장 소협은 삼 대 일로……."

왠지 부럽다는 얼굴이어서 오황이 짜증을 냈다.

"애를 무슨 색마로 만들어 무림 공적 삼을 일 있냐? 본래는 남녀 간의 정신적 교감을 더욱 끌어올리는 수양 과정서야. 근데 그게 중원으로 넘어 오면서 무슨 이상야릇한 그림으로 변하더니 허술한 번역을 덧붙여서 '서장의 성력증강비전서(性力增强秘傳書)'라고 돌아다니지 뭐냐. 심심해서 하나 사봤는데 무공서는 무슨……. 그냥 잡서야."

"근데 아무리 무공서가 아니라고 해도 그걸 보고 잘못되면 어떡합니까? 잡서를 비급으로 여기고 잘못된 이들이 얼마나 많은데요."

"그림만 그럴듯하지, 잘못될 만한 얘기는 전혀 없다."

"그런데 저런 걸 왜 주신 겁니까?"

"산에만 처박혀 산 도인들이 왜 여자를 어려워하겠냐? 대해 본 적이 없어서 그런 거야. 같이 얘기도 나눠보고 어울려도 보고, 그러다 보면 여자든 남자든 세상의 일부이며 서로 끌리는 게 자연스럽다는 걸 알게 되는 거다. 난 저놈이 그렇게 되기를 원하고."

"그렇게 허술하면 대번에 들통 나는 거 아닙니까?"

"똑똑한 놈들이 제일 많이 실수하는 게 뭔지 아냐?"

오황이 낄낄댔다.

"자기 꾀에 자기가 넘어가는 거다. 내 장담하는데, 저놈도 그렇게 될 거야. 자기 머릿속에는 무공만 가득한데 그걸 모르거든."

상달은 툴툴거렸다.

"그렇다 쳐도 셋은 너무한 거 아닙니까? 한 명도 없는 사람도 있는데 셋이라니요. 강호의 큰 어른이 일처다부제를 지지하니까 빈익빈부익부가 자꾸만 심해지는 거란 말입니다."

"그게 저놈 복인데 어쩔 거야. 능력 되면 삼처사첩이 뭐 대수냐?"

상달은 투덜거리는 걸 들키지 않으려 고개를 돌리고 말했다.

"근데요."

오황이 눈을 치켜떴다.

"또, 뭐!"

"아뇨, 아뇨. 전 그냥 굳이 폭포에서 차가운 물에 흠뻑 젖어가며 반야일체공을 행해야 되는 이유도 있는 건가 해서요."

오황이 갑자기 침까지 튀며 열변을 토했다.

"세상에서 가장 미련한 놈이 무공 바보다. 내 다른 건 몰라도 홍오의 그 생각에는 동의하는 바지. 무공만 판다고 깨달음이 오냐? 남자라면 여자도 알아야 하고, 술맛도 알아야 한다. 오욕칠정을 모르고서는 그에 번뇌하는 중생의 마음도 헤아릴 수 없는 법이야! 오욕칠정을 모르는데 어떻게 오욕칠정을 벗어나 해탈을 해!"

오황이 지나치게 화를 내는 바람에 상달은 적이 당황했다. 잘 나가다가 갑자기 획 건너뛴 듯 이상한 저 설명은 뭐란 말인가?

"제 말씀은 그게 아니라……."

"심마에 든 건 준비가 안 되어 있기 때문이야! 능력도 안 되고 준비도 안 되어 있는데 계속 그것에 연연하면 심마가 화마(火魔)가 되어 몸을 집어삼키는데 왜 그걸 몰라! 그럴 땐 잠시 쉬면서 눈을 다른 데로 돌려야 해법도 보이고 그러는 게야!"

앞뒤도 없이 횡설수설하는 듯한 오황의 말에 상달이 자기도 모르게 화를 냈다.

"제가 언제 그거 물었습니까? 저는 알지도 못하는 뭔 심마요! 그냥 물가도 아니고 굳이 폭포에서 해야 되는 이유를 물은 거잖습니까!"

겁을 상실하고 덤비는 상달을 향해 오황이 노한 목소리로 답했다.

"그게 더 보기 좋잖아!"

흠칫.

멈칫.

워낙 사람이 자연스럽다 보니 속내를 잘 숨기지 못하는 오황이다.

오황은 고개를 휙 돌리고 헛기침을 했다.

"어험험!"

상달이 가늘게 뜬 눈으로 오황을 보면서 음흉한 웃음을 지었다.

"아하……. 그러니까, 양기 때문에 꼭 음기가 강한 곳에서 해야 된다기보다는! 옷이 물에 젖어 착 달라붙어가지고 굴곡이 다 드러나고 은은히 비치는……."

오황이 눈을 부라렸다.

"내가 내 욕심 때문에 그런 것 같으냐? 내가 이 나이에 쟤들 어떻게 좀 이어주려고 자리를 만들어놓고 몰래 훔쳐볼 개새끼로 보이냐?"

"전 그냥 개인적인 취향을 남에게 너무 강요하는 게 아닌가…… 하는 생각도 좀 들고 그러네요."

콱!

오황이 상달의 멱살을 잡고 얼굴을 가까이 가져다 댔다.

"켁켁."

"혹여나 훔쳐볼 생각은 말고 안 보이는 데서 호법이나 잘 서라. 나는 원래 사람 닮은 개새끼를 보면 일단 패야 한다고 생각하는 사람인 거 알지?"

무시무시한 살기가 쏟아지고 있었다.

"그, 그럼요. 헤헤헤헤."

"나는 그럼 소림에 좀 다녀올 테니 잘하고 있어. 호법 설 놈만 아니었어도 그냥 콱 반쯤 죽여 놓는 건데."

오황이 상달을 밀쳐버리고는 으르렁거렸다.

"잘하겠습니다! 근데 왜 소림에는 또……."

"방장 대사의 엉덩이를 때려준다고 약속을 했다."

"네?"

상달이 엉거주춤한 사이 오황은 경공을 발휘해 자리를 훌쩍 떠나버렸다.

"거참, 잘 쓰지도 않는 경공까지 쓰면서 자리를 모면하실 거면 남한테 소리나 지르지 말든가."

상달이 투덜거리면서 옷매무새를 만졌다.

시킨 대로 호법을 설 자리를 찾아야 했다.

자리를 뜨기 전에 상달은 잠시 장건을 쳐다보았다.

그의 입에서 나지막한 한숨 같은 소리가 흘러나왔다.

"그래도 정말 부럽긴 부럽다. 에휴…… 난 언제나 장가라도 가보냐."

* * *

오황은 퉁퉁거리며 뜨거운 차를 한입에 마셔버렸다. 방장실에서 굉운과 독대하는 자리.

쪼르륵.

오황이 빈 잔에 다시 찻주전자를 들어 따르며 굉운에게 말했다.

"내 물어볼 게 많은데, 내 입으로 묻지 않아도 방장 대사가 다 알아서 말해줄 거라 믿네. 소림의 골칫덩이를 맡아줬으니 들을 자격도 있다 생각하고."

"그렇습니다. 서한으로는 미리 알려드릴 수 없었던 것을 용서하십시오."

"됐네. 그러니까 지금이라도 얘길 해보라는 걸세. 장건이란 놈은 이미 만났으니까 홍오가 어찌 되었는지부터 말해봐. 대체 홍오가 어떻게 되었다는 거야?"

굉운은 잠시 말을 고르다가 입을 열었다.

"강호에 혈우성풍(血雨盛風)이 일 듯합니다."

오황의 눈이 가늘어졌다. 그 한마디로 이미 오황은 사태를 짐작할 수 있었다.

"홍오가 위패를 버렸는가?"

법명이 조각된 명패. 그것을 버렸다는 건 소림과의 연을 끊었다는 걸 의미한다.

굉운이 고개를 끄덕이자, 오황은 자기도 모르게 비틀린 입술로 욕설을 내뱉었다.

"미친놈, 공명검에 맞아서 헤까닥 했다더니?"
"그분께 주어진 시간은 그리 많지 않을 것입니다."
"그럼 더 발악을 하겠구먼. 그 녀석의 목적이 뭐라 하던가?"
"새로운 세상을 보고 싶다 하셨습니다."
"허!"
오황이 몸을 뒤로 젖혔다가 잠시 생각에 잠겼다.
그리고는 혼잣말을 하듯이 천장을 바라보며 굉운에게 물었다.
"홍오가 풍진과 검왕을 때려눕혔다며. 파문 당시에도 그 정도의 수준이었는가?"
굉운이 씁쓸하게 대답했다.
"본문의 제자 135명이 펼친 경안각지진을 용호장 단초(單招)로 파해하였습니다."
오황은 클클거리고 웃었다.
"정말 미친놈이군, 미친놈이야. 죽어가는 놈이 점점 더 강해지고 있어? 혈우성풍이 일 거라는 자네의 말에는 의심의 여지가 없겠네."
오황은 고개를 내리고 몸을 당겨 앞으로 했다. 진지한 얼굴로 오황이 말한다.
"사실은 나도 강호의 판도가 지금 이대로 고착화되어서는 안 된다고 생각하네. 그러나 장강의 뒷물결이 앞물결을 밀어내듯 자연스럽게 흘러야 한다고 믿네. 앞물결이 뒷물결에 삼켜지는 것은 부자연스럽지. 홍오가 바라는 것은 아마도 후자

일 테지?"

"빈승 역시 그리 생각합니다."

"그래서 어디에도 소속되어 있지 않고 오지랖도 넓은 날 굳이 골라 부른 것일 테지?"

"송구스럽습니다."

"마음에도 없는 인사치레는 됐네. 그나저나 골치 아프게 되었구먼. 최근 무림의 움직임이 심상치 않아 관에서도 예의 주시하고 있다는 판에……."

오황의 이마에 주름살이 잔뜩 패었다.

홍오가 검성의 공명검 일초를 받아내지 못했다고 하나, 홍오의 능력은 충분히 강호를 뒤집을 만하다.

그것이 단순히 강호 무림의 일이라 하더라도 큰 혼란이 올 터인데, 관이 무림을 통제하려는 의지가 강한 지금의 정세에서는 더욱 위험한 시도일 수 있는 것이다.

"그런 면에서, 나는 방장 대사의 의중을 짐작하지 못하겠네. 요즘처럼 더욱 혼란스러운 과도기에 자네가 너무 웅크리고만 있는 듯하이. 때를 기다리는 것 치고는 너무 행동이 굼떠."

핑운이 말없이 고개만 끄덕끄덕했다.

"내가 아는 활불은 강호든 소림이든 이리도 방치할 사람이 아닐세. 보면 모르겠는가? 소림은 지금 개판이야, 개판. 도박장엘 가도 이것보단 나아."

오황이 탁자를 탁 하고 쳤다.

"자! 말해보게. 대체 자네는 무슨 염치로 방장실에만 틀어박혀 묵상(默想)하는 호사를 누리는 겐가! 세상이 어떻게 돌아가든 혼자만 유유자적하면 다라는 건가?"

굉운이 담담히 미소를 지었다.

"그렇지 않습니다."

"그러니까 말해보란 말야! 장건이란 아이야 그렇다 쳐도 뭔가 돌아가는 꼴이 영 난장판인 데 대해 설명해보란 말일세!"

굉운이 천천히 몸을 일으켰다.

붉은 가사를 당기고 황색 승복의 앞섶을 주섬주섬 연다.

굉운은 가슴에 붕대를 친친 감고 있었다. 이어 승복을 모두 젖히고 붕대를 풀었다.

오황의 눈이 크게 뜨였다. 붕대를 몇 겹이나 두르고 또 둘렀는데도 붕대는 피를 흠뻑 머금고 있다.

드러난 맨가슴에는 반 뼘 정도의 상처가 나 있었다. 방금 상처가 난 듯 핏기를 머금고 있다.

굉운이 몸을 뒤로 돌렸다.

드러난 등에는 무인으로서 그의 행적을 보여주듯 수많은 상처가 있었다.

그러나 그중에서도 단연코 눈에 띄는 것은 날갯죽지부터 허리까지 이어진 긴 검흔(劍痕)이었다.

훅 하고 피비린내가 풍긴다.

가슴에 난 상처와 마찬가지로 갈라진 상처는 금방이라도 핏물을 쏟아낼 듯 핏기가 일렁인다. 멀쩡한 살이 갈라진 것처럼 상처가 쩍 벌어져 있어 근(筋)이 다 드러나 있다.

공명검에 당한 지 꽤 시간이 지났는데도 조금도 아물지 않았다. 갖은 약재와 고약을 붙여두었는데도 전혀 아문 기미가 없다.

일반 상처와 다른 것은 진물이 흐르지 않는다는 점이다. 사이한 기운이 아니라 극도로 정순한 기운에 당한데다 굉운의 내공 역시 심후하여 상처가 썩거나 곪지 않고 있는 것이다.

그래서 상처가 생생해 더 끔찍하다.

굉운이 통증 때문에 꿈틀거리자 한 줄기 핏물이 주룩 하고 흘러내린다. 굉운이 몇 곳의 혈을 누르자, 그때서야 피가 멈추었다.

"으음……."

오황은 침음을 흘렸다.

뒤쪽의 상처가 앞쪽까지 관통하여 이어져 있다는 걸 굳이 묻지 않아도 알 수 있었다.

엄청난 상처다. 보통 사람이라면 벌써 즉사하고도 남았을 상처다.

굉운은 다시 붕대를 감았다. 그가 승복과 가사를 걸치고 옷매무새까지 완전히 할 때까지 오황은 아무 말도 할 수 없었다.

굉운이 다시 자리에 앉았다.

담담한 어투로 굉운이 말했다.

"공명검이 대단하긴 대단하더군요. 아무리 애써도 아물기는커녕 나아지는 기색이 없습니다. 온 힘을 다해도 출혈이나 막는 게 고작입니다. 잠시만 방심해도 방금처럼 피가 쏟아지고 말지요."

오황의 눈빛이 깊게 침잠했다.

"공명검이 그 정도였던가……."

검기에 당한 상처는 잘 아물지 않는데 공명검은 그 도가 더하다.

"홍오에게 주어진 시간이 얼마 남지 않았듯……."

오황의 말을 굉운이 이었다.

"저 역시 얼마 남지 않은 듯합니다."

그랬다.

굉운도 공명검의 상처를 낫게 하는 게 아니라 버티는 게 고작이었다. 다른 데에 심력을 쏟을 겨를이 거의 없는 게 아니라 아예 없는 것이다.

"그래서 진산식도 번갯불에 콩 구워먹듯이 일정을 당겼구면."

"화산과 불구대천의 원수지간이 되는 것은 원치 않기 때문입니다. 부처님께서 살펴주신다면 조금 더 살 수 있겠습니다만."

오황은 이해할 수 있었다.

굉운의 마음도 얼마나 복잡하겠는가.

"그래. 자식 장가가는 거 못 보고 죽은 부모만큼 불쌍한 부모도 없지. 죽더라도 어떻게든 장가는 보내놓고 죽어야지. 그래도 너무 팽개쳐 두지는 말게. 부모는 죽는 순간에도 자식에게 잔소리를 늘어놓는 법이야."

"알겠습니다. 앞으로는 잔소리도 좀 하겠습니다."

오황이 실소를 지었다.

"그러고 보니 검성도 어이쿠야! 했겠네그려. 기껏 잘난 척 했는데 아직까지는 아무도 공명검으로 성불(成佛)시키지 못했거든!"

굉운도 웃었다.

잠깐의 대화를 나누었을 뿐인데 굉운의 안색이 급격히 나빠진다.

오황은 그것을 보고 자리에서 일어섰다.

"뭐, 대충 사정은 알았으니 난 가네."

굉운이 배웅차 함께 일어섰다.

"건이는 진산식 때 볼 수 있겠습니까?"

"제 하기 나름이지. 길은 열었으니 운이 좋다면 심마도 극복하겠지. 하여튼 요즘 애들은 눈만 높아서 큰일이야. 누가 공명검 한다고 그러면 지도 할 수 있을 줄 알아."

그만큼 장건이 받은 충격이 컸기 때문이겠지만, 오황이 농담으로 하는 말인 걸 굉운도 알아들었다.

"알겠습니다. 그럼 믿겠습니다."

"방장 대사의 믿음에 보답은 해야겠지. 안 되면 두들겨 패서라도……."

말하다 말고 오황이 얼굴을 확 찡그렸다.

말버릇이 원래 그래서 그냥 나온 말인데 생각해 보니 장건과는 어울리지 않는 말이다.

"에잉! 그냥 믿지 마. 두들겨 팬다고 들을 놈도 아니고 패겠다고 맞을 놈도 아냐, 그놈. 나도 어떻게 될지 모르겠어. 똘똘한 가문의 여식들이 붙어 있으니 어떻게든 되겠지, 뭐."

굉운이 빙그레 웃었다.

장건은 통상적으로 생각할 수 있는 무의 길에 있지 않다. 그럼에도 불구하고 이미 강호에서 장건을 상대할 수 있는 이는 손에 꼽을 정도다.

따라서 장건에게 중요한 건 무공이 아니다. 무리를 바탕으로 한 깨달음도 아니다.

너무나 빨리 발전한 무공에 비해 자라지 못한 정신적 성장이 관건이다.

그것을 정확하게 오황이 짚어내고 있었기 때문에 여식 운운한 것이다.

굉운은 진심으로 편안하게 웃을 수 있었다.

무공이 아닌 심리적, 정신적 문제조차 정치적 문제 때문에 해결해줄 수 없는 소림의 상황이 내내 마음에 걸리던 차였으니까.

"이참에 소림 밖으로 내보내는 것도 생각해 보는 게 좋을 것 같아. 아, 분탕질을 쳐도 넓은 데서 쳐야 제 녀석도 깨닫는 게 있지."

"알겠습니다."

굉운도 그런 생각을 안 해본 건 아니었다.

하지만 장건이 강호에 나가면 무슨 일이 생길까?

그것을 원호가, 소림이 책임질 수 있을까?

그런 걱정이 들어서 내보낼 수 없었다.

그리고 왠지 장건을 내보내면 안 될 것 같은 느낌도 있었다. 마음 한구석에서 그것을 막고 있었다.

오랜 친우가 맡겼기 때문이었을까?

'그때 그 친구가 뭐라고 했더라…….'

너무 오래되어 잘 기억이 나지 않는다. 별말이 없었던 것도 같다.

어쨌거나 이번엔 오황마저도 권유하고 있으니 다시 한 번 장건의 강호행에 대해서 진지하게 고려해 보아야 할 때가 되긴 한 것 같았다.

제5장

두번째 경험

장건은 난감한 상황에 어찌할 바를 몰랐다.

삼화열양장.

사람을 삼 일 안에 태워 죽이는 끔찍한 무공.

그런 잔인한 짓을 저질러놓고 즐기는 듯한 표정으로 과제라는 둥 말하던 오황을 생각하면 이가 갈린다.

그늘에 앉아 있는 셋을 보니 안타깝고 미안한 마음만 가득하다.

'미안해요. 나 때문에……'

괜히 자기와 얽혀서 이런 무서운 일을 당하다니.

어떻게든 셋을 구해내야겠다는 생각에 장건의 어깨는 많이 무거웠다.

 장건은 책을 펼쳤다.

 반야원앙일체공은 남녀가 함께 펼치는 전 십식(十式)의 동작으로 이루어져 있다. 동작도 간단하고 쉬워서 아무리 바보라고 해도 한 식경이면 충분히 익히고도 남을 것 같다.

 그러나 오황의 말을 생각하면 결코 가벼이 볼 수 없다. 오황이 떠나기 전 말했다.

 '과연 네가 삼 일 안에 반야원앙일체공을 터득할 수 있을까?' 라고.

 흘리듯 한 말이다. 그런 고수조차 장건이 삼 일 안에 할 수 있을까, 하고 의심한다.

 장건은 고개를 세차게 흔들었다.

 '보이는 게 다일 리 없어. 분명히 다른 뭔가가 있을 거야.'

 아무리 쉬워 보여도 그게 다가 아닐 수 있었다.

 하지만 그냥 보기엔 정말 쉽다!

 예를 들어, 일식은 이러하다.

 행자(行者)와 반야(般若)는 서로 마주본 상태에서 무릎이 닿도록 꿇어앉는다.

 그게 다였다!

 여기에 뭐가 얼마나 더 대단한 게 있다고 해도 그냥 그게 다인 것이다.
 조금 더 부연된 설명은 아래와 같다.

> 처음부터 상대의 눈을 바라보지 말고 상대의 전신을 찬찬히 훑는다. 손끝부터 발끝까지 눈으로 어루만지듯 하여 본다. 이때 상대가 부끄러움을 느끼는 부분에 시선을 좀 더 머물도록 한다. 최종적으로는 어깨와 목덜미를 훑어 뺨과 이마, 입술을 고루 본 후 마지막에 시선을 마주치도록 한다.

 도저히 이해할 수가 없는 말이었다!
 장건은 차분히 생각을 풀어갔다.
 '무릎을 꿇고 마주보는데 어떻게 발끝을 볼 수 있지? 다리를 꺾으라는 뜻인가?'
 친절하게 그림이 그려져 있지만 별 도움은 안 되는 듯하다. 아무리 봐도 남녀가 평범하게 무릎을 꿇고 바라보는 그림일 뿐이다.
 '눈으로 어루만지는 건 또 뭐야?'
 장건은 손에서 장풍이 나가듯 눈에서 기를 뿜어야 하는 건가 하고 생각했다.
 일단 내상을 입었을 때에는 추궁과혈로 어혈(瘀血)을 풀고 혈도를 타통시키는 게 기본이다. 그런데 어떤 부분을 다쳤는지 모르고 마구 치면 위험할 수도 있다. 추궁과혈이라는 게 혈도를 고루 두드리는 것이라 다친 혈을 치면 상태가 악화되기 쉽다.

'삼화열양장이라는 건 굉장히 무서운 무공이니까 추궁과혈도 다른 방법으로 해야 하나 보다. 어쩌면 손을 대지 말라는 뜻일지도 모르겠어.'

평범한 상황이었다면 장건도 조금은 다르게 생각했을지 모른다. 하지만 워낙 여자를 모르는데다 사람의 생사까지 달린 위중한 일이다.

장건은 자신이 할 수 있는 최대한도까지 신중히 문맥을 파악해야 했다.

'해본 적은 없지만 지력이나 장력으로도 얼마든지 추궁과혈을 할 수 있으니 가능할 거야.'

그러면 다음 문제는 과연 어느 혈을 풀어주어야 하냐는 것이다. 일부 특수한 무공은 특정 혈을 순서대로 짚어 제대로 해혈을 하지 않으면 내상이 낫지 않는 경우도 있다.

'지금이 그런 경우라고 생각한다면……'

'부끄러운 부분'이라는 것이 그 혈들을 암시하는 단어라고 할 수 있었다.

장건에게는 좀 막막한 얘기였다. 아무리 생각해 보아도 수치(羞恥)에 연관된 혈을 찾기 어려웠다.

기껏 생각나는 건 딱 한 군데, 발이다.

여자는 외인(外人)에게 절대 발을 보이지 않는다. 풍습상 발을 보이는 건 정혼한 관계에서나 하는 행동이라는 걸 알고 있었다.

부친이 가끔 모친의 발을 씻겨주곤 했는데, 그때에도 부친은 장건이 보지 못하도록 했던 기억이 난다.

'나중에 네 마누라 것이나 봐라. 내 마누라 발은 아무도 못 본다.' 라고 했다.

'그래서 발을 보지 않기 위해 무릎을 꿇은 건가 보네. 손으로 만지는 것도 안 되니까. 그럼 지력이나 장력을 뒤로 돌려서 발의 혈도를 눌러줘야 하니까…… 휴우, 정말 어려운 수법이구나.'

지력이나 장력을 한 바퀴 원을 그리도록 날린다는 건 상상도 해보지 못한 일이었다. 공명검이나 되면 모를까, 그런 수법은 장건도 할 수 없었다.

오황이 말했듯 삼 일 안에 터득하기 어려워 보인다.

"하아아."

한숨이 절로 나왔다.

당장에는 첫 일식조차 불가능하다.

하지만 해보지 않고는 어쩔 수 없다. 아니, 반드시 해야 세 사람을 살릴 수 있다.

장건은 손을 쓰지 않고 어떻게 기를 손처럼 움직일 수 있을지 고민했다. '부끄러운 부분'이 의미하는 혈은 다른 이와 상의해서 찾을 수도 있지만, 손을 쓰지 않고 눈으로 어루만지듯 추궁과혈을 하는 건 온전히 자신의 몫이었다.

*   *   *

　약간 떨어진 곳에서 바위에 기대 있던 세 여인은 답답해 죽을 지경이었다. 그럴 만한 정신은 당연히 있었다.
　배 속에 뜨거운 불덩이를 품은 양 미칠 듯이 치미는 양기 때문에 힘들긴 했지만, 장건이 생각하는 대로 죽어가는 건 절대 아니었다.
　양소은이 뜨끈한 입김을 내뿜으며 잔뜩 상기된 얼굴로 말했다.
　"하아…… 아까부터 장 소협은 도대체 뭘 하고 있는 거야?"
　장건은 골머리를 싸매고 끙끙거리며 한 시진이 넘도록 책만 들여다보고 있었다.
　백리연이 대답했다. 백리연 역시 몸이 너무 뜨거워 어질거리는지 이마를 짚고 있었다.
　"하아…… 오황 어르신은 이 방법이 우리가 원하는 것도 얻고 장 소협이 심마에서도 벗어날 수 있는 길이라 했어요."
　"그러니까 그게 후…… 정말 되고 있는 거냐고. 뭔가 잘못된 것 같지 않아? 이러다 우리가 먼저 죽어버리는 거 아냐?"
　"어차피 점혈된 것뿐이니까, 굳이 해혈하지 않아도 며칠이면 저절로 풀릴 거예요. 삼 일이라고 하셨으니 삼 일이겠죠."

"아, 더워. 생각 같아서는 훌훌 벗고 물에 뛰어들고 싶다."

양소은은 앞섶을 열고 가슴을 살짝 드러낸 채 손부채질을 했다.

제갈영이 헥헥거리고 땀을 흘리면서도 양소은을 쏘아보았다.

"뭐야, 지금 일부러 그러는 거지?"

"이 꼬맹아, 더워서 그런다, 더워서."

"흥! 그런다고 우리 서방님이 혹할 줄 알면 오산이야. 휴휴, 여색에 혹하지 않는 게 서방님의 장점이거든."

"이 꼬맹이가 자꾸 뭐래? 야, 그래서 우리까지 돌보듯 하는데 그게 괜찮다는 거냐?"

"헥헥, 날 볼 땐 안 그러니까 상관없어. 어디서 중간에 끼어들어가지고 난리야. 칫."

백리연이 대화에 끼어들었다.

"둘 다 그만둬요. 혹시 모르니까 기력을 아껴두는 게 좋겠어요."

양소은이 투덜거렸다.

"진짜 많이 변했다, 양소은. 네가 남자에게 잘 보이려고 이렇게 약한 척을 할 거라 언제 생각이나 했었니."

백리연이 말했다.

"중요한 건 장 소협의 마음을 여는 거예요. 오황 어르신의 말씀처럼 그게 장 소협의 심마를 극복하는 길이고, 우리에게도 기회가 생기는 길이에요. 일석이조, 그래서 셋 다 찬성한 거잖아요?"

그때 장건이 굉장히 풀 죽은 표정으로 책을 들고 세 여인을 향해 다가왔다.

한참이나 기다리고 있던 세 여인은 반색을 했다.

드디어 뭔가가 진행되나 싶었다.

그런데 장건이 내뱉은 말은 정말 당황스러운 것이었다.

"저기요."

장건이 머뭇거리다가 물었다.

"부끄러운 부분이라는 게 어디일까요?"

세 여인은 약속이나 한 듯 한숨을 내쉬었다.

"아, 그러니까 그게요, 그냥 부끄러운 게 아니라 혈도가……."

장건이 뭔가 얘기를 잘못한 듯해서 다시 부연을 하려 하는데 제갈영이 수줍은 얼굴로 몸을 비척거리며 말했다.

"서방님이 보고 있으면 영이는 그냥 다 부끄러워."

백리연도 붉게 물든 얼굴로 시선을 살짝 내리깔고 말했다.

"사람마다 상대마다 다를 거라고 생각해요. 부끄럽다는 건 마음에 달린 것 같아요."

양소은은 약간의 짜증섞인 말투로 말했다.

"나는 별로 부끄러운 건 없는데, 대체적으로 여자라면 가슴이나 엉덩이를 보이는 게 부끄럽지 않을까? 발을 보이는 것도 부끄럽긴 하겠지만."

장건이 뒷머리를 긁적였다.

"그게 아니구요. 여기 이 책을 좀 봐주시겠어요?"

장건이 펼쳐둔 책을 본 세 여인은 더 답답해 죽을 지경이 되었다.

그 누가 읽어도 절대 고민할 만한 얘기가 아니었다.

마주보고 앉아서 서로 쳐다보라는 게, 어디가 그렇게 어려운 이야기인가!

'이딴 걸로 고민하지 마!'

'이게 도대체 어디가 고민할 거리라고요!'

'이걸 보고 대체 무슨 생각을 해야 하는데!'

이대로 있어봐야 진도도 전혀 못 나가고 죽도 밥도 안 될 것만 같았다.

결국 백리연이 먼저 입을 열었다.

"그러지 말고 일단은 먼저 해봐요."

제갈영이 바로 손을 들었다.

"그럼 첫 번째 부인인 영이가 먼저!"

하지만 장건이 불안한 표정을 지었다.

"아직 제대로 조절이 안 돼서 위험할 수도 있어."

매우 진지한 얼굴이었다.

평소라면 우스울 수도 있는 상황인데, 왜인지 세 여인은 별로 우습지 않았다.

여인 특유의 직감으로 앞으로의 여정이 순탄치 않을 거라는 생각이 든 때문이었다.

조절이 안 된다는 게 어떤 남녀 간의 그렇고 그런 일에 대한 거라면 차라리 나을지도 몰랐다. 장건이 한 말의 의미가 전적으로 무공에 관해서라는 걸 알고 있기에 그 점이 더 암담할 따름이다.

양소은이 벌떡 일어섰다.

"그럼 내가 먼저 해볼게. 이 중에서 가장 튼튼한 게 나니까."

*   *   *

촤아아아.

작은 폭포의 아래, 반듯한 돌 위에 장건과 양소은이 쏟아지는 폭포수를 맞으며 무릎을 꿇고 앉았다.

"아! 살 것 같다."

가뜩이나 몸에서 열이 난 탓에 폭포수를 맞으니 시원하다.

"자, 그냥 이렇게 하면 되잖아. 뭐가 어렵다는 거야."

털털한 양소은과 달리 장건은 여전히 진지하기 이를 데 없다.

"……."

그런 얼굴을 보니 양소은도 더는 뭐라고 할 수 없었다.

'하긴 검성에게 도전장을 내밀 때도 저런 얼굴이었지. 어휴, 내가 그냥 그때 홀딱 반해서.'

 자신의 신념을 위해 목숨을 내걸고 강자에게 도전하는 모습. 그건 무인의 숙명이며 또한 모든 무인들이 동경하는 이상이기도 했다.

 자신의 실력만 믿고 까부는 애송이나 실력도 없이 입만 나불대는 녀석들은 제대로 된 무인이 아니다. 일말의 기적 같은 요행을 바라고 자신보다 월등한 강자에게 덤비는 것도 제대로 정신이 박혔다고는 할 수 없다.

 장건은 그중 어느 쪽도 아니었다.

 소림을 위해서, 그리고 자신의 운명을 스스로 개척하기 위해서 실낱같은 희망에 도전하는 모습이었다. 요행이나 기적을 바라는 게 아니라 자신의 실력에 목숨을 걸었다.

 그때 장건의 모습은 그 어느 무인보다도 멋졌다. 양소은이 바라는 이상형의 남자였다.

 '이렇게 보면 그냥 나보다 키도 작고 딱히 잘생긴 것도 아닌데……'

 아무리 장건을 깎아내리려고 해도 양소은은 그때 장건의 눈빛을 잊을 수가 없다.

 지금의 눈빛도 그때와 같다.

 불가능할 것 같지만 포기하지 않는다. 어떻게든 그 벽을 넘어 보이겠다는 의지가 가득한 눈빛.

세상을 오시하는 패왕의 눈빛도, 강자의 여유가 담긴 사자의 눈빛도 아닌, 순수한 일념으로 가득한 무인의 눈빛.

상황이 이래서 그렇지, 다른 때였다면 감동적이었을지도 몰랐다.

그래서 조금이지만……

떨렸다.

숨소리까지 들릴 듯 가까운 거리에서 장건이 그런 눈빛으로 보고 있다는 사실만으로도 살짝 부끄러운 느낌이다.

양소은은 흘낏 장건의 눈을 보았다.

눈길이 자신의 몸을 훑고 있다.

물에 젖어 굴곡이 그대로 드러난 몸을 얇은 홑옷이 가리고 있을 뿐.

그것마저 없었다면…….

두근.

양소은은 깜짝 놀랐다.

'미쳤어!'

폭포수 쏟아지는 우렁찬 소리가 이렇게 반가울 수가 없다.

얼굴이 화끈거려서 장건을 똑바로 쳐다보기 어렵다. 고개가 점점 숙여지려 한다.

장건이 말했다.

"움직이면 안 돼요."

양소은은 당황했다.

"어, 어떻게 움직이지 말란 거야!"
"네?"
촤아아아-
폭포 소리만 요란하다.
"아, 아냐. 어쨌든 이렇게 하면 다 된 거잖아. 두 번째로 넘어가면 안 돼?"
"아직 시작도 안 했는걸요."
"뭐?"
말이 끝나기가 무섭게 가슴에 은은한 진동이 울려 퍼졌다.
장건이 상당한 공력을 끌어올린 것이다.
두웅.
장건의 몸에서 일순간 물방울들이 튀어나가고 옷이 팽팽히 부풀었다가 잦아든다.
"어?"
양소은은 소스라치게 놀랐다.
누군가 자신의 어깨를 붙들었다!
그러나 폭포 아래에는 장건과 자신 둘 밖에 없다. 장건은 손가락 하나 까딱하지 않고 있다. 아까부터 움직이지 않는 그대로다.
'이, 이게 무슨!'
부드럽고 따스한 기운이 어깨에서부터 팔을 타고 흘러내린다.

그건 마치……
누군가 손으로 가볍게 매만지는 듯했다.
'어?'
따갑도록 내려치던 폭포의 물방울들이 손이 닿은 듯한 느낌이 드는 그 부분에만 떨어지지 않는다. 그래서 더 확연히 느낄 수 있다.
따스한 느낌이 무릎 위에 올려둔 손가락에 와 닿는다. 세심하게 손가락을 하나하나 쓰다듬는다.
'어어어?'
이 말도 안 되는 희한한 느낌의 정체를 밝혀내기 위해 양소은은 장건을 쳐다보았다.
장건은 자신과 똑같이 무릎을 꿇고 그 위에 손을 두었다. 아무런 움직임도 없다.
그러나 장건의 몸에는 폭포수가 닿지 않고 있다. 몸에 물이 흐르지 않는다. 물방울들이 몸에 닿기 전에 튕겨나가고 있다.
공력을 어지간히도 끌어올린 모양이다.
이제 따스한 느낌은 손가락에서 무릎으로 옮겨갔다.
순수한 공력으로 이런 일이 가능한가?
그런 생각에 대한 해답을 찾기도 전에 양소은은 깜짝 놀랐다.
따스한 느낌이 허벅지를 간질이며 어디로 갈지 잠시 맴돌고 있다가 다시 상체를 타고 오른다.

군살 없이 탄탄한 배를 거쳐 조금씩 위로…….

순식간에 얼굴이 확 달아올랐다. 너무나도 생생한 느낌에 가슴이 마구 떨렸다.

조금만 더 침착했다면 따스한 느낌은 혈도를 타고 움직인다는 걸 알 수 있었겠지만, 양소은은 도저히 그럴 여유가 없었다.

따스한 느낌이 늑골을 타고 가슴의 가파른 굴곡 아래에 와 닿는 순간, 양소은은 더 참을 수가 없었다. 손에 힘이 들어가 주먹을 꾹 쥐었다.

거기다 대고 장건이 물었다.

"어? 부끄러워요? 여긴가?"

양소은은 참을 수가 없었다.

확! 하고 얼굴이 뜨거워졌다.

"바, 바보얏!"

양소은은 밀치는 듯한 동작을 하며 가슴을 감싸고 뒤로 주저앉았다.

"아앗!"

장건이 비명을 질렀다. 급하게 공력을 거두며 옆으로 흘려버렸다.

퍼- 엉-

튕겨난 공력에 폭포의 물줄기가 크게 터져나갔다.

장건이 벌떡 일어나 양소은을 잡으려 했다. 하지만 양소은이 장건의 손을 쳐냈다.

"됐어."

"괜찮아요? 움직이지 말라고 했잖아요. 아직 기를 조절하는 게 서툴러서…… 혹시 아팠어요?"

양소은이 그 말을 끊고 일어섰다. 너무 부끄럽고 얼굴이 화끈거려서 이 자리에 더 있을 수가 없었다. 장건을 대면하기가 어렵다는 게 정확한 표현이다.

장건은 왜 양소은이 화가 났는지 알 수 없었다.

화가 난 듯 몸을 돌려 폭포를 내려가던 양소은은 갑자기 걸음을 멈추고 뒤를 돌아보았다.

상기된 얼굴이었지만 장건은 아직 알아채지 못했다.

양소은이 장건을 똑바로 보며 말했다.

"하나도 안 아팠어."

"그런데 왜 갑자기 움직여요. 하마터면 큰일 날 뻔……."

"앞으로 나한테 존댓말 쓰지 마. 알았어?"

"네?"

다짜고짜 무슨 소리지?

양소은은 고개를 돌려버렸다.

"난 이만 갈 거야."

영문을 몰라 어리둥절한 장건을 그대로 내버려두고, 양소은은 폭포를 헤엄쳐 나가버렸다.

"오황 이 망할 노인네 같으니. 대체 무슨 생각으로 저런 걸 건네준 거야?"

 양소은은 부르르 몸을 떨었다.

 하지만……

 그렇게 기분이 나쁘진 않았다는 게 더 이상했다.

 장건은 더욱 더 큰 고민에 빠졌다.

 "내가 뭘 잘못했나?"

 장건은 이미 경지가 높아 그럴 일이 없지만, 소림 내의 속가 제자들끼리는 하루 수련이 끝나고 나면 서로 안마를 해주었다. 추궁과혈을 흉내낸 안마의 수준이었지만 힘든 외공 수련을 한 날엔 다음 날을 위해서라도 필수적인 과정이었다.

 그럴 때에 엉덩이나 고추를 만지고 장난을 치는 경우도 간혹 있었다. 장난이 심해지면 주먹질을 하기도 했다.

 그래서 남의 몸을 함부로 더듬으면 기분이 나쁠 수도 있다는 것 정도는 안다.

 하지만 지금은 목숨이 걸린 일이잖은가!

 직접 손으로 주물럭대는 것도 아니고, 기를 이용해 상한 혈도를 찾고 있었는데 말이다.

 그것도 굉장히 어려운 일이었다.

 원래는 점혈이 불가능할 정도로 약한 지풍을 연속적으로 쏘아내 혈도를 순차적으로 짚어야 했다. 한데 직선으로 쏘아내는 건 쉽지만 움직이지 않고 곳곳의 혈을 향해 쏘아내려면 곡선으로도 쏘아야 했다.

그런 방법은 장건도 난감했던 것이라, 한참을 생각하다가 다른 방법을 택했다.

불목하니 문원의 수법처럼 일단 소량의 기를 방출한 후 조심스럽게 기를 움직였다. 일단 몸 밖으로 나간 기는 흩어지려는 성질이 강해서 붙잡고 있기가 매우 어려웠다.

장건은 속으로 끙끙대며 몸 밖으로 나간 기를 조종하는 데에 혼신의 힘을 다했다.

장건은 잘 몰랐지만 그것은 현재 상태에서 한 단계 발전한 상위의 경지였다.

정충기장(精充氣壯) 신명성통(神明性通)!

정이 충만해지면 기가 성(盛)하고 곧 신이 밝아져 사방으로 통한다! 혹은 선도(仙道)에서 하늘과 땅의 신령, 천지신명(天地神明)과 통한다는 뜻이다.

천지신명과 통할 정도로 깨달음을 얻은 자는 천지에 자신(神)을 밝힐(明) 수 있다.

무인에게는 내공, 기를 다루는 범위가 늘어난다는 뜻이다.

검기나 도기처럼 물건을 이용해 손의 연장선에서 기를 낸다는 것과 비슷하다. 그러나 그런 연장선을 대체할 물건 없이도 몸에서 기를 돌리듯 몸 밖에서도 기를 조절할 수 있게 되는 경지가 바로 신명성통이다.

섭물법(攝物法)도 가능해진다.

허공섭물은 밀어내고 당기는 기의 성질을 이용해 손을 대지 않고 물건을 움직이는 수법이다. 그것만 해도 상당한 경지에 올라 있어야 하지만 신명성통에 이른 것은 아니다. 이른바 일종의 편법으로 가능한 것이다.

하지만 신명성통에 이르지 못하면 다음 단계인 능공섭물(凌空攝物)은 불가능하다. 능공섭물은 그야말로 공간을 능멸하듯 자유로이 물건을 움직이는 수법이다. 겉보기에는 허공섭물과 비슷하나 경지의 차이는 현격하다. 우내십존 중에도 능공섭물이 가능한 이는 한 손에 꼽을 정도다.

그런데도 장건은 이제 능공섭물이 가능한 기반을 얻게 된 것이다.

어쨌거나 아직까지는 겨우 첫 발을 내디딘 수준이었다. 자신이 하고 있는 일이 얼마나 대단한지도 모른다.

부지불식간에 신명성통을 시도하여 성공했음에도 아직은 초입이었다. 밖으로 배출한 기를 직선이 아니라 곡선으로 움직여서 혈도를 정확하게 짚는 건 꽤나 어려웠다.

특히나 보이지 않는 몸 뒤쪽 발바닥의 혈을 건드릴 때에는 완전히 집중해야 했다.

어쨌거나 장건이 그렇게 힘들게 반야원앙일체공의 일식을 진행하는 중에 양소은이 포기해버렸다.

그것도 화를 내면서.

'뭐가 문제지?'

장건은 양소은이 화를 내며 돌아간 이유를 아직도 알 수 없었다.

"하아, 정말 산 너머 산이구나."

장건의 푸념을 누군가 들었다면 뒤통수를 한 대 후려쳤을지도 모르는 일이었다.

장건은 일단 실마리라도 더 잡기 위해 뒤쪽의 남은 구식을 모두 보기로 했다.

성력증강비전서, 장건이 반야원앙일체공으로 알고 있는 책의 제이식은 더 난해했다.

행자는 반야와 똑바로 마주서서 손을 잡는다.

'장심을 통해서 기를 불어넣으라는 뜻인가?'

하지만 기를 불어넣어서 어떻게 운용을 하는지는 명확히 나와 있지 않았다. 그게 가장 중요한 점인데 그게 나와 있지 않다.

책장을 넘겼다.

그러나 삼식도 마찬가지다.

행자는 반야를 안고 몸을 밀착시킨다.

뒤에 설명이 기가 막히다.

몸을 안고 또 부드럽게 어루만지란다.

'뭘 어떻게 하라는 거야!'

하다못해 어디를 어떤 방식으로 만지라는 건지라도 알려줬으면 좋겠다.

건신동공을 따라할 때만 해도 '자신을 관조하는 거다.' 라는 단서가 있었다.

그런데 밑도 끝도 없이 안으라느니 어루만지라느니…….

손끝, 근육의 일부, 뼈의 모양까지도 생각해 움직이는 장건에게는 왜 굳이 뒤에서 안으라 하는지조차 이해하기 힘든 말이었다.

'이 무공서를 쓴 사람은 정말 성격이 안 좋은 게 틀림없어. 친절하게 알려주면 어디 덧나나?'

어찌 보면 비급(?)이라는 걸 처음 본 셈이라, 장건은 힘들기 짝이 없었다.

"휴우."

정말 이런 상황이 되고 보니 차라리 검성이나 청성일검하고 싸우는 게 더 나을지도 모른다는 생각마저 든다.

그건 오황의 말이 맞았다.

사람을 죽이는 것보다 살리는 게 더 어렵다는 말.

장건은 하늘을 바라보았다.

맑은 하늘에 떠다니는 한 조각 구름이 망망대해를 떠도는 쪽배 같다.

어디로 가야 할지, 얼마나 더 갈지도 모르지만……

그래도 아직은 멈출 수 없었다.

집으로 돌아가는 그날까지는.

* * *

제갈영도 반야원앙일체공의 일식을 견뎌내지 못했다. 부끄럽다기보다는 간지럽다고 깔깔대며 움직이는 통에 장건은 튀어나가는 기를 황급히 통제하느라 여러 번 식은땀을 흘려야 했다.

"이게 뭐가 어렵다고 그렇게 힘들어해?"

머리 위로 끊임없이 쏟아지는 물줄기 때문에 땀이 나는 건 보지 못했지만, 힘들어하는 기색은 역력했다.

"기를 조절하는 게 힘들어서 그래."

"그럼 기로 내 몸을 더듬은 거야? 진짜 희한하다. 그런 것도 가능하구나."

왠지 모르게 장건은 더듬는다는 표현이 썩 좋게 들리지 않았다.

"더듬은 게 아니라 혈도를 따라서 만져본 거야."

"어, 그런가?"

제갈영이 가만히 생각해 보니 몸을 더듬은 따스한 느낌은 혈도를 따라서 움직였던 것도 같다.

"근데 뭐하러 그렇게 해?"

역시 제갈영과는 얘기하는 게 편하다.

장건은 잠시 기운을 추스르며 설명했다.

"손을 쓰지 말고 추궁과혈을 해야 할 거 같아서."

"그니까 왜 추궁과혈을 해야 한다고 생각했는데?"

"삼화열양장에 당해서 내상을 입지 않았어?"

"내상 안……."

제갈영이 급히 입을 막고 다시 말했다.

"맞아. 내상 입은 거 같아. 그랬구나……. 내상을 입은 줄 알고 다친 혈도를 찾은 거구나."

"응."

"보통은 그럴 때 맥을 짚거나 손목으로 기를 흘려보내서 찾지 않아?"

"아! 그런 방법이 있었지?"

소림에서도 사백들은 대부분 장건의 몸 상태가 이상하다 싶으면 손을 내밀어 보라고 했다. 그리고는 기를 몸에 불어넣었다.

장건은 번쩍 하고 이식을 떠올렸다.

"일부러 어렵게 쓴 게 아니었네. 내가 몰랐던 거야. 행자와 반야가 손을 잡으라는 게 그런 뜻이었어."

"그, 그렇겠지?"

"고마워, 영아. 덕분에 알았어."

장건은 혼자서 중얼거리며 순서를 떠올려 보았다.

크게 내상을 당하면 우선 응급처치로 추궁과혈을 해 몸을 풀어준다. 그리고 직접적으로 내상을 입은 부분을 찾기 위해 손목으로 기를 넣어 몸 상태를 점검해보는 것이다.

"아아, 그런 거였구나, 그런 거였어. 그래서 굳이 설명을 넣지 않은 거구나."

자신의 무공에 대한 지식이 너무 부족하다는 걸 깨달은 장건은 머리를 긁적였다. 무위는 높지만 지식은 현저히 모자라다.

"내 탓이야. 무공이 싫다고 투정만 부리면서 정작 기본도 잘 모르고 있었으니."

제갈영의 눈이 퀭해졌다.

제갈영이 아무리 보아도 장건은 과도하다시피 깊게 생각하고 있는 듯했다.

'저기…… 이건 그냥 손잡으라는 거 같은데.'라고 말하고 싶었지만 그럴 수 없었다. 그랬다가는 계획이 들통 날지도 모른다.

"일식이 잘 안되니까 그럼 이식을 해보자. 아무래도 일식은 당장 상태가 위중한 사람을 대상으로 한 거 같아."

"그, 그러지 뭐."

장건은 제갈영과 마주 서서 손을 잡았다.

내공을 흘려 넣는 방법은 해본 적이 없다. 대략 방식만 알고 있을 뿐이다.

혈도를 따라 기를 흘려 넣어서 막히거나 상한 부분을 찾아내는 것이다.

그런데 기라고 해도 종류가 있다.

가장 흔하게는 양기와 음기로 나누고, 한의학에서는 원기, 진기, 종기, 영기 등으로도 나눈다.

무공에서는 더 여러 형태의 기가 있다. 몸에 축적하는 상태의 내기(內氣)가 있고, 상대를 상하게 하는 공력 형태의 기도 있다. 독을 품은 독기도 있고, 살의를 표출하는 살기도 있다. 풍진처럼 감각을 퍼뜨리는 감지용의 기도 있다.

그런 모든 종류를 다 통틀어서 기라고 한다. 기는 여러 가지 상황에 의해 갖가지 성질로 변하는 것이다.

장건은 공력 외에 다른 부류의 기를 남의 몸에 넣어 감지해본 적이 없다.

상대의 몸을 상하게 하지 않는 형태의 기를 넣긴 해야 하는데, 어떻게 그런 기를 만들어내야 할지 고민스럽다.

"잠깐만."

장건은 자신의 몸에 실험해보기로 했다.

한쪽 손으로 다른 쪽 손목을 잡고 일단 되는 대로 내공을 밀어 넣어보았다.

평소 운기행공을 할 때 몸을 도는 그냥 내공이다.

자신의 몸이라 그런지 거부감 없이 내공이 흘러간다. 하지만 대자연의 기를 자신의 몸에 맞추어 축적시킨 내공이라 다른 사람의 몸에 밀어 넣으면 부담이 될 수도 있다.
 잠시 생각해 보던 장건이 제갈영에게 물었다.
 "어떤 식으로 기를 흘려 넣어야 하는지 알아?"
 "그건 나도 잘 모르겠어."
 사람의 몸에 기를 흘려 넣어 탐색하는 방법은 일정 수준 이상의 고수가 되어야 가능하다. 기를 섬세하게 조절할 수 있어야 하는 것도 그렇지만 인체의 혈과 오장육부의 형태, 기능을 완전히 파악하지 못한 상태에서는 해를 입힐 수도 있기 때문이다.
 장건이 고민하고 있는데 제갈영이 손을 내밀었다. 가늘고 하얀 예쁜 손목이다.
 "해봐."
 "하지만……."
 "나는 오라버니를 믿으니까 괜찮아. 날 다치게 하진 않을 거 아냐."
 "아냐. 좀 더 생각해보는 게 좋겠어."
 "내가 괜찮다니까. 자, 빨리."
 "알았어. 그럼 뭐 이상하면 바로 말해줘야 돼?"
 "걱정 마."
 "걱정할 사람이 누군데."

제갈영이 픽 하고 웃었다.
장건은 제갈영의 손목을 잡았다.
약간 긴장이 된다.
'기는 의념이다. 생각하는 대로 기는 얼마든지 조절할 수 있어.'
어떤 방향으로 생각해야 할지 장건은 결정했다.
'가장 순수한 대자연의 기처럼……'
대자연에 퍼진 기는 누구에게나 똑같다. 그것을 몸에 축적시키고 단전에 모아 내공화시키면서 사람에 따라 성질이 달라질 뿐.
가능할는지는 모르겠지만 일단 장건은 그렇게 해보기로 했다.
소림 내공은 정순하다. 정순하다는 건 더러움이 없고 깨끗하다는 뜻이다.
대자대비한 소림 무공의 특징은 내공에서도 드러난다. 대환단과 역근경의 내공이라면 상대에게 해를 거의 끼치지 않고도 충분히 혈도를 돌아 원하는 바를 얻었을 터였다.
하지만 장건은 아직 그것을 모른다.
명확히 어떤 기운을 흘려야 할지도 잘 가늠하지 못하는 상태다.
역근경의 내공과 대환단의 내공, 그리고 독정의 기운까지 혼합된 내공이 손목을 타고 제갈영의 몸으로 흘러들었다.

'아…… 오라버니의 기가 내 몸속으로 들어오고 있어. 이게 우리 서방님의 기운이구나.'

제갈영은 얼굴을 붉혔다.

기분이 묘했다.

멀리서 제갈영과 장건이 마주보고 손을 잡은 모습을 보던 백리연은 씁쓸한 미소를 지었다.

제갈영이 어리긴 하지만 충분히 혼인을 할 수 있는 나이였다. 정겹게 손을 잡고 있는 모습을 보는 게 쉽지 않았다.

백리연이 자리를 털고 일어섰다.

"저 먼저 일어설게요."

폭포에서 돌아온 후 왠지 말이 없던 양소은도 일어섰다.

"나도 같이 가."

백리연이 의아한 눈으로 양소은을 보았다. 양소은이 어색하게 웃으면서 어깨를 들썩였다.

"솔직히 말할게. 자기 남자가 딴 여자 손 잡고 있는 거 보기 고역이잖아."

"이게…… 질투일까요?"

"질투……겠지. 몰라, 나도. 하여튼 지금은 보고 싶지 않네. 자리를 옮기든가 집에 있든가 하는 게 좋겠어."

그 말조차 백리연에게는 한숨을 짓게 만든다. 양소은도 장건을 많이 좋아하고 있다는 걸 알게 된 셈이니까.

"그래요. 앞으로는 한 사람씩 오는 게 좋겠어요. 둘만의 시간을 방해하는 것도 같고, 그걸 지켜보는 것도 좋지 않은 것 같아요."

"그래."

백리연과 양소은은 못내 아쉬운 듯 장건과 제갈영의 모습을 한 번 훔쳐보고는 자리를 떠났다.

* * *

장건은 기를 흘려 넣는 게 생각보다 쉽지 않다는 걸 깨달았다.

'왜 이렇게 막히지?'

자꾸만 탁탁 하고 기가 들어가다가 걸리는 느낌이었다.

당연히 그럴 수밖에 없다.

장건은 어렸을 때부터 소림에서 지내오며 십 년 가까이 채식을 했고, 화기(火氣) 섞인 음식을 먹지 않았다. 탁기(濁氣)가 쌓이질 않았다.

그나마 속세에서 쌓인 얼마 되지 않는 탁기도 굉목의 힘으로 사라졌다. 벌모세수를 받은 효과로 내내 정결하게 살아와 혈도는 막힘없이 깨끗하다.

하지만 제갈영은 대부분의 이들이 그러하듯 혈맥 곳곳에 탁기가 쌓여 있다. 장건과 비교하면 오륙분의 일 정도로 좁은 소로(小路)다.

 장건은 내공이 잘 흘러들지 않아 조금 더 내공을 불어 넣었다.

 역근경과 대환단의 내공은 그러한 탁기를 몰아내며 혈도를 깨끗이 하려 하고, 독정의 독기는 파괴적으로 혈도를 장악하고 제갈영의 몸에 스며들려 한다.

 탁!

 탁!

 혈맥의 탁기와 장건의 내공이 부딪히는 충격에 제갈영의 팔이 연신 떨린다. 장건의 내공은 팔을 통해 어깨까지 타고 올라갔다.

 "앗!"

 제갈영이 통증을 참지 못하고 몸을 흔들자, 장건은 기를 제대로 조절하기 어려웠다.

 가뜩이나 강대한 기운이라 미처 기를 다 회수하기도 전에 일부의 기운이 제갈영의 몸으로 파고들었다.

 제갈영은 어깨를 움찔하더니 가볍게 몸을 떨었다.

 주룩.

 제갈영의 입에서 검붉은 선혈이 흘렀다.

 장건은 놀라서 쓰러지려는 제갈영을 안았다.

 "괜찮아?"

 그나마 다행히도 독정의 기운을 가장 먼저 회수한 덕분에

중독은 되지 않은 모양이었다.

제갈영은 소매로 피를 닦고 장건의 품에 안겨 얼굴을 올려다보았다.

제갈영의 붉은 얼굴은 더 빨개졌다.

정인(情人)의 품에 안겨 있으니 기분도 묘하고 왠지 모르게 손발도 간질거린다.

"안 다쳤어?"

"응. 걱정 안 해도 돼. 오히려 몸이 더 개운해진 것 같아."

정순한 소림의 내공이 탁기를 몰아내며 충격이 온 것뿐이다. 탁기와 어혈이 입으로 흘러나온 것이니 내상은 아니었다. 오히려 제갈영이 감사해야 할 일이다.

타인의 몸에 영향을 주는 벌모세수를 하면 십수 년 이상의 내공을 소모하듯, 장건은 석 달 치의 내공을 잃었다. 회수한 내공이 부족해 단전이 빈 느낌이 확연하다.

'아…… 내공이…….'

장건이 그런 생각을 하고 있는데 제갈영이 말했다.

"거 봐, 쉽잖아. 이것으로 세 번째 성공."

"응?"

"세 번째 동작이 안는 거였잖아. 이렇게 쉬운데 왜 고민을 해."

장건은 머쓱하게 웃었다.

왠지 알 것도 같은 그런 느낌인데 뭐라고 말로는 표현할 수가 없었다. 하지만 이상하게도 내공이 아깝다는 생각은 들지 않았다.

"있잖아, 오라버니."

장건에게 안긴 채 제갈영이 조그맣게 소곤거렸다.

제갈영이 말을 더듬거렸다.

"어어, 음음. 그러니까…… 이힛."

제갈영이 장건의 품에 고개를 더 파묻었다. 넘어질 것 같아서 장건이 제갈영을 더 잘 잡았다.

"오라버니, 이제 영이는 딴 사람에게 시집 못 가."

폭포 쏟아지는 요란한 소리에도 불구하고 장건은 아주 작게 옹알거리는 듯한 제갈영의 말을 알아들을 수 있었다.

거기에 '왜?'라고 물을 자신이 없었다. 이유는 몰라도 그러면 안 될 것 같았다.

제갈영이 더 조그만 소리로 말했다.

"오라버니가 너무 좋거든……."

"으, 응……."

무슨 느낌일까?

장건은 굉목이나 엄마가 좋다고 한 것과는 전혀 다른 느낌에 기분이 이상해졌다. 그냥 이대로 있었으면 하는 생각도 들었다.

장건이 멀뚱히 있자, 제갈영이 퉁명스럽게 몸을 빼며 말했다.

"바보야, 이럴 때는 좀 더 세게 안아줘야지."

장건은 또 머리를 긁적였다.

제갈영이 몸을 완전히 뺐다. 얼굴에는 홍조가 잔뜩 깃들어서 발그스레하다.

그런 얼굴을 보이기 싫다는 듯, 제갈영이 고개를 돌리고 말했다.

"쳇, 됐어. 오라버니한테 그런 걸 바란 내가 잘못이지."

장건은 뭐라고 얘기를 해야 할지 몰라 망설였다.

제갈영이 뒤돌아선 채로 여전히 퉁명스럽게 말했다.

"이제 백리 언니랑 놀아. 나 갈 거야."

"어? 가다니?"

"어차피 본처는 나니까 괜찮아. 하지만 내가 오라버니를 독차지하고 있으면 다른 사람들은 힘들 거야. 원래 멋진 본처는 아량이 넓어서 첩들도 생각해주고 그래야 되거든."

제갈영의 뒷모습은 어딘가 모르게 쓸쓸해 보였다.

장건은 제갈영을 잡지 못했다.

"나 간다."

"……."

제갈영도 곧 폭포를 나갔다.

혼자 남은 장건은 뭔가 알 수 없는 설렘에 복잡한 표정으로 서 있었다.

*   *   *

 백리연은 한참이 지난 후에야 폭포로 왔다.
 마주 서 있는데 아무런 말이 없다.
 장건도 복잡한 심정이라 할 말이 없었고, 백리연도 그러했다.
 조금의 시간이 더 지난 후에 백리연이 입을 열었다.
 "좀 늦었네요."
 늦게 왔다는 건지, 반야원앙일체공의 진도가 느리다는 건지, 장건은 이해하지 못했다.
 "아, 네……."
 다시 말이 끊겼다.
 쏴아아- 요란하게 물방울을 튕기며 쏟아지는 폭포 소리만이 우렁차다.
 백리연이 가볍게 한숨을 내쉬었다. 몸의 열기 때문에 입에서 흰 입김이 흘러나온다.
 "어땠어요?"
 이번에도 그게 무슨 의미인지 몰랐지만 장건은 마음에 담긴 그대로 대답했다.
 "잘 모르겠어요."
 "뭘 모르겠어요?"
 그건 내가 물어야 할 말이 아닌가? 장건은 이상한 생각이

들어서 백리연을 쳐다보았다.

"그냥 잘 모르겠어요."

"나랑 약속한 것도 잘 모르겠어요?"

"약속…… 아!"

누구에게도 지지 않으면 용서해준다고 했던 백리연의 말이 기억났다.

백리연이 이마를 살포시 찡그리며 말했다.

"완전히 잊고 있었군요?"

"미안해요. 하지만 전 아직까지 다른 사람하고 싸워서 진 적이 없으니까……."

백리연이 날카롭게 목소리를 세웠다.

"자기 자신에게 졌잖아요."

"네?"

"검성의 검무를 보고 장 소협은 제 앞에서 어떻게 행동했 죠?"

자아를 잃고 심마에 들었다. 거기에는 변명의 여지가 없었다.

백리연이 화가 난 얼굴을 했다.

"그거 봐요. 자기 자신도 이기지 못했으면서 누구에게 지지 않았다고 장담하는 거예요? 지금도 그렇게 풀 죽은 표정을 하고 있잖아요."

장건이 씁쓸하게 웃었다.

"그러네요. 나는 나 자신도 못 이겨냈어요."

"맞아요. 그래서 난 아직 장 소협을 용서하지 못하겠어요."

왠지 얘기가 좀 다른 곳으로 새는 듯하다. 장건은 애써 화제를 돌렸다.

"지금 중요한 건 그게 아니잖아요. 삼화열양장을 해소하지 않으면 백리 소저의 목숨이 위험해요. 지금은 거기에 집중하는 게 좋겠어요."

장건의 설득에도 백리연은 요지부동이었다.

"아뇨, 중요해요."

"백리 소저!"

백리연은 빤히 장건을 바라보았다.

"여자는 아무에게나 함부로 몸을 맡기지 않아요. 나는 자기 자신도 이겨내지 못하는 남자에게 몸을 맡기고 싶은 생각이 조금도 없어요."

"저를 위해서 이러는 게 아니잖아요."

백리연의 말투가 더 사나워졌다.

"그래요. 그래서 더 이러는 거예요. 내가 몸을 맡기는 건 나를 전부 주는 거나 다름없어요. 그런데 지금의 장 소협은 그만한 자격이 없어요."

"도대체 뭐가 그렇게 복잡해요? 그게 죽는 것보다 더 중요한 문제예요?"

장건도 답답해졌다. 화를 내고 싶은데 마음이 어지러워서 무슨 말을 꺼내야 할지 선택하기가 힘들었다.

백리연이 조용히 미소를 지었다.

갑작스러운 미소에 장건은 얼떨떨했다.

백리연이 물었다.

"내가 이러니까 화나죠?"

"네. 솔직히 말하면 화나요. 백리 소저가 왜 그러는지 모르겠어요."

"나도 그래요. 장 소협 때문에 화가 나요."

"제 자격이라는 것 때문에요? 자기 목숨이 달려 있잖아요."

"사람마다 목숨보다 더 중요한 게 있어요. 내게도 그건 마찬가지예요. 목숨을 잃는다 해도 버릴 수 없는 게 있어요."

"어떤 얘긴지 알아요. 그럼 백리 소저에게는 그게 뭔지 알려줘요."

"그걸 장 소협이 몰라서 화가 나는 건데요?"

"후우."

장건은 길게 한숨을 내쉬었다. 화를 냈다가 갑자기 웃었다가…… 어렵다.

"알았어요. 심마에 든 건 내 잘못이에요. 하지만 당장은 그걸 어떻게 할 수 있는 방법이 없어요. 계속 생각하고 고민해봤지만 공명검을 이겨낼 방법을 못 찾겠어요. 그러니까 삼화열양장부터 어떻게 했으면 좋겠어요."

장건은 입술을 꾹 깨물었다. 공명검이라는 말을 내뱉을 때부터 감정의 동요가 생겼다.

그 모습을 보고 백리연이 천천히 손을 뻗었다.

장건이 우물쭈물하는 사이에 백리연이 장건의 뺨을 손가락으로 가볍게 쓰다듬었다.

뜨거운 열기 때문에 장건은 흠칫했다.

"가엾어……."

"……."

백리연이 손을 거두지 않고 말했다.

"천하제일인이 되지 않아도 좋아요. 공명검을 이겨낼 방법이 없으면 좀 어때요? 싸우지 않으면 되잖아요."

"무림인들은 아무 때나 시비를 거니까 언젠가는 싸워야 할지도 몰라요. 난 그게 두려워요."

감정의 동요를 비집고 흘러나온 진심이었다. 그 진심이 백리연에게 전해졌다.

백리연의 눈가에 안쓰러운 기색이 배어들었다.

"두려워하지 말아요."

백리연은 뭔가를 결심한 듯 갑자기 장건에게 확 다가섰다. 장건이 뭐라고 하기도 전에 장건의 얼굴에 자신의 얼굴을 가져다 댔다.

장건의 입술에 촉촉한 무언가가 와 닿았다.

'아……!'

두 번째 입맞춤이었다. 첫 번째는 당예였다. 그런데 이번엔 그때보다 훨씬 더 길었다.

장건은 얼어붙었다.

말로 표현할 수 없이 보드라운 느낌이 입술에서부터 몸 전체로 퍼져 나갔다. 첫 번째는 경황이 없었지만 두 번째는 확실히 느낄 수 있었다.

경직되었던 몸이 천천히 풀어진다.

물에 젖은 백리연의 팔이 장건의 목을 휘감았다. 꽉 끌어안아 몸이 밀착되었다.

가슴이 쿵쿵거리는데 그게 백리연의 심장 박동인지 자신의 심장 박동인지 알 수가 없었다.

백리연이 장건의 목을 휘감은 채 입술을 달싹였다. 장건의 입술이 당과라도 되는 양, 촉촉하고 말캉한 것이 조심스럽고 수줍게 미끈거린다.

'좋은 냄새…….'

처음 맡아보는 향기가 입에서부터 풍기고 있다. 꽃향기 같으면서도 조금 더 미묘하게 과일의 달큰한 향이 났다.

심장 박동이 머리까지 울렸다. 머릿속이 노랗게 물드는 듯하다.

입술을 탐색하고 있는 말랑한 것을 꽉 깨물고 싶은 충동이 들어 장건은 참을 수가 없었다.

"으음……."

백리연의 신음 소리가 장건의 입술을 타고 흘러내렸다.

장건이 깜짝 놀라 정신을 차렸다.

장건의 몸이 경직되자, 백리연도 알아차린 모양이었다.

손으로 입술을 매만지며 백리연이 몸을 뗐다. 얼굴이 홍당무처럼 새빨갛다.

백리연이 얼굴을 양손으로 다 가리고서는 조그맣게 탄식하듯 말을 내뱉었다.

"하아…… 이런 느낌이었구나. 정신이 하나도 없네."

"……."

장건의 눈이 휘둥그레졌다.

"에, 에에……?"

백리연이 당황해서 말했다.

"다, 다른 사람들이 안 본다고 일부러 이런 거 아니에요. 그, 그냥 갑자기 나도 모르게……."

더듬거리던 백리연이 갑자기 말을 멈추고는 새치름하게 장건을 쳐다보았다.

얼굴을 붉히고 삐친 투로 바라보는 그 모습이 너무 예뻐서 장건은 눈을 어디다 두어야 할지 갈등했다.

백리연이 물었다.

"아까 제갈 소저하고도 했어요?"

뭘 했는지는 묻지 않아도 뻔하다.

"아, 아뇨."

장건이 당황해하면서 손사래를 쳤다. 왠지 모르게 죄를 지은 느낌이었다.

백리연이 가슴을 쓸어내리며 여전히 붉은 얼굴로 배시시 웃었다.

"다행이다."

쿵쿵쿵쿵.

심장이 요란하게 뛴다.

그건 분명히 백리연의 것이 아니라 장건 자신의 심장 박동 소리였다.

"나, 나, 서 있기가 힘들어요. 오늘은 이만 가는 게 좋을 것 같아요."

"아직 반야원앙일체공을 해보지도 않았잖아요. 오늘 다들……"

"안 되겠어요. 그러면 나 정말로 어떻게 되어버릴지도 몰라요."

백리연의 얼굴이 더욱 짙게 붉어졌다.

"얼굴이 너무 빨개졌어요. 열이 심해진 거 아녜요?"

백리연은 몸을 휙 하니 돌리고 가만히 서 있다가, 고개만 살짝 돌렸다.

샐쭉하니 입을 내밀고 말했다.

"이 바보! 장 소협도 얼굴 빨개졌다구요."

그렇게 퉁명하게 말을 한 백리연이 폭포를 내려갔다.

장건은 멍하니 서 있다가 자신의 뺨을 만져보았다. 차가운 폭포수가 떨어지고 있는데도 얼굴이 뜨끈뜨끈하다.

"내…… 얼굴도 빨갛다고?"

장건은 입술을 매만졌다.

아직도 향기가 입술에 감도는 게 느껴진다. 부드러운 감촉도 생생하다.

그리고 심장도 여전히 쿵쿵거리고 있었다.

* * *

한여름만큼이나 따가운 햇살이 내리쬐는 태평한 날의 오후였다.

흰 눈썹과 처진 주름이 눈을 가려 나이를 짐작할 수조차 없는 한 노승이 길을 걷고 있었다. 당장이라도 픽 쓰러질 것같이 비척거리는 걸음이었다.

옆에서 부축하고 있던 젊은 승려가 노승에게 말한다.

"큰스님, 지금이라도 돌아가시는 게 좋지 않겠습니까? 저는 걱정이 많이 됩니다."

노승이 고개를 가로저었다.

"아니다. 내 열반에 오르기 전에 반드시 방장을 만나야 한다. 거의 다 왔는데 돌아가긴 어딜 돌아가겠느냐."

힘에 겨운지 목소리도 반쯤 쉬었다.

젊은 승려가 안타까운 눈으로 노승을 보았다.

"차라리 제게 전갈을 하라 하십시오. 제가 직접 소림의 방장 대사님을 만나 뵙고 전하겠습니다. 지금도 몸이 너무 상하셨습니다."

"아니다. 친우에게 몹쓸 짓을 하고 이날 이때까지 모른 척 살았으니, 마지막으로라도 얼굴을 보지 않고는 눈을 감기 어렵구나."

"큰스님께서 언제 모른 척하셨습니까. 본사의 누구보다도 더 간절히 소림사를 위해 불공을 드린 걸 잘 알고 있습니다."

"그래…… 그랬지."

노승의 희끗한 백미 아래로 물기가 맺혔다. 노승이 힘들어 하는 기색을 보이자 젊은 승려가 노승을 부축해 나무 그늘 아래로 이동했다.

바위에 걸터앉아 한숨을 내쉰 노승이 말했다.

"너도 소림사에 닥친 수많은 흉사에 대해서는 들었을 게다."

젊은 승려가 발끈하여 언성을 높였다.

"저도 산중에서 수행하는 몸이라 하나 알 만한 이야기는 다 알고 있습니다. 솔직히 말씀드려서 소림의 흉사는 소림에 덕(德)이 부족한 탓입니다. 그 아이 때문이라는 건 지나친 생각이십니다."

"이노옴!"

노승이 가죽만 남은 앙상한 손으로 지팡이를 들어 젊은 승려의 어깨를 내려쳤다.

탁.

젊은 승려의 눈에 눈물이 고였다. 어깨를 맞았으나 모기가 문 것보다도 더 느낌이 없었다.

그래서 마음이 더 아팠다.

노승이 쉰 목소리로 힘겹게 외쳤다.

"죽어가는 한 생명을 살리는 시골 의원의 덕이 높으냐, 약탈과 살인을 자행하는 변방 오랑캐 수십만을 토벌한 장군의 덕이 높으냐? 말해보아라! 누구의 덕이 더 높으냐! 한 생명을 살린 이의 덕이 높은 것이냐, 수십만의 생명을 죽인 이의 덕이 높은 것이냐!"

젊은 승려가 즉시 무릎을 꿇었다.

"죄송합니다. 제가 어리석었습니다."

노승이 거친 숨을 고르며 고개를 천천히 내저었다.

"수행자에게 덕의 높고 낮음을 따지는 것만큼 어리석은 일은 없느니라. 불경 한 구절 외지 못해도, 매일 씨앗을 뿌리고 땅을 일구는 농부도 덕을 쌓는 것이요, 정당한 이득을 추구하며 장사를 하는 상인도 덕을 쌓는 것이다. 부처께서는 누구의 덕이든 결코 가벼이 여기시지 않느니라."

숨이 찼는지 노승은 잠시 쉬었다. 오체투지한 젊은 승려가 땅에 눈물을 뚝뚝 떨구고 있었다.

노승이 긴 한숨을 내쉬며 승려의 머리에 손을 얹어 쓰다듬었다.

"이놈아…… 울지 말거라."

"크흑, 큰스님. 큰스님!"

핏덩이 때부터 함께 자란 젊은 승려에게 노승은 아비나 마찬가지였다. 그런 노승이 먼 여정으로 고달픔을 겪는 것을 볼 때마다 가슴이 찢어지는 듯했을 것이다.

"내가 왜 네 마음을 모르겠느냐. 너는 내가 조금이라도 편하게 열반에 들었으면 할 테지."

"흑흑흑……."

"하지만 말이다. 육신은 껍데기에 불과한 것. 마음이 불편하다면 몸의 편함은 아무런 의미가 없는 것이니라."

"저도 알고 있지만…… 흑!"

노승이 엉덩이를 털며 일어섰다.

"서두르자꾸나. 때를 놓치면 이번에야말로 세상에는 걷잡을 수 없는 풍운이 몰아칠 게다. 그리고 그리되면 나는 지옥의 유황불 속에서도 그 친구를 볼 면목이 없게 될 게다."

"흑흑."

젊은 승려는 눈물을 닦으며 주섬주섬 일어섰다.

"가자. 내 길에서 객사를 하더라도 반드시 방장을 만나야 한다. 그것이…… 내세에서 내가 지은 죄를 조금이나마 줄일 수 있는 마지막 기회가 될 것이야."

노승의 목소리에는 그 어느 때보다도 굳은 의지가 깊게 배어 있었다.

 노승은 바로 장건을 소림사의 고승에게 보내야 한다고 했던 혜원사의 금오였다.

제6장

변화하는 장건

오두막 밖 나무 둥치에 앉아 있던 제갈영과 양소은은 돌아오는 백리연을 보았다.

백리연은 죄를 지은 사람처럼 제갈영과 양소은의 눈을 회피했다.

제갈영이 눈을 가늘게 떴다.

"뭐야아? 왜 그래?"

"뭐가?"

백리연은 모른 척 둘러댔다.

그러나 시선은 여전히 다른 곳을 보고 있었다.

양소은도 무슨 일이 있었다는 걸 직감했다.

"수상한데."

"뭐, 뭐가 수상하다는 거예요?"

"말 더듬는 거."

"그야…… 당연히 그럴 수밖에 없잖아요. 두, 둘만 그런 곳에 있었으니까. 양 소저도 그랬던 거 같은데요?"

"아냐. 뭔가 달라. 반야공인지 뭔지 그거 정말 야시시하긴 한데, 그렇다고 이럴 정도는 아녔어."

"느끼는 거야 사람마다 다른 거 아니겠어요?"

"느꼈다고!"

흠칫.

백리연은 자기가 말을 실수했나 생각해보았다. 그러나 굳이 다르게 생각하지 않으면 별로 이상한 말이 아니었다.

평소 늘 털털하던 양소은이 과민반응을 보인 것이 더 이상했다.

제갈영이 코웃음을 치며 팩 하고 고개를 돌렸다.

"역시 첩들은 속도 좁다니까. 나처럼 본처의 몸이신 분들은 바다 같은 아량으로 다 이해해줄 수 있어."

"이게?"

양소은이 제갈영의 머리를 한 손으로 조여 겨드랑이에 끼웠다.

"아얏! 첩년이 사람 잡는다! 이거 안 놔?"

"시끄러워, 이 꼬마야."

양소은은 주먹으로 제갈영의 머리를 꾹꾹 눌렀다.
"으아앙, 아파! 아프단 말야!"
"너 자꾸 까불래?"
"으아앙!"
꾸욱 꾹꾹.
"잘못했어, 안 그럴게!"
"잘못했어, 요! 안 그럴게, 요!"
"잘못했어요! 안 그럴게요. 으앙!"
그제야 양소은이 제갈영을 놔주었다. 제갈영이 보법을 밟으며 비틀비틀 몇 걸음을 달아났.

제갈영이 두 눈에 눈물이 가득해서는 양소은을 노려보며 외쳤다.
"이씨! 근육만 잔뜩 있는 힘만 센 바보! 너한테는 절대 지지 않을 거야!"
"어쭈?"
양소은이 주먹을 쥐고 흔들어 보이자 제갈영이 다시 달아날 준비를 했다. 그러더니 백리연을 보고도 소리쳤다.
"얼굴만 허여멀건한 왕가슴 멍청이! 너희들 다 나중에 두고 봐. 우리 서방님을 하루도 양보하지 않을 테니까!"
제갈영이 그대로 도망가려 하는데 하얀 그림자가 눈앞에 일렁거렸다.
신법만큼은 제대로 익힌 백리연이 제갈영의 뒤를 가로막은 것이다.

제갈영이 눈만 들어서 백리연을 올려다보았다.

팔짱을 떡하니 끼우고 싸늘히 웃음 짓는 백리연의 눈가에 시퍼런 살기가 번뜩이고 있었다. 이마에 한 줄기 힘줄까지 돋아 있는데, 워낙 매끈하고 티 없는 얼굴이라 그 한 줄기 힘줄이 그렇게 음산해 보일 수 없었다.

"흐~응? 얼굴만 허여멀건해서 가슴이 뭐라고요?"

"무, 무서워……. 첩년들이 서로 짜고 본처를 살해하려고 한다……."

"내가 언니잖아요. 본처든 첩이든 다 좋지만, 아직 정식 혼인을 한 건 아니니까 지킬 건 지켜줘야 서로 편하겠죠, 제갈 동생?"

백리연이 더 싸늘한 미소를 짓자 제갈영은 겁을 먹고 바닥에 주저앉았다.

"으아아앙!"

"잘못했죠?"

"잘못했어요, 언니. 으앙!"

"그래요. 사람은 실수도 할 수 있는 거예요. 다음부터 안 그러면 되지."

백리연은 동생을 토닥이듯 제갈영을 끌어안아 등을 두드려 주었다.

"으흑흑흑."

그게 더 무서워서 제갈영은 서럽게 울었다.

제갈영을 달래며 백리연이 웃는 얼굴로 양소은을 보았다.

양소은이 '흥' 하고 쓴웃음을 지었다.

"확실히 자신감이 늘었네. 그런데도 아무 일 없었다고는 말 못하겠지?"

"그래요. 하지만 뭐 어때요? 이젠 경쟁이잖아요."

빠직!

백리연과 양소은의 눈빛이 부딪혀 허공에 불꽃을 튀겼다. 어제까지만 해도 의기투합하여 함께 언니 동생 하던 사이였는데, 한순간에 경쟁자로 돌변해버렸다.

양소은이 입꼬리를 더 바짝 끌어올렸다.

"재밌는데? 한번 해보자 이거지?"

백리연도 더 크게 미소를 지었다.

"남 걱정할 때가 아닐걸요? 여기 제갈 동생은 전부터 장 소협과 알던 사이고, 저도 불미스럽긴 했지만 일이 있었죠."

"흥, 꼴사납게 얻어맞은 주제에, 그걸 자랑하고 싶어?"

"그래요. 그런데 양 언니에겐 그런 일이라도 있었나요?"

한순간에 약점을 찔린 양소은의 표정이 굳었다.

"여우같은 계집애."

백리연도 지지 않았다.

"그럼 곰이라도 되어 봐요. 남자들은 여우만 좋아하다가도 가끔 색다른 데 흥미가 생겨서 곰 같은 여자도 한 번쯤 돌아본

다더군요?"

빠지직!

둘 사이에 또다시 불꽃이 튀었다.

백리연의 품에서 바들거리던 제갈영이 무서워서 얼굴을 파묻었다……가 떼었다.

누구라도 부러워할 크기의 부드럽고 탱탱한 가슴.

제갈영이 백리연의 가슴을 조물거리고 만졌다. 제갈영의 손으로는 다 잡히지도 않는다.

아직 덜 자랐다고는 해도 하늘과 땅 차이다.

"으이, 씨!"

제갈영도 오기가 치밀었다.

벌떡 일어나서 소리를 질렀다.

"여우든 곰이든 나도 안 져! 안 질 거야!"

* * *

쏴아아아-

쏟아지는 폭포를 바라보며 장건은 하염없이 상념에 젖어 들었다.

이해할 수 없는 일들이 일어나고 있었다.

목숨이 오락가락하는데도 전혀 긴장감을 느낄 수 없는 이상한 분위기. 함께 있을 때마다 이상야릇하게 피어오르는 감정들.

'뭐가 어떻게 되는 거지?'

심장의 고동 소리는 아직도 줄어들지 않는다.

장건은 자신의 가슴에 손을 얹었다.

'뭔가가…… 가슴속에서 막 생겨나서 온몸으로 퍼지는 것 같아.'

한 번도 느껴보지 못한 감정이라 혼란스러울 따름이었다.

'아냐, 아냐!'

장건은 고개를 세차게 좌우로 흔들었다.

'사람이 죽어가는데 왜 이런 생각을 하는 거야? 내가 지금 생각할 건 어떻게 해야 목숨을 구할 수 있을까 하는 거잖아!'

장건은 자신의 뺨을 찰싹찰싹 때려보기도 했다.

그러나 그럴수록 세 여인이 남긴 말이 자꾸만 귓가를 간질인다.

- 바, 바보얏! 너 앞으로 나한테 존댓말 쓰지 마. 알았어?
- 바보야, 이럴 때는 좀 더 세게 안아줘야지.
- 이 바보! 장 소협도 얼굴 빨개졌다구요.

장건은 어이가 없어 킥 하고 웃었다.

'그리고 보니 하루에 세 번이나 바보라는 소리를 들었네.'

그때 누군가의 목소리가 들려왔다.
"재미 좋냐? 뭘 그렇게 히죽거리고 웃어?"
"아따, 아주 그냥 이런 데 짱박혀서 팔자가 늘어졌구만?"
"어어?"
소왕무와 대팔이었다.
장건은 자기도 모르게 놀라고 또 웃었다.

고수라고 할 수 없는 친구 둘이 가까이 왔는데도 기척을 느끼지 못한 데에 놀랐고, 그만큼 상념에 깊이 빠져 있었다는 데에 또 놀랐다.

그리고 딱 필요한 시기에 나타난 친구들이었기에 웃었다.
"왕무야, 대팔아! 여긴 어떻게 온 거야?"
"몰라. 갑자기 사백들께서 너 여기 있다고 옷가지랑 음식 좀 가져다주래서 왔어. 너야말로 여기서 뭐하는 거야?"

옷가지를 가져다주라는 걸 보니 꽤 시간이 걸릴 거라 생각한 모양이다.

장건이 고개를 끄덕였다.
"얘기해줄게. 하여튼 잘 왔어."

장건의 설명을 들은 소왕무와 대팔은 '흠' 하고 고민하는 투로 소리를 삼켰다.

소왕무가 눈을 찡그리고 인상을 썼다.
"널 납치해간 건 알았는데, 설마 그런 짓까지 저지르시다니……."

 대팔도 마른침을 삼켰다.

 "사람을 삼 일 안에 태워 죽이는 그런 무시무시한 무공을 예쁜이들에게 썼단 말이냐? 그건 말도 안 돼!"

 소왕무는 자신의 손에 든 옷 보따리를 슬쩍 보았다.

 "그런데 이걸 가져다주라는 걸 보면 위에서도 알고 있다는 얘기잖아. 그걸 용납을 했다고? 우리 소림이?"

 소왕무와 대팔이 서로를 마주보았다.

 "이건 좀 아니다 싶은데?"

 "내 말이. 아무리 우리 소림의 명성이 땅바닥에 곤두박질쳤대도 이건 아니지."

 장건은 둘의 말에 약간의 위화감이 느껴졌다.

 "정말? 하지만 내가 만난 사람들은 이제껏 다 그랬는걸. 독선 할아버지나 풍진 할아버지도 그랬고."

 소왕무가 고개를 절레절레 저었다.

 "그땐 명분이라도 있었잖아! 근데 이번엔 아무것도 아니라고. 그냥 자기 마음 내키는 대로 사람을 죽이면 사파랑 뭐가 달라? 그리고 우리 소림이 그런 일을 용납할 것 같아?"

 대팔이 맞장구를 쳤다.

 "그래, 아무래도 이상해. 삼화열양장이라는 무공도 생소해. 그런 건 정말 괴공(怪攻)이야. 아무리 오황이 정사의 중간에 끼어 있대도 그런 무공을 함부로 썼으면 우리 소림에서도 가만있지 않았을걸?"

소왕무가 턱을 잡고 생각하다가 말했다.

"건아, 원래 그러면 안 되는데, 반야원앙공인가 하는 그 책 좀 보자."

장건은 망설임 없이 겉장이 찢어진 반야원앙일체공을 내밀었다.

"오잉?"

"어랍쇼?"

소왕무와 대팔은 책을 몇 장 팔락팔락 넘겨보더니 서로를 마주보았다.

"야, 대팔아. 이거 그거 맞지?"

"엉. 내가 지난번에 집에 다녀오면서 가져온 그거잖아."

소왕무와 대팔이 장건을 뚫어져라 보았다.

장건이 떨떠름하게 물었다.

"왜 그래?"

대팔이 진지하게 말했다.

"야, 너 속았다."

"응?"

"이거 그냥 뒷골목 가면 구할 수 있는 춘화도야."

"뭐?"

장건은 어이가 없었다. 그림이 너무 심하게 적나라해서 예전에 대팔이 보여준 춘화도와 비슷하다고 생각하긴 했었다.

그런데 정말 춘화도라니?

"그럼 여기 쓰여 있는 구결들은?"

대팔이 답답하다는 듯 가슴을 쳤다.

"내가 거짓말하는 걸로 보이냐? 우리 아버지가 정력이 좋아진다고, 서장에서 넘어온 비법이 쓰여 있다고 몰래 사와서 보던 거란 말야. 근데 사기 당했다고 화내면서 소각장에 던져버린 걸 내가 몰래 가져와서 왕무랑 봤었어."

"진짜?"

장건이 소왕무쪽을 보았다. 소왕무가 고개를 끄덕였다.

"정말이야. 잘 기억은 안 나는데, 제목이 무슨 서장에서 건너온 초특급 비법이 담긴 비전서라고 쓰여 있었다. 사형들한테 압수당했으니까 물어보면 사형들도 알걸?"

말하는 투가 절대로 거짓말은 아닌 것 같다.

장건은 아직 의심을 지우지 못하고 되물었다.

"그래도 혹시 정말 비법이 담겨 있는 건 아닐까?"

대팔이 에이, 하고 소처럼 투레질을 했다.

"야야, 이거 얼마 전에도 내 단골 가게 가보니까 산더미처럼 쌓여 있더라. 이게 정말 비급이면 사람들이 가만히 냅뒀겠냐?"

소왕무도 한마디를 보탰다.

"대팔이 말이 맞아. 여기 쓰여 있는 구결도 무공 구결이 아냐. 난 이렇게 허접한 무공 구결이 있다는 말도 처음 듣는다."

장건은 머리가 복잡해졌다.

"난 무공서를 본 적이 없어서 몰라. 혈도에 관한 책은 봤지만……."

소왕무가 손뼉을 쳤다.

"아아! 이제야 이해가 가네. 그러니까 사백들은 다 알고 있었던 거야. 삼화열양장이고 뭐고 다 개나발이라는 거. 그러니까 가만히 묵인하고 있지."

"그러게. 그렇게 생각하니까 앞뒤가 딱딱 맞네."

장건은 얼굴이 다 화끈거렸다.

이제야 제갈영이나 양소은, 백리연이 삼화열양장의 해소에 별 관심을 보이지 않았던 것이 이해가 간다. 자기네들 목숨이 달려 있는데도 불구하고 전혀 위기감을 보이지 않았던 게 다 이유가 있었던 것이다.

그녀들도 사전에 이 일을 알고 있었다?

장건이 눈을 질끈 감고 고개를 떨어뜨렸다.

"그럼 난…… 뭘 한 거야?"

정말이라 믿고 진지하게 임한 자신이 창피하다. 너무 부끄러워서 쥐구멍에 머리라도 처박고 싶다.

장건의 분위기가 심각해지자 소왕무와 대팔은 조금 머쓱해졌다.

장건이 고개를 푹 수그린 채 독백하듯 말했다.

"날…… 놀린 걸까?"

대팔은 그 말에 사레를 쳤다.
"에이, 그건 아닐 거야. 오황이 그렇게 할 일이 없었겠어?"
"아냐. 생각해 보니까 내가 소림에 있는 게 도움이 되지 않는댔어. 내가 필요 없고 거추장스러우니까 쫓아낸 것 같아."
장건이 보는 우내십존과 소왕무나 대팔이 보는 우내십존은 다르다.
장건에게는 괴상하고 다소 위험하기까지 한 장난을 좋아하는 동네 노인네들이라면, 소왕무나 대팔에게는 감히 쳐다보는 것도 어려운 초고수들이다.
하지만 소왕무와 대팔이 장건의 입장을 충분히 이해하지 않는다 하더라도 알 건 안다. 아무리 심심하고 할 짓이 없어도 애 하나를 놀려먹으려고 이런 일을 꾸밀 사람들은 아니다.
소왕무가 잠시 생각 끝에 입을 열었다.
"내가 볼 땐 말야, 뭔가 이유가 있을 거야. 방장 대사님께서도 널 데려가라고 하셨을 정도면 뭔가 다른 게 있어. 오황이야 몰라도 야, 우리 방장 대사님이 장난하실 분은 아니잖아."
그건 또 그렇다.
장건이 드디어 고개를 들었다.
"그럼 왜 그런 거지?"
대팔이 손가락을 내밀며 추리를 했다.
"혹시 저 소저들 때문에 사백숙님들이나 사형들의 수행에 방해가 되니까 널 얼른 혼인시켜서 소저들을 쫓아 보내려는 건?"

소왕무가 대팔을 발로 찼다.

퍽!

"말이 되는 소리를 해라, 이 새끼야."

대팔이 엉덩이를 털며 일어나 소왕무에게 흙을 뿌렸다.

"그럼 말로 해, 이 새끼야."

소왕무가 바닥에 널브러진 반야원앙일체공의 책을 들어 흙을 막았다.

그리고는 소왕무와 대팔이 동시에 동작을 멈췄다.

벌거벗은 남녀가 야릇한 동작을 펼치고 있는 춘화도를 보니 불현듯 떠오르는 게 있었다.

대팔의 눈에 불길이 치솟았다.

대팔이 장건의 멱살을 잡고 일으켰다. 기운이 없던 장건은 순순히 대팔의 손에 끌려 일어났다.

대팔은 침까지 튀기며 소리를 질렀다.

"너 아까 세 소저들과 이걸 했다 그랬지!"

"어, 으응. 하지만 제대로는 못했⋯⋯."

"야, 이⋯⋯!"

소왕무가 조용히 말했다.

"대팔아, 니가 멱살 잡고 있는 게 누군지 까먹으면 안 된다."

"아 참, 그랬지."

대팔이 말을 잇지 못하고 멱살을 놓았다. 그리고는 장건의 앞섶을 다시 제대로 여미며 툭툭 털어주기까지 했다. 그래도 하고 싶던 말은 끝까지 했다.

"이 부러운 놈."

장건이 이상해서 물었다.

"왜 그래, 대팔아?"

"부럽잖아, 임마! 그냥 여자도 아니고 미녀들과 홀딱 벗고, 아우우우!"

"옷을 벗고 하진 않았어. 그냥 저기 폭포 아래에서 물을 맞아가며……"

소왕무와 대팔의 눈이 휘둥그레졌다. 연신 침을 꿀꺽 삼켜댔다.

"으아…… 그럼 옷이 막 다 물에 젖어가지고 그냥……"

소왕무가 반야원앙일체공 – 이젠 더 이상 그런 제목의 책이 아니라는 건 알았지만 – 을 들어 올려서는 중간을 펼쳤다. 벌거벗은 남녀가 끌어안고 서로의 몸을 더듬는 그림이었다.

"그, 그럼 이것도 했냐?"

다음 장을 마구 넘기며 소왕무와 대팔이 그림들을 마구 가리켰다.

"이것도? 이것도?"

"안 그랬어. 난 그게 무공서인 줄 알고……"

"무공서인줄 알고 뭘 했는데!"

변화하는 장건 207

장건이 대답했다.

"내공으로 족태음비경의 경락을 따라 추궁과혈 같은 걸 하기도 하고……."

족태음비경의 혈은 엄지발가락부터 위쪽 갈비뼈와 겨드랑이 사이까지 이어진 경락이다.

"추, 추궁과혈."

"그러니까 어쨌든 만진 거 아냐, 만진 거!"

"손으로 만진 게 아니라 기를 뻗어서 만진 거야."

기를 뻗어 만졌다는 게 뭔지는 모르지만 뒷말은 명확하다. 만졌다는 거.

"그게 만진 거지!"

소왕무와 대팔은 혈안이 되어 재촉했다.

"그리고, 그리고 또?"

장건이 말해도 되나 안 되나 고민하다가 털어놓았다.

"어쩌다 보니까 안기도 하고 입도 대고 그랬는데, 정말 기분이 묘했어."

"이, 입을 대?"

"어디에 입을?"

소왕무와 대팔이 서로 부둥켜안고는 좋아서 어쩔 줄 몰라 했다.

장건이 이상하다고 생각하며 대답했다.

"입에."

"입에 입을?"

"응."

장건은 정말 순수한 의도로 묻고 싶었다.

왜 남자의 몸에 닿을 때와 기분이 다른 것인지, 입을 대고 있는데 더럽다는 생각이 들지 않고 향기가 나며 기분이 좋은지.

그런 걸 묻고 싶었다.

그러나 소왕무와 대팔에게 그것은 관심 밖이었다.

"으아아아!"

"얌전한 놈이 부뚜막에 먼저 올라간다더니! 할 거 다 했네!"

소왕무는 머리카락을 쥐어뜯듯이 잡았다. 대팔은 땅에 머리를 쿵쿵대고 박았다.

둘의 입장에서 보자면 제갈영도 미인이고, 양소은도 미인이고, 백리연은 말할 것도 없다. 부유한 집에서 자랐어도 그런 미모의 여자들을 볼 기회는 흔치 않다.

대팔이 혹이 난 머리를 만지며 또 물었다.

"입 맞추면서 가슴도 만졌어?"

장건은 멀뚱하게 물었다.

"가슴을 왜 만져?"

"아, 이 자식. 아직도 애네. 뭘 몰라. 임마, 그래야 여자들이 좋아해! 그냥 그러고 싶은 본능이 들지 않든? 마구 가슴을 만지고 싶은 그런 본능."

"모르겠는걸. 그냥 기분이 이상해져서 가만히 있었어."

아무래도 입에 닿은 뭔가 말랑한 것을 깨물 뻔했다는 얘기는 하지 말아야 할 것 같았다.

대팔이 여자 목소리를 흉내 내며 가슴을 감쌌다.

"너무 눈치를 보면 안 돼. 여자들은 '어머, 싫어요' 하면서도 남자가 먼저 해주길 바라거덩. 너처럼 그냥 가만히 있으면 누가 좋아하겠냐? 나 같아도 그런 남자는 싫다."

소왕무가 침을 뱉었다.

"남자가 남자 좋아하냐? 너는 꼭 말을 해도, 에이 퉤."

"그런 게 아니라 예를 들면 그렇다는 거지. 너는 왜 사람 말에 꼬투리를 잡냐? 나는 임마, 네가 여자라도 싫어."

"내가 여자면 나도 싫다, 임마. 크크."

"알긴 잘 아네. 크크크."

소왕무가 쳇 하고 목 뒤로 팔짱을 했다.

"아무튼 간에 너는 복 터진 거야."

대팔이 갑자기 의문을 제기했다.

"그런데 아무래도 난 좀 구린 냄새가 난다. 아무리 건이가 여자를 모르고 그래도 사백숙들이 나서서 이럴 건 아니잖아."

"그런 건 구린 냄새가 아니라 의혹이 있다고 해야지, 임마."

소왕무가 생각해보고 말했다.

"그래도 대팔이 말이 맞긴 해. 아마…… 내 생각에는 네 심마 때문에 그런 거 같아."

대팔도, 본인인 장건도 수긍했다.

소왕무가 계속해서 말했다.

"심마에 들면 사람이 미쳐버리거든. 사실 내가 건이 너를 옆에서 보면서도 말은 안 했다만, 검성을 만나고 나서 넌 너 같지 않았어. 사형들이랑 사백님들도 걱정이 많았고."

"그랬구나. 미안해, 걱정 끼쳐서."

장건이 뒷머리를 긁적거렸다.

대팔이 눈을 뒤룩뒤룩 굴리다가 노인 같은 말투로 물었다.

"근데 심마에 든 거랑 이게 무슨 상관인 게요?"

"모르오. 오황이나 사백님들의 생각을 내가 어떻게 아오? 이유가 있는데 그걸 건이나 우리는 모르는 게요."

대팔이 내팽개쳐진 춘화도- 한때는 반야원앙일체공이라 불렸던 - 를 빤히 보고 말했다.

"설마 정말 저기에 답이 있는 건 아니겠지?"

"모르지 뭐. 삼화열양장이라는 걸 해소하면 어쨌든 답을 알려주지 않을까?"

"흐음."

장건도 그 생각을 했다.

자신의 심마 때문에 굳이 이런 일을 했다면 오히려 고마워해야 할 판이다.

"그럼 저걸 계속해야 할까?"

"아마도 그렇지 않을까? 일단 단서는 그것밖에 없잖아."

"근데 좀 꺼려져. 소저들이 화도 내고 그래서 할 수가 없었어."

대팔이 투덜거렸다.

"하여간 여자들이란. 좋아서 입도 맞추고 그랬으면서 튕기긴 왜 튕겨."

소왕무가 이그, 하고 대팔을 흘겨보았다.

"야, 아무리 건이가 좋아도 그렇지, 혼인도 안 한 사이에 춘화도를 보고 따라하는 건 좀 창피하지 않겠냐? 가문의 명성과 체면도 있는데."

장건은 '아, 책에 나와 있는 부끄럽다는 의미가 말 그대로 부끄럽다는 의미였구나.' 하고 생각했다. 그걸 무공의 의미로 해석하려고 한 사실이 못내 창피하기 짝이 없었다. 심마에 물든 게 부정할 수 없는 사실이긴 한 모양이었다.

'휴우, 나도 이렇게 창피한데 소저들은 얼마나 부끄러웠을까.'

그게 다 따지고 보면 심마에 든 자신을 위한 일이었다. 부끄러움도 참고 도와주려 했던 것이다.

장건은 깊이 반성했다. 자기도 부끄러운 일을 남에게 왜 부끄럽지 않으냐고 할 수는 없었다. 백리연이 목숨보다 중요한 게 있다고 한, 믿을 수 있는 남자에게 몸을 맡긴다는 의미가 무엇인지도 알 것 같았다.

대팔이 어깨를 으쓱였다.

"하지만 저거 안 할 수도 없잖아. 삼화열양장인지 뭔지 때문에 잔뜩 열이 올랐다며. 내가 볼 땐 그걸 해결해야 뭐가 되든 되지 않을까 한다만."

장건은 슬슬 감이 왔다.

삼화열양장이 정말 있는 수법인지는 모르지만 해결은 해야 한다. 목숨까지 빼앗는 수법은 아니라고 해도 열이 심해서 힘들어하는 건 마찬가지니까.

그러나 부끄러운 일이라는 걸 알고도 세 여인에게 춘화도를 강요할 수는 없다.

그렇다면 장건이 할 수 있는 건 춘화도를 이용하지 않고 삼화열양장을 해소하는 방법이다.

대팔의 말을 듣고 문득 떠오르는 바가 있었다.

"대팔아, 잠깐만."

"왜?"

안력을 끌어올린 장건이 손을 썼다. 아니, 움직이지도 않았다.

그런데 대팔은 종아리 뒤가 뜨끔하더니 갑자기 다리가 뻣뻣해지는 것을 깨달았다.

"어어어? 야, 임마 건이. 너 지금 나한테 뭘 한 거야? 그러지 말고 풀어줘. 야야, 나 무서워질라 그런다."

소왕무의 눈이 크게 떠졌다.

보아하니 분명히 대팔은 점혈이 된 상태다. 그런데 장건은

변화하는 장건 213

아무런 동작이 없었다. 손가락을 튕겨서 지풍을 쏜 것도 아니고, 그냥 가만히 있었는데 점혈이 되었다.

'뭐, 뭐야? 움직이지도 않았잖아.'

기를 밖으로 보내 손처럼 움직이는 건 양소은을 상대로 펼쳤던 수법이었다. 혈도에 대해서는 알고 있으니 혹시 점혈도 될까 해서 이용해보았는데 의외로 쉽게 된 것이다.

장건이 스스로도 놀라 중얼거렸다.

"어? 처음 해본 건데 됐네?"

소왕무와 대팔이 기겁을 했다.

"으억! 점혈을 처음 해봤어?"

점혈법에는 몇 가지 방식이 있다. 일정 혈을 자신만이 아는 순서대로 눌러 복잡하게 점혈을 하는 방식과 그냥 관계된 혈 한 군데를 눌러 점혈을 하는 방식이 있다.

전자는 순서를 아는 시전자가 아니면 해혈하기가 어렵지만 시전 속도가 느리다는 단점이 있고, 후자는 해혈은 간단하지만 빠르게 제압할 수 있다는 장점이 있다.

그러나 어느 쪽이든 점혈은 정확해야 한다.

혈은 피부 바로 밑에도 있고 더 깊은 곳에도 있다. 너무 얕게 누르면 효과가 없고 너무 깊으면 상한다.

점혈에 사용하는 침(針)의 길이가 1촌(寸)에서부터 7촌까지 다양한 것도 그런 이유다.

더구나 혈마다 짚어야 하는 깊이가 다른데, 방법마저도 다르다.

예를 들어 쇄골 아래의 중부혈(中府穴)은 5푼 정도의 깊이로 누르되 비스듬히 옆으로 찔러야 뼈를 피해 제대로 중부혈을 누를 수 있다. 사자(斜刺)로 비스듬히 찌르지 않으면 근육이 상하고 뼈를 다친다.

사람마다 몸의 생김도 형태도 다르니, 여러 번 실습하며 방법을 정확히 습득해야 비로소 가능한 게 점혈인 것이다. 침을 놓는 의원들도 풋내기 시절에는 자신의 몸을 대상으로 연습을 한다고 할 정도다.

그걸 아는 대팔의 얼굴은 새파랗게 질렸다.

"건아…… 나 진짜 무섭다. 다리에 감각이 없어. 너 이거 제대로 풀 수는 있는 거냐? 나 병신 되기 싫다."

"걱정 마. 내 내공으로 잠깐 혈도를 막은 것뿐이야. 괜찮을 테니까 잠깐만 그대로 있어줘."

내공으로 점혈을 하는 경우는 통상적인 방법과 조금 다르다.

직접 내공을 흘려 넣어 혈도를 막으면 되기 때문이다. 통로를 좁혀 길을 막는 게 일반적인 점혈법이라면, 통로에 장애물을 놓아 막는 게 내공을 이용한 점혈법이다.

혈도만 정확히 짚으면 깊이 조절을 하지 않아도 내공의 양을 조절해서 효과를 볼 수 있다.

장건은 일반적인 점혈법을 모르니 내공을 이용한 점혈법을 썼다.

점혈을 직접 해본 적은 없어도 많이 당해는 보았다.

때문에 장건은 자신의 혈도에 들어온 내공이 얼마나 되는지, 얼마만큼이면 영향력이 사라지는지 잘 알고 있었다. 그래서 위험하지 않을 만한 - 잃어버려도 아깝지 않을 만큼 적은 - 내공으로 대팔의 혈도를 막았다.

이어 장건은 안력을 돋우고 대팔의 전신을 훑어보았다.

그러기를 약 일각여.

대팔의 마비된 다리가 저절로 풀렸다.

장건이 고개를 끄덕거렸다.

"역시 그렇구나."

대팔이 다리를 마구 움직이며 화가 나 소리쳤다.

"그렇긴 뭐가 그래! 건이 너, 이러는 거 아냐. 어떻게 친구의 몸에 실험을 할 수 있어?"

"미안. 먼저 물어보고 하려 했는데, 그렇게 생각을 하니까 벌써 되어버렸더라고."

장건은 갓 신명성통의 초입에 들었다. 그러나 이미 심생종기의 깨달음을 가지고 있다.

심생종기는 마음이 가는 대로 기가 움직이는 경지. 신명성통으로 몸 밖까지 기의 운용 범위가 확장되면 몸 안에서나 밖에서나 심생종기는 그대로 이루어지는 것이다.

그것은 그야말로 눈 깜박하는 사이보다도 더 빨랐다.

위험하지 않다는 걸 알고 호기심이 너무 컸던 탓에 생각만으로 순식간에 기가 움직여버린 것이다!

직접 당한 대팔은 잘 모르지만 소왕무는 곁에서 똑똑히 보고 알았다.

'거, 건이 이놈…… 미쳤구나.'

세상 어디에서도 움직이지 않고 점혈을 하는 수법이 있다는 건 들어본 적이 없다. 아무리 빨리 움직였대도 기척은 느꼈을 텐데 그런 것도 없었다.

정말로 털끝 하나 움직이지 않은 것이다.

소왕무는 말해주고 싶었다.

공명검? 그딴 건 개나 줘버려. 움직이지도 않고 혈도를 막 찍어버리는데 검성이라고 그걸 당할 수 있을 것 같냐!

라고.

물론 장건이 기를 움직여 점혈하거나 할 수 있는 거리는 아직 한정적이다. 공격적 의지의 확장인 공명검의 거리에는 못 미친다. 게다가 검성씩이나 된다면 아무리 몰래 기를 움직여 점혈하려 해도 피하거나 막을지도 모른다.

그럼에도 불구하고 장건이 지금 보이고 있는 신위는 절대적이었다. 적어도 소왕무만의 생각은 아닐 터다.

'미치겠네.'

사백들에게 이 사실을 고해야 할지 고민스러운 소왕무였다.

그때까지도 대팔은 울먹이는 목소리가 되어 장건을 욕하고 있었다.

장건이 난처한 얼굴로 소왕무를 보았다.

"왕무야."

"왜, 왜?"

"한 번 더 해보고 싶은데, 도와줘. 대팔이가 이렇게 싫어하니까 대팔이에겐 도와달라고 못하겠네."

소왕무는 장건의 말이 우내십존이 말하는 것처럼 우르릉거리며 들렸다. 이제 장건은 정말로 그들이 닿을 수 없는 저편 어딘가에 있는 것만 같았다.

소왕무가 그렇게 넋이 나가 있는데 장건이 다시 부탁했다.

"도와줘. 도와줄 거지?"

소왕무는 화들짝 놀라 대답했다.

"네!"

제7장

무섭다!

오두막의 밤.

달이 어스름히 산중을 비추고 산새들도 잠이 들어 고요하다.

호롱불을 켜놓은 방 안도 묵묵한 침묵이 감돌고 있었다.

장건은 살짝 눈치를 보았다.

"왜들 그래요?"

"흥."

"흥!"

"흥?"

연속으로 코웃음 치는 소리가 난다.

장건의 앞에 앉은 제갈영과 백리연, 양소은이 모두 제각기 다른 방향을 보고 있는 것이다.

멀뚱히 서 있던 양소은의 호위무사 상달은 장건을 보고 양손을 들어 보였다.

"아까부터 계속 이러더라고요. 저녁 할까요, 라고 물어도 대답도 없고……. 나만 괜히 같이 굶었다니까요?"

예전의 장건이었다면 몰랐을 수도 있다. 그러나 장건은 조금 이들의 기분을 알 것 같았다.

장건이 조심스럽게 물었다.

"열나는 건 좀 괜찮아요?"

"흥흥!"

대답은 없고, 들려오는 건 코웃음뿐이다.

장건이 살짝 웃으면서 말했다.

"제가 삼화열양장을 해결할 수 있을지 모르겠는데, 아마 할 수 있을 것 같아요. 잠깐만 내 말을 들어줄래요?"

세 여인의 눈이 장건을 향했다.

가능한 한 침착하려 했지만 눈빛이 흔들리는 것은 어쩔 수 없다.

그러나 그 눈에는 불신이 조금 더 엿보였다.

'이번엔 또 뭘 하려고?'

상달은 알아서 자리를 비켜주었다.

"그럼 전 나가 있을게요."

상달이 나가거나 말거나, 세 여인의 눈은 여전히 장건에게 고정되어 있다.

아직 채 뿔이 가라앉지 않은 상태로 백리연이 물었다.

"반야원앙일체공을 다 익혔다는 뜻이에요?"

"그런 건 아니에요. 하지만 일단은 상태를 확인해보려고 해요."

흥흥거리고 쳐다도 보지 않던 세 여인이 서로를 돌아보았다.

장건의 말을 어떻게 받아들여야 할지 모르는 까닭이다.

제갈영이 한발 빠르게 나섰다.

"그럼 내가 먼저 할 거야! 오라버니가 뭘 할지 몰라도, 영이는 오라버니를 믿으니까."

백리연과 양소은의 눈에 '아차' 하는 기색이 스쳐 지나갔다. 특히나 백리연은 장건에게 믿지 못해서 맡길 수 없다는 둥의 얘기를 한 탓에 후회가 더했다.

"제갈 동생, 그러면 안 되지. 순서를 함부로 정하지 말아줄래요?"

"본처니까 본처가 먼저지!"

양소은이 생글생글 웃음을 지으면서 말했다.

"아까도 위험해서 내가 먼저 했잖아. 그러니까 이번에도 내가 먼저 하는 게 좋지 않겠어?"

이곳은 사방이 뚫린 폭포도 아니고 좁은 방 안이었다. 둘만 내버려두면 무슨 일이 벌어질지 모른다!

제갈영이 입을 삐죽 내밀었다.

"위험하긴 개뿔이."

"제갈 동생!"

제갈영은 급히 입을 막았다. 아무리 사이가 좋지 않아도 지켜야 할 규칙은 있는 법이었다.

백리연이 제안했다.

"뽑기라도 할까요?"

"공정하게 그렇게 해."

"그딴 거, 본처에게는 하나도 공정하지 않잖앗!"

양소은이 턱을 치켜들고 말했다.

"이도 저도 싫으면 장 소협에게 결정해달라고 하자."

세 여인의 무시무시한 눈빛을 받은 장건이 어색하게 웃으면서 말했다.

"셋 다 그냥 같이 있어도 돼요."

세 여인이 붉어진 얼굴로 동시에 외쳤다.

"난 저 언니들하고 오라버니를 나누기 싫어어!"

"실망했어요. 한 방에서 셋이라니……."

"장 소협! 보자 보자 하니까 욕심이 너무 지나치잖아!"

장건은 어색하게 웃을 수밖에 없었다.

"아하하, 하하하……."

갑작스레 치솟은 경쟁심 때문인지 너무 앞서 나가 있는 그녀들이었다.

* * *

셋의 얼굴에는 짜증이 가득했다.

왜 별안간 가부좌를 틀고 앉아 있어야 하는 걸까?

정작 장건은 그냥 그런 그녀들을 가만히 보고 있을 따름이었다.

제갈영과 백리연이 양소은을 노려보았다.

최대한 간편한 복장으로 있어달라는 말에 양소은은 아예 웃통을 훌렁 벗었다.

그렇다고 해도 다 벗은 건 아니다. 가슴과 배만 살짝 가리고 뒷목과 등 두 군데로 이은 끈에 매듭을 지은 내의를 입었다. 어깨와 등허리, 옆구리가 훤히 드러난 두두(肚兜)라는 속옷이다.

단단한 근육과 자잘한 흉터에 비해 속옷에는 꽃 자수가 놓여 있어서 여자는 여자라고 새삼 느끼게 한다.

평소라면 워낙 소탈한 양소은이니 그러려니 하겠는데, 경쟁이 시작된 마당이다.

백리연도 벗고 제갈영도 벗으려 했다. 장건이 말리지 않았으면 이상한 광경이 될 뻔했다.

어쨌든 그렇게 한바탕 난리를 피우고 나서 겨우 잠잠해진

지금이다.

장건이 말했다.

"가능한 한 말을 하지 말고 움직이지 말아주세요. 혹시 모르니까 세삼하게 봐야 하거든요."

뭘?

세 여인의 눈에 의아함이 스쳐갔다.

장건이 눈빛의 의미를 알아채기라도 한 듯 설명했다.

"어디를 다쳤는지 눈으로 볼 거거든요."

눈으로?

어딜?

어떻게?

"단전을 열어주세요. 그러면 더 잘 보여서요."

뭐가?

설명을 안 하는 건 아닌데 별로 의미가 없는 설명이었다.

일단 시키는 대로 세 여인은 모두 단전을 열었다. 단전에서부터 내공이 흘러나와 혈도를 타고 천천히 돈다.

양소은을 제외하고는 고수라는 소리를 들을 정도는 아니지만 명문가의 여식들이다 보니 일반 무인에 비해서도 내공은 적지 않다.

점혈된 혈도 때문에 제대로 운기가 되지 않아도, 단전은 열려 있어서 기를 돌리는 것은 가능하다. 전신에 활력을 불어넣으며 기가 순환한다.

장건은 심호흡을 하고 안법을 썼다.

장건이 보려는 것은 바로 위기(衛氣)였다.

위기는 여러 의미에서 몸을 보호하는 기운이다. 몸 내부가 아니라 외부로 도는 위기는 몸이 상하고 기가 허해지면 제대로 돌지 않는다. 몸이 차가워지면 따뜻한 기운을 공급하고 더워지면 서늘한 기운을 공급하는데, 열이 푹푹 나고 있다면 어딘가 잘못된 것이 틀림없다.

그 점에 착안했다.

그동안은 위기의 크기만 보았지만, 위기가 흐르는 경로를 보면 다친 부분도 알 수 있지 않을까 하고.

안법을 쓴 장건의 눈에 잿빛 덩어리들이 보이기 시작한다. 내공을 끌어올리면 위기는 더욱 색이 짙어지고 커진다.

위기의 덩어리들은 내공을 끌어올린 세 여인의 몸을 타고 빠르게 움직이고 있다.

제갈영이 가장 작아서 애기 주먹만 하고, 양소은은 색도 짙고 모양도 뚜렷하며 크기도 어른 남자의 주먹만 하다. 백리연은 그 중간쯤이다. 백리연의 위기는 예전에 한 번 본 적이 있는데, 그때보다 조금 더 색이 선명해졌다. 아무래도 그동안 무공이 발전한 모양이다.

장건은 위기가 움직이는 경로를 찬찬히 눈으로 좇았다.

'내공을 특정 부위에 집중하지 않는 한, 위기는 이십팔맥과 상응하여 이십팔숙(二十八宿)을 돈다.'

무인이 내공을 자의적으로 유통시킬 경우 위기의 흐름이 달라지지만, 지금 같은 경우에는 통상적으로 흐른다.

이십팔맥의 길이는 16장 2척으로, 그것을 하루 열두 시진에 50번 도니 약 이 다경에 16장을 움직이는 셈이다. 상당한 속도다.

장건은 눈을 크게 뜨고 집중했다. 장건이 보아야 할 것은 변화다. 그것이 작을지 클지는 아직 모른다. 집중하지 않으면 놓칠 수 있었다.

그러는 사이 일다경의 시간이 지났다.

'음?'

장건은 이상하다는 생각이 들었다.

'위기는 낮에 양의 기운이 강한 양분(陽分)의 맥을 돌고, 밤에 음분(陰分)을 돌잖아.'

지금은 밤중이다. 위기가 음맥을 돌아야 할 시간이다.

그런데 지금 세 여인의 몸을 돌고 있는 위기는 그렇지 않았다. 양분의 맥에서 활발하게 돌다가 음맥 쪽으로 가려 한다. 그러다가 멈칫거리며 다시 양맥으로 돌아간다.

'이상한데? 지금은 밤인데 왜 음맥을 돌지 않지?'

양맥에서 음맥으로 위기가 넘어가는 방향이 있다. 족소양과 족양명을 통해 여러 갈래로 갈라져 발로 내려가 발가락을 타고 발바닥 안으로 들어간다. 거기서 복사뼈 밑으로 나와 비로소 음맥을 흘러 최종적으로 눈을 통해 양맥으로 이동한다.

그런데 음맥으로 향하는 길을 가다 말고 멈추어버린다. 길이 막혔으니 자연히 다른 쪽으로 돌아가려 한다. 그런데 음맥으로 향하는 다른 길을 가다 말고 갑자기 다시 양맥의 혈도를 타고 가버린다.

오황의 식으로 말하자면 자연스럽지 않았다.

'삼화열양장이라는 게 사람을 태워 죽일 수 있다니까 열양(熱陽)의 기운이 강한 거겠지. 그럼 음의 기운을 보충해야 증세가 완화될 텐데, 그게 안 되고 있는 거야. 그래서 몸에서 열이 나는 거고.'

장건은 감탄했다.

무학이란 참으로 오묘하다.

음양오행(陰陽五行)이 주먹질 발길질하는 데 무슨 상관이냐는 건 하수나 하는 얘기다. 무학은 권각법을 넘어서서 만물의 이치에까지 깨달음이 도달해 있다. 사람도 대자연의 한 부분으로서 그 이치를 따르지 않을 수 없다.

장건에게 무학은 그저 생활의 편의에 관계된 일일 뿐이었는데, 알고 보니 의술에도 맞닿아 있는 것이다.

'그렇다면······.'

위기가 양맥에서 음맥으로 가지 못하고 막혀 있는 부분을 우선적으로 뚫어야 한다. 그래야 열양의 기운이 안정될 것이다.

'어떤 혈일까?'

장건은 예전에 홍오가 준 경락입문서의 내용을 몇 번이나 되새겨보았다.

열심히 외워두긴 했지만 사실 이제까지는 그 내용을 써먹을 일이 없었다. 자신의 몸이면 점혈을 당해도 그냥 뚫어 버릴 수 있었고, 적을 만나도 눈에 보이는 위기를 때려 제압하면 되는지라 점혈을 할 일도 없었다.

이제야 묵혀둔 지식을 써먹을 때가 되었다. 기본을 한참 뛰어넘고 있다가 다시 기본부터 시작하는 거나 다름이 없었다.

그것은 장건에게 꼭 필요한 일 중의 하나였다. 장건은 자신의 지식이 부족한 것을 탓하면서도 하나하나 알아가고 깨쳐가는 게 즐거웠다.

'양맥에서 음맥으로 가는 길은 수 갈래잖아. 혈도도 수백 개고. 그걸 다 짚을 순 없어. 내공을 흘려 넣는 방법도 모르니까. 휴.'

장건은 포기하지 않고 범위를 좁혀갔다.

'경맥은 세로 방향의 큰 줄기고 낙맥은 가로 방향의 잔가지라고 했으니까 아마 낙맥은 아닐 거야.'

세로 방향으로 관통하는 맥 중에 삼화열양장 때문에 다치거나 막힌 혈이 있을 거라는 데까지 추측할 수 있었다.

그리고 그중에서 가장 큰 맥은 다름 아닌 임맥과 독맥이다. 임독양맥은 사람의 몸을 관통하는 가장 큰 줄기다. 다른 경맥들이 다치고 상하더라도 그 근원인 임독맥이 멀쩡하다면 부속

된 경맥들은 혼자서도 회복할 수 있다.

 뿌리가 멀쩡하면 부러진 가지에도 싹이 나는 것과 마찬가지다.

 하루가 지났는데도 열기가 조금도 가라앉지 않으니 뿌리에 문제가 있다고 볼 수 있다.

 '이렇게 열이 날 정도라면 임독맥이 상했을 가능성이 가장 큰데……'

 음맥에 속하는 임맥은 현재 세 여인의 위기가 돌지 않는다. 임맥 부근의 혈을 확인하고 싶어도 확인이 안 된다.

 '아! 그렇게 하면 되겠다.'

 생각이 떠오른 장건이 말했다.

 "독맥으로 운기를 해볼래요?"

 장건이 한참이나 말이 없어 심심하던 차라 세 여인은 바로 그 말에 따랐다. 장건은 가부좌를 튼 세 여인의 뒤로 돌아갔다. 독맥은 등 쪽으로 혈도가 이어져 있다.

 독맥을 따라 내공을 주천시키자 위기의 덩어리가 독맥에 연관된 경맥을 흐를 때 한층 색이 강해지며 커진다.

 탁.

 어느 순간 위기의 덩어리가 움직임을 멈추었다.

 세 여인은 인상을 썼다. 주천이 되지 않는 것이다. 장건에게 말하고 싶어도 운기 중이라 말을 할 수도 없다.

 하지만 말하지 않아도 장건은 위기의 움직임으로 알 수 있었다. 위기가 독맥 위를 흐르지 않고 다른 경락을 타고 흐르다가 잠깐 동안 멈칫거리더니 독맥의 한 부분으로 급히 이동한다. 그리고 한 부분에서 연신 흔들린다.

타탁.

실제로 소리는 들리지 않지만 장건은 어딘가 걸리는 듯한 소리가 들려오는 것 같았다.

장건은 환하게 미소를 지었다.

"생각대로였어!"

위기는 기본적으로 몸을 보호하는 기운이라 몸이 약해지면 위기도 약해진다. 하지만 반대로 몸이 약해졌을 때 몸을 지키는 작용도 한다.

혈이 막혀 있거나 상해 있으니 그 혈 부근에는 기운이 약하다. 내공의 기운을 받은 위기가 상한 혈 부위에 기운을 공급하기 위해 잠시 동안 본래 경로를 이탈하여 이동하는 것이다.

셋 모두가 같은 현상을 보였다. 같은 무공에 당했으니 같은 혈을 다친 게 분명했다.

"여기다!"

목 뒤쪽에서 반 뼘 정도 아래, 날갯죽지의 사이쯤인 혈도.

장건은 곧 그 혈의 명칭을 떠올려냈다.

도도혈이다.

장건은 호흡을 고르고 손을 내밀었다.

몸의 상태를 알아보기 위해 내공을 밀어 넣는 것은 어려웠다. 그러나 어느 혈도가 잘못되었는지 알고 있다면 그 혈도에 바로 내공을 넣는 것은 가능하다.

'혈도가 상해 있다면 혈도에 약한 자극을 주어 생기를 찾게 하고, 막혀 있다면 뚫으면 돼. 아마 지금 상태로 보면 막혀 있는 게 맞을 거야.'

혈도가 어떤 상태이든 상관할 필요가 없었다. 단지 상했다면 회복하는 데 시간이 조금 더 필요할 뿐이다.

장건은 기 세 가닥을 손바닥으로 끌어냈다.

손가락 하나도 까딱하지 않고 기의 가닥을 움직여 양소은과 제갈영, 백리연의 등 뒤 도도혈을 건드렸다.

'흐음?'

생각보다 해혈이 쉽지 않을 것 같았다. 도도혈이 완전히 막혀 있었다.

한 치의 틈도 없이 커다란 돌로 단단히 틀어막은 듯하다.

'이러면 좀 곤란한데.'

장건은 아직 경험이 부족해서 알 수 없었으나 점혈을 한 이가 오황이다. 그만한 경지에 오른 무인이 작정하고 점혈을 하면 해혈하기가 쉽지 않다.

아무리 적은 내공으로 점혈을 했대도 내공의 순수함과 밀도 차가 커서 훨씬 단단하다.

'이거…… 어떻게 깨뜨리기도 어렵겠는걸?'

장건은 금강권의 나선형 경력으로 막힌 혈을 뚫어볼까도 생각해보았다.

그러나 아직 몸 밖으로 뽑아낸 기의 가닥을 섬세하게 조종하는 것은 어려웠다. 가볍게 점혈을 하는 정도는 가능해도 그 기의 가닥에 금강권의 경력을 싣는 건 아직이다.

직접 손을 대고 장심이나 손가락으로 발출하는 것이 안전하다.

장건은 그래도 내공이 깊은 양소은에게 먼저 하려다가 손을 대지 못하고 망설였다.

등이 훤히 드러난 내의를 걸치고 있어서 맨살에 손을 대려니 민망했다.

어쩔 수 없이 백리연의 등에 손가락을 가져다 댔다.

"잠깐 손을 댈게요. 이제 해혈할 거예요."

그것도 다른 사람들에게는 이상한 말이다. 해혈을 하려면 손을 대는 게 당연하지 않은가.

'그럼 방금까지는 손을 안 댄 거였어? 분명히 감촉이 있었는데?'

등 뒤에 와 닿은 느낌은 그럼 손이 아니고 뭐였을까?

뒤를 돌아보지 못하고 있어서 백리연은 알 수 없었다. 그저 고개만 끄덕일 수밖에.

장건이 신중하게 기를 끌어올렸다.

금강권의 경력을 최소로 이끌어 손바닥으로 보냈다. 근육이 뒤틀리며 경력이 손바닥을 통해 검지 끝으로 이동한다. 사람을 때리는 게 아니라 극소 부위인 혈도의 한 점에 쏘아내야 하니 신중에 또 신중을 거듭해야 했다.

그러나 아무리 최소로 힘을 모았다 해도 금강권의 나선형 경력은 파괴력이 작지 않다. 지금이야 익숙해졌지만 처음 시전할 때만 해도 온몸의 근육이 다 뒤틀어졌었다.

손가락 끝에 금강권의 경력이 도달하기가 무섭게 일이 벌어졌다.

투툭.

백리연의 하늘거리는 반 도포형의 상의가 장건의 손가락 끝에 감겨 말려들기 시작했다.

쫘아악-!

아차 하고 장건이 힘을 거두기도 전에 백리연의 옷이 갈가리 찢어졌다.

"꺄악!"

백리연이 앞을 감싸며 가부좌를 풀고 몸을 틀었다. 뒤쪽 등판의 옷이 완전히 찢겨나가 너덜거렸다.

"안 다쳤어요?"

백리연도 장건만큼이나 당황한 얼굴로 장건을 보고 있었다.

"괘, 괜찮아요."

"아……."

장건은 자신의 실수를 깨달았다.

남의 몸이지, 자신의 몸이 아니다. 검증되지 않은 방법으로 누군가의 몸에 시험한다는 것은 극도로 위험한 일이다. 그래서 대팔이도 화를 냈었다.

 '이 멍청이, 바보. 난 정말 바보였어.'

 지금도 자칫 백리연이 상처를 입을 뻔했다.

 장건은 시무룩한 표정을 감추지 못했다.

 그 얼굴을 바라보는 백리연은 장건의 마음을 알 것 같았다. 백리연은 다시 등을 돌리고 의연하게 가부좌를 틀어 앉았다.

 "자, 다시 해봐요."

 "예?"

 "누구나 실수할 수 있잖아요. 괜찮으니까 다시 해보라구요."

 장건의 두 눈에 투명하고 하얀 백리연의 등이 보였다. 탄성이 나올 만큼 아름답고 매끈한 등이다. 하지만 그 하얀 등 가운데에는 벌겋게 긁힌 흔적이 소용돌이의 모양으로 남아 있었다. 방금 장건이 낸 상처였다.

 상처를 보니 장건은 더 할 자신이 없어졌다. 한숨을 내쉰 장건이 고개를 절레절레 내저었다.

 "안 되겠어요."

 "남자가 한 번 실수한 걸 가지고 뭘 그래요?"

 양소은과 제갈영이 맞장구를 쳤다.

 "맞아. 걱정 없어."

"두 번째는 잘할 거야."

장건이 딱 잘라 말했다.

"확실히 해혈할 수 있다는 확신도 없는데 무작정 시도한 내 잘못이에요. 확실한 방법이 생각날 때까지는 안 되겠어요."

확고한 장건의 말에 제갈영과 양소은은 어쩔 수 없다는 얼굴을 했다.

그러나 백리연은 달랐다.

"많은 사람들의 앞에서 날 때린 적도 있잖아요. 전 그때 죽고 싶을 정도였어요. 지금 하려는 게 뭔지는 몰라도 그때만큼 힘들거나 아프진 않을 거예요."

뜻밖에 자신의 치부를 그대로 드러내버린 백리연의 말에 장건은 물론이고 제갈영과 양소은도 깜짝 놀랐다.

장건은 겸연쩍은 표정으로 어쩔 줄 몰라 했다.

백리연이 계속해서 말했다.

"심하게 점혈된 경우에는 해혈할 때 몸이 튕길 정도의 충격을 받는 법이에요. 이 정도는 아무것도 아니니까 계속해도 된다구요, 내 말은."

그 말은 오황이 '점혈'을 했다는 것을 인정한 셈이기도 했으나 장건은 거기까지는 생각이 미치지 못했다.

"하지만……."

"자, 어서요."

백리연의 성화에 장건은 어쩔 수 없이 백리연의 등에 손을 가져다 댔다. 하지만 다시 금강권의 경력을 끌어낼 생각은 못하고 있었다.

'맨살도 정말 부드럽구나.'

백리연의 몸이 너무 뜨거워서 손바닥을 불로 지지는 듯하다. 이런 고통을 생각하면 빨리 막힌 도도혈을 뚫는 것이 좋을지도 모른다.

하지만 그런다고 정말 삼화열양장이 완전히 해소가 될까? 괜히 쓸데없는 짓을 하는 건 아닐까?

장건은 다시 한 숨을 내쉬었다.

'어떻게든 혈도를 막고 있는 오황 할아버지의 내공을 처리할 수 있으면……'

꼬르륵.

눈치 없이 배에서 소리가 났다.

갑자기 배가 고파왔다.

'그러고 보니까 저녁도 걸렀구나.'

밥을 굶는 건 장건에게 생사가 달린 대사건이다. 처음 굉목을 따라 하기 시작한 것도 배가 고프지 않기 위해서였다.

'밥…….'

윤기가 잘잘 흐르는 하얀 쌀밥이 떠오른 그때였다.

장심을 통해 신선한 기운이 흘러 들어왔다. 신선한 기운은 장건의 몸속으로 쭉 빨려오더니 물에 물을 탄 듯 흔적도 없이 사라졌다.

대단한 것도 아니고, 그냥 정신을 팔고 있었으면 몰랐을 만큼 아주 잠깐 사이에 일어난 미약한 사건이었다.

그리고 끝났다.

'어? 뭐지?'

변화를 알아챈 건 장건뿐만이 아니었다.

백리연이 화들짝 놀란 얼굴로 눈을 동그랗게 뜨고 장건을 돌아보았다.

"뭘 어떻게 한 거예요?"

"네?"

"뭐가 빨려드는 듯하더니만 막힌 혈도가 갑자기 풀렸어요. 이제 독맥으로 주천이 돼요!"

거짓말이 아니었다.

백리연의 위기가 음맥으로 돌고 있었다!

백리연이 뜨거운 입김을 한 번 크게 불어냈다.

"열기가 한결 가셨어요. 확실하게 느껴져요."

장건이 기의 가닥을 뻗어 확인해보니 분명히 백리연의 도도혈이 뚫려 있었다.

"어떻게 된 거지?"

너무 갑작스럽게 일어난 일이라 장건도 자신이 뭘 했는지 깨닫지 못하고 있었다.

예상 가능한 건 한 가지뿐이었다.

배고프다고 생각한 순간이었으니까……

"……먹었나?"

* * *

 신명성통을 이루면서 장건의 기를 다루는 경지는 한층 높아졌다.
 취기(取氣), 혹은 흡기(吸氣)에도 능해진 것이다. 전 같으면 백리연의 기까지 한꺼번에 딸려왔을 텐데, 이제는 필요한 기만 흡수할 수 있게 되었다.
 워낙 양이 적기도 했지만 대자연의 기와 상통하는 오황의 내공은 무척이나 순수했다. 다소 이질적인 백리연의 내공은 받아들이지 않고 그것만 흡수해버린 것이다.
 곧 제갈영에 이어 양소은의 도도혈을 가로막고 있던 오황의 기를 훌쩍 흡수해버린 장건이었다. 수많은 못 중에서 박힌 못만 딱 골라 뽑아내는 것에 비견할 수 있을 정도로 어렵지 않은 일이었다.
 세 여인은 기가 막혀서 한참이나 장건에게서 눈을 떼지 못했다.
 장건이 기를 흡수해서 '먹었다'고는 생각하지 못했다.
 그러나 별다른 통증이나 충격도 없이 오황의 점혈을 풀어냈다는 것은 놀라운 일이었다.
 "거 봐요. 할 수 있잖아요."

"역시 우리 서방님이 해낼 줄 알았어."

엉겁결에 한 행동이라 장건은 칭찬받기조차 부끄러웠다.

"좀 나아졌어요?"

"훨씬요."

위기가 음맥을 돌고 있으니 음의 기운이 보충된다. 당연히 양기가 주춤해졌다.

일단 하나를 해결했지만 세 여인의 상태가 완연히 좋아진 건 아니었다.

오황이 명문혈과 요양관혈을 자극시켜서 양기가 활발하게 생성되고 있었다. 그 부분의 혈도를 임의로 막아서 효과를 줄일 수도 있지만, 그것은 몸에 무리를 주는 방법이다.

"그동안 독맥이 막혀 있어서 임맥이 약해진 것 같아요. 차라리 음맥에 해당하는 임맥의 혈도를 자극하면 열기가 더 가라앉을 거예요. 어떻게 생각해요?"

혈도를 곧게 누르면 혈도가 막히지만, 살짝 자극을 주면 주는 만큼 더 활발해진다.

"그러면 되겠……"

말을 하다 말고 백리연이 입을 다물었다. 얼굴이 새빨갛게 되었다.

"아무래도 그건 좀……"

"임맥이면……"

제갈영도 양소은도 곧 말이 없어졌다.

그러나 그것도 잠시.

제갈영이 굳은 결심을 한 얼굴로 말했다.

"괜찮아. 어차피 내 서방님인걸."

양소은은 조금 더듬거렸다.

"나, 나는 그만한 준비는 안 되었지만…… 너무 빠른 것 같아서 그렇긴 하지만…… 자꾸 땀이 나서 민망하긴 하지만…… 그래도 꼭 그렇게 해야겠다면 하겠어……."

장건이 어리둥절한 얼굴로 물었다.

"왜들 그래요?"

백리연이 빨갛게 홍조가 물든 얼굴로 대답 대신 장건에게 되물었다.

"좋아요. 하지만 그 전에 몇 가지 다짐을 받아야겠어요."

"무슨 다짐요?"

백리연이 먼저 제갈영과 양소은을 보고 물었다.

"다들 각오는 했죠?"

제갈영과 양소은이 어색하게 고개를 끄덕였다.

그제야 백리연이 장건을 보고 말했다.

"두 가지 다짐요. 일단, 책임은 확실하게 질 거죠?"

"그야 당연하죠."

장건은 '당연히' 상세를 좋아지게 할 수 있다는 책임을 말하는 줄 알았다.

하지만 다른 의미로 세 여인의 얼굴이 환하게 펴졌다.

백리연이 손가락 두 개를 펼쳤다가 하나씩 접었다.

"하나 더. 이게 가장 중요해요."

장건이 알았다는 듯 먼저 대답했다.

"위험하지 않을 거예요. 침을 놓거나 추궁과혈을 하는 것과 비슷하니까. 하지만 이것으로 삼화열양장을 완전히 해소할 수 있을지는 모르겠어요. 혈도를 통해 상처를 치유하는 건 기본이지만, 그게 아니라 장기가 상한 거라면······."

"그걸 말하는 게 아니에요."

"그럼요?"

백리연이 심호흡을 하고 입을 뗐다.

"누가 가장 먼저죠?"

제갈영과 양소은도 귀를 쫑긋 세웠다. 가까이 다가와 장건의 대답을 기다렸다.

셋의 간절함이 장건을 긴장시켰다.

그깟 순서가 뭐 그리 대단한지 모르고 있는 장건이었다.

"그건 별로 중요하지 않은 것 같은······."

장건의 말을 제갈영이 끊었다.

"중요해! 영이가 당연히 본처니까 제일 먼저가 되어야 하잖아!"

양소은이 팔짱을 끼고 말했다.

"할 수 없지. 나이순으로 하자."

백리연은 고개를 저었다.

무섭다! 243

"난 장 소협의 마음이 누구에게 가 있는지가 더 중요하다고 봐요. 그 첫 사람이 본처가 될 거고요."

장건이 왜들 또 이럴까 생각하며 물었다.

"임맥을 자극해서 열기를 누그러뜨린다는 말이 어떻게 그렇게까지 해석이 돼요?"

세 여인의 얼굴이 또 빨개졌다.

"어, 음…… 그러니까."

"거, 거기가 말로 하기는 좀……."

양소은이 답답했는지 큰 소리로 외쳤다.

"임맥의 혈도를 잘 생각해봐, 이 바보야!"

"그게 왜요?"

"나한테 존댓말 쓰지 말라니까!"

양소은이 쾅 소리가 나도록 주먹으로 벽을 쳤.

엉성하게 만든 집이라 대들보가 흔들렸다.

장건이 찔끔하며 임맥의 혈도를 되뇌어 보았다. 임맥은 사람의 정면 한가운데를 흐르는 중요 혈도들로 이루어져 있다.

"얼굴 쪽부터 아래턱의 승장, 목의 염천, 목 아래 천돌……."

줄줄이 임맥의 혈도를 읊조리던 장건이 순간 입을 다물었다.

배꼽 아래로 이어지는 관원, 중극, 곡골……

모두가 음부 쪽인 것이다!

그리고 마지막으로 회음혈(會陰穴)이 있었다.

회음혈은 성기와 항문의 사이에 위치한 혈도였다. 제아무리 장건이라도 그것만큼은 부끄럽다는 걸 모를 리 없었다!

순간 목욕하는 모습을 훔쳐보던 때가 떠올라 눈앞에 나신이 어른거리기까지 했다.

"임맥을 자극……"

그게 이제 무슨 의미인지 알았다.

장건은 자기의 얼굴이 빨개진 것도 모르고 후다닥 일어섰다.

"으아앗! 미안해요!"

그 순간!

덥석.

양소은이 장건의 손목을 붙들었다. 어지간해서는 남에게 붙들리지 않는 장건이 양소은에게 잡혔다!

양소은은 거의 협박조로 으르렁거리며 말했다.

"어딜 가? 각오했다니까. 그게 빈말인 줄 알았어?"

"아하하하…… 제 말은 그게 아니구……요."

금나수법인 용조수까지 사용해 양소은의 손을 뿌리친 장건은 급하게 고개까지 돌려야 했다.

오싹하게 예리한 것이 장건의 뺨을 스치고 지나갔다.

썩!

바로 코앞으로 시퍼런 날을 번뜩이는 장검이 길게 가로질러

벽에 박혀 있었다.

등허리에 소름이 쭉 돋았다.

양소은이 팔을 잡을 때처럼 넋을 놓고 있었다면 날카로운 검날이 왼쪽 뺨으로 들어가 오른쪽 뺨으로 나올 뻔했다.

"아하하하……."

장난이 아니다.

백리연이 벽에 장검을 꽂아 넣은 채로 생글생글 웃으면서 말했다.

"책임진다면서요?"

"그 책임이라는 게요……."

"너무 긴장하지 말아요. 이런 것쯤 가볍게 피할 수 있잖아요? 그냥 장난이에요, 장난."

백리연은 여전히 미소를 짓고 있지만, 장건이 보기엔 절대 웃는 얼굴이 아니었다! 장난도 아니었다!

'에라, 모르겠다.'

장건이 다리를 움직여 달아나려 하는데 이미 제갈영이 바지를 붙들고 있었다.

'내가 어떻게 된 거야? 왜 피하지 못하는 거지?'

기가 제대로 움직여 보법이나 신법을 받쳐줘야 하는데 기마저 장건의 말을 듣지 않는다. 마음이 따르지 않고 있으니 당연하다. 어쩌면 장건의 마음 한구석에서는 목욕을 훔쳐볼 때처럼 해보고 싶은 마음이 있는지도 몰랐다.

제갈영이 눈물 그렁그렁한 눈으로 장건을 보고 말했다.

"오라버니, 정말 이러기야? 그럴 거면 내 눈을 똑바로 보고 말해줘. 내가 본처가 아니라고. 홀쩍. 그럼 내가 포기할게. 하자고 해서 하겠다는데 왜 또 싫다는 거야?"

장건은 정말 무서웠다.

아무리 생각해도 우내십존이 칼질하는 상황보다 지금의 상황이 더 무서웠다.

'차라리 공명검을 맞는 게 덜 무섭겠다!'

예전의 장건이라면 상상도 못할 생각이었다.

아주 오래 전의 일이라 잘 기억도 안 나던 부친 장도윤의 말이 갑자기 떠올랐다.

- 아들아, 세상에서 가장 무서운 사람이 누군지 아냐?
- 황제!
- 아니다.
- 그럼 산적!
- 아니다.
- 뭐야아. 황제도 아니고 산적도 아니면 누가 무서워?
- 바로 니 엄마다.

그때 장도윤은 시퍼런 눈두덩을 계란으로 문지르고 있었다.

장건은 생명의 위기를 느꼈다.

'안 돼!'

장건은 온 힘을 다해 기합을 내질렀다.

"우랴아아압!"

평소 하지 않던 일기가성으로 잡념을 떨쳐낸 장건은 거의 문을 부수듯 박차고는 달아나버렸다.

쿠당탕!

예의 귀신같은 신법으로 순식간에 시야에서 사라진 장건이었다.

휑하니 열린 문으로 찬바람이 들어왔다.

휘이잉.

세 여인은 멍하니 열린 문을 보았다.

양소은이 쳇, 하고 웃옷을 걸쳤다. 몸의 열기 때문에 별로 춥진 않았지만 곧 상달이 들이닥칠 것이기 때문이었다.

양소은이 투덜거렸다.

"뭐야, 기껏 사람 기대하게 만들어놓고."

제갈영은 입을 삐죽 내밀고 소리쳤다.

"언니가 왜 기대해!"

한참 동안 침묵이 흘렀다.

문득 백리연이 아리송한 눈으로 문 너머를 보며 중얼거렸다.

"근데 왠지…… 장 소협, 좀 변한 것 같지 않아요?"

"어라? 그러고 보니……."

양소은도 아무도 없는 문밖을 내다보며 중얼거렸다.

"맞아. 이렇게 도망가거나 할 애는 아니었는데?"

제갈영이 코웃음을 쳤다.

"흥! 나는 오라버니에게 완전 실망이야. 딴 남자들이랑 똑같이 무책임하잖아. 영이는 첫날밤은 꽃잎을 잔뜩 뿌려놓은 예쁜 방에서 맞이하고 싶지만 오라버니랑은 꼭 그러지 않아도 된단 말야."

그렇게 말을 해놓고 제갈영도 물음표를 떠올렸다.

"어? 딴 남자들이랑 똑같이?"

세 여인이 서로를 마주 보았다.

장건이 딴 사람과 똑같다는 말을 들을 부분이 있다는 것 자체가 사건이다!

양소은이 고개를 끄덕거렸다.

"역시 조금은 평범해진 것 같네."

제갈영은 아직도 기분이 안 풀려서 툴툴거렸다.

"눈치 없는 건 여전한데, 뭘."

셋이 모두 동의했다.

"그건 그래."

제8장

평범하다는 것

 세 여자들에게 둘러싸여 방 안 한쪽에 앉은 장건은 초췌해 보였다.

 어디서 밤을 샜는지 꾀죄죄했다.

 그 모습이 안쓰럽기도 하고 불쌍하기도 하다.

 세 여인은 서로를 돌아보고 고개를 끄덕였다. 더 숨길 필요가 없어진 것 같다고 미리 합의를 본 상황이었다.

 이미 열은 많이 내렸다. 오황이 만들어놓은 증상은 본래 오래가도록 된 것이 아니다. 더욱이 가장 중요한 역할을 하던 혈을 장건이 해혈해버려서 더 빨리 좋아지고 있었다.

 이대로 숨겨봐야 어차피 장건이 다 알게 될 일이다.

양소은이 대표로 입을 열었다.

"솔직히 말할게."

장건은 말해볼 테면 말해보라는 식으로 양소은을 빤히 보았다.

"우리는 네가 생각하는 것처럼 죽을병에 걸린 게 아냐. 좀 힘들긴 하지만 그렇게 아프지도 않고. 무슨 말인지 알겠지?"

장건이 어떻게 나올까 세 여인은 조마조마했다.

순둥이처럼 보이지만 한 번 화를 내면 어떻게 될지 모른다. 그건 백리연이 가장 잘 알고 있었다.

그런데 의외로 장건은 담담했다.

"그랬군요."

"어? 알고 있었어? 표정이 알고 있었다는 표정인데?"

"오황 할아버지가 준 게 무공서라거나 한 게 아니라는 건 알았어요. 하지만 삼화열양장은 거짓말이 아닐지도 모르니까 신경이 쓰였거든요."

장건이 담담하니 오히려 당황한 것은 여자들 쪽이었다.

양소은이 민망한 얼굴로 말했다.

"일부러 그러려고 한 건 아니었어. 화가 안 풀리면 나를 한 대 쳐도 좋아."

"됐어요."

백리연도 사과했다.

"속여서 미안해요."

"됐다니까요."

"오라버니이이- 영이는 오라버니랑 있는 게 좋아서 그랬어. 영이 맘 알지? 화내지 마아."

제갈영이 애교를 부리며 앉아 있는 장건의 목에 매달리려고 했는데, 장건에게 달라붙을 수가 없었다. 보이지 않는 손이 제갈영을 가로막고 있었다.

장건은 손가락 하나도 까딱하지 않았다. 기의 가닥을 뿜어내 제갈영을 막은 것이다.

어제처럼 허술한 틈은 더 이상 보이지 않았다.

제갈영이 무서워서 뒷걸음질을 쳤다.

"오, 오라버니……."

금세 눈물이 맺혔다.

장건이 자리에서 일어났다.

"미안. 그럼 다 괜찮은 거 같으니까 난 이만 가봐야겠어."

"오라버니, 화내지 마. 영이가 잘못했어. 흑……."

제갈영이 눈물을 흘리며 고개를 떨구었다. 장건이 한숨을 내쉬고는 말했다.

"아냐. 화는 안 나. 생각해보니까 나 자신을 돌아보는 데에도 많은 도움이 되었던 것 같아. 근데 지금은 오황 할아버지를 만나고 싶어."

제갈영이 손등으로 눈물을 훔치며 장건을 보았다.

"싸울 거야?"

"아니. 우선 왜 이런 짓을 벌였는지 그걸 묻고 싶고, 그리고 내가 해야 할 일이 있다고 한 게 무엇인지도 알고 싶어. 그게 제일 궁금해."

장건은 세 여인에게 가볍게 고개를 숙여서 인사하고는 방을 나가려 했다.

그때 백리연이 등 뒤에 대고 외쳤다.

"난 그게 뭔지 알 것 같아요."

멈칫.

장건이 걸음을 멈추고 뒤를 돌아보았다. 백리연이 다시 한 번 힘주어 말했다.

"왜 이런 일을 벌이셨는지 알 것 같다구요."

"뭔데요?"

"장 소협을 심마에서 벗어나게 해주려고요."

장건이 고개를 끄덕여 수긍했다.

"제 친구들도 그렇게 말했어요. 하지만 그렇다면 굳이 이런 방법은 필요하지 않았을 거예요."

장건의 확고한 대답에 백리연은 살짝 고개를 저었다.

"정말 그럴까요?"

"무슨…… 말이 하고 싶은데요?"

"우리가 이 계획에 동참한 게 왜였겠어요?"

장건이 다시 허리를 꾸벅 숙였다.

"힘들었을 텐데 저 때문에 그러신 거 고맙게 생각하고 있어요."

"바로 그런 사과 따위를 받고 싶지 않아서였다구요! 그걸 미안해하면 우리가 뭐가 돼요? 그렇게 장 소협이 우리 마음을 몰라주니까 이러는 거라구요. 조금 더 함께 있고 싶고, 더 가까워지고 싶어서요. 오죽하면 오황 어르신이 우릴 끌어들일 생각을 다 했겠어요?"

장건도 뭐라고 대답을 하려 했다.

그런데 가슴이 쿡 쑤시는 듯 아팠다.

'아…… 왜 이러지?'

마음을 몰라준다는 말, 조금 더 함께 있고 싶어서였다는 말을 들은 후였다. 뾰족한 것으로 쑤신 상처에서 구름 같은 게 뭉글거리고 새어 나오는 느낌이었다.

백리연이 다그쳤다.

"말해 봐요. 여기 있는 게 그렇게 싫었어요? 우리와 있는 게 그렇게 기분이 나빴어요?"

"그건……."

장건이 곧바로 대답을 못하자, 양소은이 다 포기했다는 투로 방구석에 놓인 의자에 몸을 파묻었다.

"관둬. 우리도 할 만큼 했어. 이렇게까지 했는데도 싫다고 하면 이제 짐 쌀 때가 된 거야."

그러면서 '바보같이…….' 하고 괜히 고개를 돌리는데 눈가가 젖어 있다.

장건이 복잡한 심정으로 세수하듯 손으로 얼굴을 훑었다. 눈을 들어보니 가장 싸늘하게 말하고 있던 백리연조차 눈시울이 붉어져 있었다.

제갈영은 큰 눈에 눈물을 담고 그렁거리며 장건을 본다.

"오라버니……."

이상하게도 장건은 발바닥에 끈적한 것이 들러붙은 느낌에 발을 뗄 수가 없었다.

장건은 한참을 묵묵히 서 있다가 겨우 입을 열었다.

"싫지…… 않았어요."

그 말에 세 여인 모두가 고개를 번쩍 들었다. 언제 우울했었냐는 듯 순식간에 기대감이 가득한 얼굴들이다.

"정말?"

"정말요?"

장건은 원래 그 뒤에 부연을 덧붙이려 했었다.

'싫지는 않았지만 소림에 할 일이 많아서 그것도 걱정되고, 그리고 사람이 죽을지도 모른다고 해서 어쩔 수 없었잖아요.' 라고.

그런데 그 말이 턱밑까지 올라왔다가 다시 내려가버렸다.

왜인지 지금은 그런 말을 하면 안 될 것 같았다.

'좋다'도 아니고, '싫지 않았다'는…… 고작 그 한마디로 분위기가 싹 바뀔 거라고는 생각도 못 했다.

솔직히 장건도 싫다는 생각은 없었다. 처음 겪어보는 희한

한 느낌들은 평생을 가도 잊혀지지 않을 충격적인 경험이었다.

그러나 그땐 정말로 그런 느낌들을 충분히 만끽할 만한 여유가 없었다. 사람이 시한부로 죽어가고, 할 일은 잔뜩 밀려 있는 상황이었다. 조급한 마음이 자꾸만 그런 마음들을 억눌렀다. 오히려 그런 상황에 호감을 느끼라고 다그치는 게 더 이상한 것이다.

그래서 '정말로 좋았다'라고 단적으로 말하기에는 꺼려지는 것도 사실이었다.

'어, 음…… 하지만.'

장건은 잠시 주저했다. 싫지 않았다는 말만 하기에는 세 여인의 반응에 비해 너무 미안하다는 생각이 들어서였다.

장건은 큰마음을 먹고 말했다.

"좋았어요, 같이 있던 시간."

그 말이 끝나기가 무섭게 방 안의 분위기는 화창한 봄날의 아름다운 풍경으로 바뀌어 있었다.

"젠장, 이렇게 사람을 감동시키네."

양소은이 웃으면서 퉁명스러운, 언행불일치의 말을 던지고는 훌쩍였다.

제갈영은 아예 울음을 터뜨렸다.

"우리 오라버니가 이런 말을 할 날이 올 줄 몰랐어. 살아 있길 잘했다, 엉엉."

백리연도 소맷자락으로 눈물을 찍으면서 연신 잘됐다고 중얼거렸다.
 똑같이 울고 있는데 조금 전과는 전혀 다른 느낌이었다. 그리고 더불어 장건의 마음도 훨씬 편해졌다.
 난감하기도 했지만, 그보다도 그녀들을 안심시켰다는 사실이 더 크게 느껴진다.
 장건은 무서운 사실을 깨달았다.
 '여자들에게는…… 꼭 속에 있는 말을 다 하지 않아도 좋겠구나.'
 옛날에 제갈영을 처음 만났을 때였다. 그때도 빈말이나마 제갈가의 무사가 시키는 대로 '예뻐.'라고 했더니 제갈영이 순식간에 화를 가라앉혔던 기억이 있다.
 여자를 대할 때엔 남자를 대할 때와는 사뭇 다른 행동양식이 필요하다는 사실을 깨달은 것이다.
 그것이 '가끔은 사실보다 거짓말이 더 낫다.'로 발전할지는 알 수 없는 일이었으나, 어쨌거나 지금만큼은 진심으로 기분이 좋았다.

　　　　　　＊　　＊　　＊

 방 안의 분위기는 조금도 서먹하지 않고 화기애애했다.
 양소은이 있는 솜씨, 없는 솜씨까지 발휘해서 차를 내놓기도 했다.

 호위무사이자 요리사이자 차 심부름꾼이기도 한 상달이 '더 이상 난 필요 없겠네요?'라며 자기도 짝을 찾겠다고 마을에 내려간 탓이었다.

 차를 홀짝 마신 제갈영이 물었다.

 "그런데 오라버니, 궁금한 게 있어."

 "응. 뭔데?"

 "오라버니는 왜 무공을 배우려고 했어? 집에서 억지로 시킨 거야, 아니면 소림의 대사님이 무공을 배우면 좋겠다고 데려온 거야? 오라버니랑 처음 만났을 때 삼 년만 있으면 집에 간다고 했잖아."

 "난 소림에서 십 년 동안 있어야 된다고 해서 와 있어. 무공은 어쩌다 보니 중간에 배우게 된 거야."

 "그러고 보니까 오라버니를 첨 봤을 때 생각난다. 그땐 오라버니 완전 상거지였는데. 히힛."

 제갈영과 처음 만나 금나수로 대결하던 생각이 나서 장건도 흐뭇해졌다. 제갈영도 그때를 기억하고 있는 모양이었다.

 "맞아. 그때 내 엉덩이를 차주겠다고 그랬었지?"

 제갈영이 입술을 삐죽 내밀었다.

 "치잇, 그때야 나도 어려서 그랬지. 너무해. 그리고 그땐 이길 수 있을 것 같았단 말야."

 제갈영이 어렸을 때 장건을 만났다는 얘기인 줄 알고 양소은이 물었다.

"언제 처음 봤는데?"

"한 이 년? 이제 거의 이 년 다 되어가는 것 같아."

"야. 그때나 지금이나 그럼 어린 건 마찬가지잖아. 그런데 무슨……."

말을 하다말고 양소은이 입을 다물었다.

"가만? 이 년 전에는 영이 네가 이길 수 있을 것 같았다고?"

"솔직히 말하자면 꼭 그랬던 건 아니지만…… 지금처럼 세지는 않았어."

장건이 웃으면서 말했다.

"그 즈음엔 정식으로 무공을 배우기 전이라 그랬을 거야."

"응?"

그 말이 다른 사람들에게 얼마나 충격적이었겠는가!

양소은은 입을 벌리고 다물지 못했다.

"말도 안 돼. 무공을 배우기 시작한 지 이 년이 안 되었다고?"

고작 그사이에 우내십존이 인정할 엄청난 고수가 되었다고?

장건의 표정이 조금 씁쓸해졌다.

"그냥 처음에는 힘을 아껴보려고 노사님을 따라한 거였는데, 이렇게 무공을 더 많이 익히게 될 줄은 몰랐네요."

놀란 채로도 양소은은 장건에게 당부를 잊지 않았다.

"존댓말은 빼고."

"아, 네…… 그럼 뭐라고 부, 부르……."

"일단은 누님이라고 하든지, 소은이라고 부르든지."

"이름을 부르는 건 좀 그렇고, 그래……요, 누님. 하하……."

백리연이 가만히 듣고 있다가 끼어 들었다.

"힘을 아껴보려고 무공을 배웠다는 건 뭐예요?"

"그냥 말 그대론데요. 어떻게 하면 힘을 줄여서 움직이고, 힘을 덜 들여서 걸을 수 있을까 하다가……."

백리연이 당황스러운 얼굴로 양소은과 제갈영을 보고 물었다.

"제가 뭘 잘못 들은 거 아니죠?"

양소은과 제갈영이 고개를 끄덕였다.

"아! 몰랐는데 얘길 듣고 보니까……."

장건의 어색하고 이상한 움직임은 그냥 그렇게 된 것 같지는 않았다.

정말로 덜 움직인다.

걸을 때도, 무공을 할 때도.

너무 안 움직여서 나무토막같이 딱딱하기도 하다는 느낌이 괜한 것이 아니었다!

양소은이 얼이 빠진 목소리로 말했다.

"나 지금…… 뭔가 대단한 걸 들은 것 같아."

평범하다는 것 263

장건의 무공과 생각, 움직임……. 그 모든 것을 관통하는 하나의 맥락이 바로 그것이었다!

장건을 모르는 사람이라면 헛소리로 치부하고 말 이야기였다. 그런데 장건이 하는 모습을 잠깐만 보아도 충분히 이해가 가는 말이다.

당장 지금만 봐도 그렇다!

둥둥.

찻주전자가 허공에 동동 떠 있었다. 찻주전자는 소박하고 동그란 찻잔 위로 날아가 기울어진다.

장건은 손도 안 대고 찻주전자를 들어 차를 따르고 있다!

정말 움직이는 걸 되게 싫어한다!

"이거 밤새 연습했는데 생각보다 편하네요. 손 하나 까딱 안 해도 되고."

본인은 아무렇지 않은데 보는 사람은 엄청나게 괴기스러울 수밖에 없었다!

양소은은 완전히 질렸다.

"그그그, 그렇게 내공을 쓰는 게 더 히, 히히, 힘들지 않을까?"

"괜찮아요. 기가 없어지는 것도 아닌데, 뭐."

"너, 그, 그, 그, 그…… 허, 허…… 허공섭……."

"왜요? 이거 지난번에 폭포에서도 했었잖아요."

양소은은 퍼뜩 폭포에서의 기억을 떠올렸다. 장건은 움직이지도 않고 있었는데 누군가 몸을 만지는 느낌이 들었던 기억이!

그건 허공섭물의 능력은 아니었다.

백리연이 탁자를 짚고 벌떡 일어섰다.

"격공타혈(隔空打穴)!"

어제 장건이 손을 대지도 않았는데 혈도에 손을 댄 느낌이 있었던 걸 백리연도 기억해냈다.

장건은 찻잔을 내려놓았다. 물론 손은 그대로 탁자 위에 올린 채고, 찻잔 혼자서 움직여 내려왔다.

얼마나 기를 다루는 능력이 섬세했는지 찻잔이 탁자에 닿는 데도 아무 소리가 안 난다.

더 놀라운 건 그렇게 기를 다루는데도 공력의 기운이 거의 느껴지지 않는다는 점이었다.

양소은은 믿을 수가 없었다.

"어제만 해도 처음 해보는 거라 잘 안 된다며 공력을 잔뜩 끌어올리지 않았어?"

장건은 아직 어색한지 존댓말과 반말을 섞어 썼다.

"어제 그렇게 밖으로 뛰어나가고서는 좀 기분이 그래서 이거나 연습해봐야지 했는데, 시간 가는 줄 모르고 했어……. 이젠 공력을 많이 끌어올리지 않아도 돼요."

기를 효율적으로 최소한만 필요한 데 쓰는 장건이다. 기운을 감추려고 하지도 않지만, 감추지 않아도 어지간해서는 남들보다 공력을 덜 쓴다.

그러니 느껴지는 것도 그만큼 적을 수밖에.

'이젠 정말 사람이 아니라 반선(半仙)이라고 해도 믿겠어.'

양소은은 충격에서 좀처럼 헤어나지 못했다.

장건은 양소은이 기절하기 일보 직전이라는 것도 모르고 신이 나서 말했다.

"정말 편하죠?

그러면서도 찻주전자는 혼자서 빈 찻잔에 차를 따르고 있었다.

제갈영이 멋모르고 손뼉을 치며 좋아했다.

"우리 서방님 최고다! 완전 고수야!"

백리연은 웃어야 할지 울어야 할지 모르겠다는 얼굴로 이마를 짚었다.

열은 더 이상 심하지 않은데도 괜히 머리가 지끈거리는 듯했다.

'알 것 같아. 오황 어르신이 장 소협에게 무슨 말을 하고 싶었는지를······.'

그냥 하는 말이 아니라 정말 알 수 있었다.

독선부터 해서 청성, 검왕, 검성······ 그리고 세상 사람들의 시선에까지.

그 모든 귀찮은 일들에서 장건이 벗어나는 법을 오황은 말해주려 했었다.

그것은 매우 간단했다.

백리연이 장건을 보고 말했다.

"알겠어요. 오황 어르신이 장 소협에게 무엇을 해야 할지 얘기해준다고 했던 거요. 그게 뭔지 이제 알겠어요."

장건이 놀란 눈으로 백리연을 보았다.

백리연이 깊게 숨을 내쉬며 입을 열었다.

"평범해지는 거예요."

"네에?"

"분명해요. 그거예요."

양소은과 제갈영도 '아!' 하고 탄성을 내뱉었다. 장건은 아무렇지 않다고 생각하지만 보는 사람은 그게 아닌 것이다.

"……."

장건만 묵묵부답이었다.

잠시 장건이 백리연의 말을 곱씹으며 물었다.

"제가 그렇게 평범하지 않아요?"

양소은과 제갈영이 동시에 외쳤다.

"당연하지!"

장건이 머쓱해하며 뒷머리를 긁적였다.

"그게 그나마 평범해!"

장건의 행동 중에서 거의 유일무이하게 평범한 버릇이 바로 그것이었다.

백리연이 눈짓으로 밖을 가리켰다.

"나가요. 나가서 얘기하는 게 낫겠어요."

네 사람은 오두막 마당으로 나왔다.
맑은 아침 햇살과 함께 선선한 바람이 불어오고 있었다.
백리연이 어떤 말을 할지 고르면서 가볍게 마당을 걸었다.
그리고는 장건을 보고 말했다.
"사실 이미 강호에 장 소협의 이름이 다 알려진 마당에 어쩌면 너무 늦었을지도 모르겠어요."
"……."
"하지만 이 이상 귀찮아지는 일을 막을 수는 있을 거예요."
"좀 더 자세히 말해줘요. 제겐 중요한 일이에요."
장건은 진지했다. 그동안 당한 일을 생각하면 중요라는 말로도 부족할 정도였다.
백리연이 조심스럽게 말했다.
"쉬운 일이에요. 지금 장 소협이 만약 소림 밖으로 나가서 길을 걷는다고 쳐요. 그럼 사람들이 장 소협이 누구인지 알아볼까요, 못 알아볼까요?"
"처음 보는 저를 어떻게 알아보겠어요."
양소은과 제갈영이 말했다.
"틀렸어!"
"그 걸음걸이만 봐도 알아볼 게 뻔한걸!"
사실이 그랬다.

백리연이 설명을 종합했다.

"맞아요. 장 소협의 걸음은 너무 독특해요. 현 강호에서 그렇게 걸을 수 있는 사람은 장 소협뿐이에요. 그럼 사람들은 얼굴도 모르지만 장 소협의 걸음을 보고서 누구인지 알 수 있겠죠."

장건은 고민스러웠다. 그건 오황이 한 얘기와 똑같은 얘기였다.

"하지만 이렇게 걷지 않으면 왠지 거부감이 드는걸요. 쓸데없는 데에 힘을 쓰고 싶지 않아요."

보통 사람들이 듣는다면 '그까짓 게 뭐 얼마나 힘이 더 든다고!'라고 할지도 모른다.

그러나 장건의 무공, 그 원천이 아끼는 데에서 출발했다는 걸 백리연과 양소은, 제갈영은 믿는다. 좋아하는 사람이라서 그럴지도 모르지만, 장건을 돕고 싶은 마음이 더욱 간절하다.

잠깐 생각하던 백리연이 뜬금없는 이야기를 꺼냈다.

"서방의 어떤 나라에서는요, 길에서 음식을 사먹고 나면 그릇을 깨버린대요."

"헌 그릇을 쓰나 봐요?"

"아뇨. 새 그릇이에요."

장건이 치를 떨었다.

멀쩡한 새 그릇을 깨다니!

그동안 장건도 이것저것 부수긴 했지만 제정신으로 그런 게 아니었다. 멀쩡한 정신으로 멀쩡한 새 그릇을 깬다는 건 장건에게 있을 수 없는 일이었다.

"아무리 잘사는 나라라고 해도 왜 멀쩡한 새 그릇을……."

"잘사는 나라도 아니에요. 너무 못살아서 굶는 사람들이 굉장히 많은 곳이죠. 기후가 좋지 않아 농사를 짓기도 힘들고요."

장건은 이해할 수 없었다.

"가난하면 한 푼이라도 더 아껴야 되는 거 아녜요?"

"그 나라 사람들은 다르게 생각했나 봐요. 그릇을 깨서 없애야 그릇 만드는 사람들이 먹고살 수 있다는 거죠. 실제로 음식을 먹는 손님과 음식점에서 그릇값을 반반 나누어 내는 식이에요. 그래서 돈을 벌 수 없는 많은 사람들이 도기(陶器) 만드는 일에 종사를 하며 살아가요."

"아아!"

"그래서 그 나라에선 그릇을 깨지 않는 사람을 수전노나 구두쇠라 부른다고 하죠."

장건은 감탄했다.

색다른 생각이긴 했다.

그래도 아까운 마음이 더 크다.

"부자가 돈을 절약해서 그 돈으로 가난한 사람들을 도와주면 되지 않을까요?"

"어떻게 도와줄 건데요?"

"그러니까 돈을 준다거나 먹을 것을 주면……."

"그 사람들이 죽을 때까지 평생요? 그럼 몇 명이나 도울 수 있을까요?"

장건은 쉽게 대답을 하지 못했다.

백리연이 장건의 표정을 보고 다시 말했다.

"다르게 얘기해보죠. 장 소협의 집은 꽤 부유한 편이잖아요. 그런데 장 소협이 밥상에 간장 종지 하나만 놓고 밥을 먹는다고 생각해보세요."

장건이 얼굴을 붉혔다.

"그 정도는 아니에요."

"그럼 반찬 세 가지쯤 더 먹는다고 하죠. 하지만 장 소협은 고기 같은 값비싼 재료로 밥을 먹을 수 있는 능력이 충분한데, 그렇게 하지 않을 거예요. 내 말이 맞죠?"

장건이 고개를 끄덕였다. 가끔은 먹고 싶겠지만 매일은 아니다.

"과하고 사치스럽게 밥을 먹으라는 말이 아니에요. 베푸는 법을 말하는 거죠. 장 소협이 약간의 검소함을 포기하고 다른 부자들처럼 식단을 꾸린다면 많은 사람들이 그 혜택을 볼 수 있어요. 가축을 키우는 사람, 요리하는 숙수, 밥 먹을 때 시중을 들 하녀들…… 그 사람들이 장 소협으로 인해 일을 하고 먹고살 수 있어요."

제갈영이 손을 번쩍 들고 말했다.

"백리 언니 말에 찬성! 삼 년 있다가 소림을 나가서 영이한테 맛난 거 많이 사주겠다고 한 오라버니는 반성해야 돼!"

장건이 멋쩍어하며 제갈영에게 꼭 사주겠다고 다시 약속했다. 제갈영이 '핏! 안 믿어.' 하고 볼을 부풀렸다.

백리연이 웃으며 말했다.

"그래요. 장 소협이 얼만큼 힘을 아껴야 해서 그러는지는 모르겠지만, 이제 장 소협은 남들처럼 평범하게 걸으면서 힘을 아끼지 않아도 될 만큼 충분한 능력이 있어요. 멀리 가거나 필요할 때만 그렇게 해도 되지 않을까요?"

백리연의 설득에 장건도 상황을 따져보았다.

귀찮음을 감수할 것이냐, 힘을 낭비하며 살 것이냐.

그 어느 쪽도 참으로 선택하기 곤란한 난제였다.

양소은이 팔짱을 끼고 가만히 듣고 있다가 끼어들었다.

"이렇게 생각해 봐도 괜찮을 것 같아. 평범해지는 게 아니라 평범함을 가장하는 거야. 평범한 것처럼 보이도록. 걸음만 문제는 아니거든."

장건이 진지하게 물었다.

"걷는 거 말고 또 있어, 누님?"

아직 반말이 불편한지 장건은 끝에 누님을 꼭 붙였다.

"무공을 아무데서나 드러내는 것도 안 돼. 무공을 과시할 필요가 없는데도 아까처럼 아무데서나 허공섭물…… 능공섭물인가, 휴우. 아무튼 사람들 보는 데서 막 찻잔을 들고 그러면 안 된다고. 사람들의 이목을 끌 거야. 천하제일 검성 어르신도 차를 그렇게 마시진 않는다고."

"이제 좀 더 편해질까 했는데…… 아아, 어렵다."

단기간에 너무 많은 무공의 성취를 얻은 장건이다.

얼마만큼 해야 평범한 건지 기준을 잡기 어려운 게 당연하다.

장건의 무공은 대부분 생활형이라 자신이 편하자고 쓰는 것뿐인데, 남들의 눈에는 그렇게 보이지 않는 것이다.

그러나 백리연이나 양소은의 말은 맞다.

남의 눈에 뜨이면 주목을 받을 수밖에 없고, 주목을 받으면 사건이 생긴다.

처음 청성의 풍진과 만났을 때도 장건이 그만한 무위를 보이지 않았다면, 그냥 지나쳤을 수도 있었다. 평범한 아이로 보였다면 홍오와의 관계를 묻지도 않았을 것이다.

검성도 그렇다. 장건이 특출하지 않았다면 욕심을 부리면서 화산의 보물을 건네는 따위의 일을 하지 않았을 것이다. 그 대가로 장건은 자나 깨나 불편하게 등 뒤에 화산의 보검을 매고 있었다.

'평범해진다라…….'

장건은 그게 중요한 문제라는 걸 인지했다.

앞으로 일 년 남짓이면 집으로 돌아가야 한다. 집으로 돌아가서도 지금처럼 사건들이 생기고 그러면 안 된다.

사람들을 놀라게 하고 주목을 받으며 사는 것도 싫지만, 무엇보다 주위 사람들이 말려드는 게 싫었다.

어쩔 수 없이 지금부터라도 '평범하게 보일 수 있게' 노력을 할 필요가 있다.

결심을 끝낸 장건이 고개를 끄덕였다.

"좋아요. 이제부터 평범해질 수 있게 노력할게요. 그런데 어떤 게 평범한 건지 아직 잘 감이 안 와요."

그거야말로 가장 세 여인이 기다리던 대답이었다.

제갈영이 소리쳤다.

"영이가 도와줄게! 그럼 지금 당장 연습하자!"

"연습?"

"응, 연습."

어차피 진산식 일도 오황에게 '하지 말라'는 말을 들은 터다.

잠시 머물면서 평범함에 대해 배워도 나쁠 건 없을 것 같았다.

'같이 있는 게 좋기도 하고.'

장건은 확실히 변하고 있었다.

17년 만에 갑자기 몰아친 소림 밖 세상의 영향이었다.

제갈영은 신이 나 있었다.

무공으로야 도움을 줄 수 있을 리 만무하다. 그러나 그냥

'평범함'이라면 얼마든지 도와줄 수 있다.
"우선 나 따라서 걸어봐."
제갈영이 사뿐사뿐 열 걸음 정도를 걸었다.
"어때?"
장건이 아니라 양소은이 깔깔대면서 핀잔을 주었다.
"막내야, 그건 좀 심했다. 서방님 본다고 엉덩이를 흔들어대고 그러는 건 아니잖아. 그걸 따라하라고? 남자가 너처럼 엉덩이를 흔들흔들 그러면서 걸으면 좋겠어?"
"우씨잉."
제갈영이 붉어진 뺨으로 반론했다. 예쁘게 걷느라고 신경을 쓴 건 사실이었다.
"누가 내 엉덩이를 보래? 내 걸음걸이에 담긴 오의(奧義)를 보라는 거였단 말야!"
"야, 걷는 데 무슨 오의가 있어."
"평범함의 오의!"
듣기에 따라서는 틀린 말도 아니었다.
"한번 해볼게."
장건이 바위 위에 앉아 있다가 뛰어내렸다. 반동조차 거의 없는 동작이라 거기서부터 이미 평범하지 않았다.
그래도 걷는 건 제대로 해볼 심산인지 장건은 나름 긴장하는 기색이 역력했다.
"몸에 힘을 빼고 그냥 걸으면 돼!"

제갈영의 응원도 장건에게는 결코 단순하게 들리지 않았다.

보통 사람 이상으로 힘을 주고 빼는 단계의 조절이 가능한 장건이었다. 힘을 빼라고 하면 얼마나 빼야 하는지 먼저 생각하는 습관이 있다.

'너무 힘을 빼면 무너져버릴 테고, 적당히…… 그러니까 그 적당한 게 얼마만큼이지?'

장건도 처음부터 이랬던 건 아니었다. 불과 몇 년 전만 해도 평범했다. 평범하게 걷고 평범하게 숨을 쉬며 평범하게 움직였다.

그게 얼마나 됐다고 벌써 머릿속에 남아 있질 않았다. 수없이 자신의 움직임을 교정하며 고쳐온 탓에 처음의 움직임을 기억하기가 어려웠다.

마치 검성이 사과를 깎을 때처럼.

'그걸 뭐라고 했더라? 맞다, 반박귀진.'

반박귀진은 극도의 경지에 오른 고수가 오히려 겉보기에 평범해지는 것을 말한다.

고수가 되기 위해서는 부단한 노력이 필요하다. 십 년만 보법을 단련해도 보폭이 일정해지고, 뒤꿈치가 땅에 닿지 않도록 걷게 된다. 평범해지려고 해도 그렇게 되기 어렵다. 잘 벼린 칼에 일부러 흠집을 내려는 것처럼 힘든 일이다.

그런 고수들을 보면 겉으로도 무위가 느껴진다. 행동 하나하나가 예사롭지 않다. 그 경지를 넘어서야 비로소 반박귀진에 이를 수 있다.

 장건의 경우에는 예사롭지 않긴 한데 보는 사람이 매우 불편하다.

 그렇다고 가만히 내버려두면 언젠가 다시 평범해지는 반박귀진의 경지에 도달할 것이냐?

 거기에 대해서는 대라신선조차 부정적일 것이다. 무공을 익히며 자연스럽게 무리에 따라 움직임이 변한 게 아니라, 생활의 편의성을 위해 스스로 교정한 움직임이기 때문이다.

 '휴우.'

 장건은 심호흡을 했다.

 남들 보기에 굉장히 빠른 시간에 고수가 된 장건이지만, 실제로는 수많은 시행착오를 거쳤다. 머릿속으로 고민을 거듭하고 행동을 관조하여 이루어낸 결과다.

 첫술에 배부르지 않다는 걸 잘 알기에 장건은 용기를 내어 첫발을 디뎠다.

 단순한 첫걸음이지만 머리는 엄청난 속도로 생각에 생각을 거듭하고 있었다. 머리에 각인시켜둔 제갈영의 걷는 모습을 떠올리며 팔꿈치를 딱 한 뼘만큼만 좌우로 흔들고, 손은 허리춤에서 가슴의 늑골 사이에 닿도록 들었다.

 일부러 뒤꿈치를 먼저 대고 발바닥, 앞꿈치, 발가락 순으로 땅을 밟는다. 무릎도 좀 더 움직이고 허벅지도 반 뼘만큼 들어올린다.

어깨를 위아래로 두 치만큼 일부러 흔들고, 허리도 내민 발과 반대 방향으로 한 치 정도 비틀어도 준다.

 무공 구결이 아니라 동작에서 오의를 찾는 장건이었기에 일단 제갈영을 다 따라할 수밖에 없었다.

 엉덩이도 내딛는 발에 따라 좌우로 위아래로 씰룩이고 있었다.

 '아아, 정말 힘들다.'

 몇 걸음을 걷는데 땀까지 뻘뻘 나려고 한다.

 장건에게 걷는다는 건 '걷는다'보다는 '앞으로 간다'라는 의미가 더 컸다. 본래 걷는 동작 하나에 전신의 근육이 거의 다 쓰이는데, 장건은 그 대다수를 쓰지 않았다. 어떻게든 앞으로 가기만 하면 되니까 말이다.

 그래서 안 쓰던 근육들을 새로 찾아 써야 하는 입장이라 처음 걷는 법을 배우는 거나 마찬가지였다.

 장건도 고역이었지만 그런 장건의 걷는 모습은 보고 있는 사람들에게도 심히 고역이었다.

 삐거덕 삐거덕 삐거덕.

 씰룩씰룩.

 제갈영이 난감한 표정을 지었다.

 "조, 조금 나아진 것 같기도 하고? 아닌 거 같기도 하, 하고?"

 양소은은 배꼽이 튀어나올 정도로 웃고 싶었는데, 차마 웃을 수 없었다.

"거 봐, 너 때문에 엉덩이까지 흔들잖아. 진짜 묘하다. 남자는 엉덩이에 살도 없는데 어쩜 저렇게 흔들거리지?"

백리연도 떨떠름해했다.

"걷는 게 저렇게 어려운 거였나?"

지금 장건의 모습이 나아졌다고는 할 수 없었다. 그러나 움직임이 좀 늘긴 했다.

예전에는 몸에 관절이라는 게 두어 개 정도 있나 싶은 정도였다면 지금은 그래도 열댓 개는 되어 보였다.

"이걸 나아졌다고 해야 돼, 말아야 돼?"

세 여인의 머리에 공통적으로 하나의 생각이 떠올랐다.

어려운 무공은 다 따라하면서, 걷는 건 못하냐!

참 신기한 일이다.

* * *

양소은이 고민하다가 비장의 무기를 준비해 왔다.

"이건 몸보다는 마음의 문제야. 마음의 준비가 안 된 것 같아."

반 시진을 지켜보다가 도저히 참지 못한 양소은이 방 안에 들어가 무언가를 들고 나왔다.

아이 머리만 한 크기의 시커먼 벼루였다.

"자, 이거 받아."
장건이 지친 기색으로 얼떨결에 벼루를 받았다.
"이걸 왜?"
양소은이 빙긋 웃으며 말했다.
"던져."
"에에?"
"던져서 깨뜨리라고."
장건이 손에 들린 묵직한 벼루를 보았다. 동그스름한 형태에 소나무가 양각된, 보기에도 꽤 값이 나가 보이는 벼루다.
"비싸 보이는데요."
"어허!"
"비싸 보여…… 누님."
"그런 정신 자세를 고쳐야 해. 정말로 평범해지고 싶다면 아깝다 생각하지 말고 과감하게 그걸 던져봐."
"그래도 이건 너무 멀쩡해서 아까운데……."
"사실 별로 비싼 것도 아냐. 우리 아버지가 심심하면 집어 던지려고 쌓아두고 있던 거야."
장건은 망설였다.
"정말 이걸 깨야 할까……요?"
양소은이 장건의 등을 쳤다.
"자, 남자답게. 남자들은 가끔 화가 나면 그런 것도 던져서 깨뜨리고 그래. 그게 평범한 남자들이야. 남자들만 그러나?

여자도 그래. 남편이 바람피우면 아내는 멀쩡한 도자기도 집어던지지."

평범해진다는 건 참으로 어려운 일이다.

"후우우."

길게 한숨을 내쉰 장건이 벼루를 힘껏 잡았다.

'좋아. 평범한 사람들이 하는 거라니까 하는 거야. 아깝다 생각하지 말고 하는 거야!'

그러나 생각과는 달리 손이 떨리고 있었다.

백리연과 제갈영은 어이가 없었다. 소림에서 오랫동안 검소하게 살아왔다 해도 장건이 어디 가난한 집 자식도 아니고 중원 최고의 거상 일족이 아닌가!

벼루 하나 깨는 게 그렇게 힘든 일은 아닐 텐데 말이다.

양소은이 바로 보았다.

마음 상태가 문제다. 어려운 무공은 다 따라하면서 쉬운 걸 기를 못하는 건 역시 마음의 문제다.

사람들이 뭐라고 생각하든, 장건은 거의 생사의 갈림길에 서 있는 기분이었다. 일생일대의 대 도전과제를 앞에 둔 듯했다.

"후우, 후우."

벌써 차 한 잔 마실 시간이 지났는데 아직도 무거운 벼루를 들고 갈등을 한다. 이마에 땀방울이 송골송골 맺힌다.

제정신으로 멀쩡한 걸 부순다는 건 뼈를 깎는 것만큼이나 아픈 일이다.

양소은이 답답해서 되는 대로 소리를 질렀다.
"평범해지고 싶지 않아? 자! 해내야지! 벼루 만드는 사람들도 좀 먹고살자!"
고작 벼루를 깨는 일이다. 거기에 무슨 응원까지 해야 하는지…….
응원하는 양소은조차 민망하다.
마침내.
"에잇!"
장건이 손을 힘껏 들었다.
내공 없이는 장건도 한 손으로 들기 어려울 만큼 무거운 벼루다. 내공을 불어넣어 깨뜨릴 수도 있지만 그냥 떨어뜨리기만 해도 깨진다. 그러나 그러면 '붙여서 다시 쓸 수 있지 않을까?' 하고 미련이 남을지 모른다.
양소은의 말처럼 마음을 다잡는 의미에서, 평범한 사람이라면 누구나 할 수 있는 일을 하는 것뿐이다.
장건은 그렇게 자위하며 손에 더 힘을 주었다. 눈앞의 바위에 던져서 완전하게 깬다!
풍진의 일검을 받아냈을 때처럼 장건은 극도로 집중했다. 집중하지 않을 수 없었다.
장건의 눈에 세상의 모든 것이 천천히 돌아가는 듯 보였다. 어깨를 틀어 벼루를 던지는 순간의 찰나까지도 느릿하게 시간이 흘러간다.

'난 해낼 거야. 해낼 수 있어!'

끝끝내 손이 벼루에 붙어 떨어지지 않는데, 양소은의 외침이 벼락처럼 장건의 머리를 관통한다.

'벼루 만드는 사람들도 좀 먹고살자!'

장건은 있는 힘껏 기합을 넣었다.

"이야아아앗!"

엄지에서 힘이 빠지고, 검지와 중지가 순차적으로 떨어졌다. 새끼손가락이 살짝 걸쳐지듯 하다가 떨어지며 벼루에서 완전히 손이 떨어졌다.

벼루가 장건과 바위 사이의 공간을 홀로 유영했다. 이제 벼루는 이대로 바위에 부딪혀 박살이 날 것이다.

그런데 완전히 집중하고 있던 장건의 귀에 소곤거리는 소리가 들려온다.

제갈영과 백리연이 나지막한 소리로 나누는 말이었다. 극도로 집중한 덕에 모기 날갯짓 같은 소리까지도 장건은 들을 수 있었다.

"백리 언니, 저거 단연(端硯)아냐?"

단연은 단주(端州)에서 만드는 최고급 벼루다.

문(文)이 뛰어난 제갈가의 인물답게 제갈영은 벼루에 대해서도 잘 알고 있었다.

백리연이 대답했다.

"그런 것 같아. 선물로 받은 적이 있어. 꽤 구하기 어렵다던

데."

"그렇지? 나도 할아버지가 저건 못 쓰게 하셔서 기억나. 금 열 냥을 주고 사왔다고 하셨거든."

장건에게는 청천벽력 같은 말이었다.

'금 열 냥!'

이미 벼루는 손에서 떠났다.

온 힘을 다해 던진 금 열 냥이 쏜살같이 바위로 날아가고 있다.

금 열 냥이면 산해진미를 차려놓고 몇 날 며칠을 먹어도 남을 만큼의 돈이다.

"안 돼-!"

날아가는 벼루는 벌써 대여섯 척은 더 떨어져 있다. 달려가서 잡을 수도 없다.

콰앙!

장건은 공력을 한순간 폭발시켜 손을 뻗었다.

파파팟.

기의 가닥 수십 개가 날아갔다. 심생종기라 하더라도 그렇게 빠르게 기를 날려본 것은 이번이 처음이다.

벼루가 바위에 부딪히기 일보 직전.

장건이 쏘아낸 기의 가닥들이 벼루를 잡아냈다.

두둥.

벼루는 바위에 부딪히지 않고 허공에서 딱 멈추었다.

장건은 벼루가 깨지지 않도록 조심스럽게 바닥에 내려놓고 나서야 안도의 한숨을 내쉬었다.

"휴우우우."

그리고는 동작을 딱 멈췄다.

"아?"

일단 금 열 냥을 보존하긴 했는데, 해놓고 나니 잘못됐다는 생각이 들었다.

쏘아져오는 살기, 그리고 등줄기를 타고 오르는 소름.

"아, 아하하…… 하하……."

장건은 눈도 못 들고 웃기만 했다.

"그러니까 그렇게 하지 말라고오오옷-!"

양소은은 머리를 쥐어뜯으며 날카롭게 소리를 질렀다. 대뜸 달려가서 벼루를 발로 밟았다.

와작!

공력을 집어넣고 밟은 것이라 벼루는 산산조각이 났다.

힘들게 번 금 열 냥이 그렇게 날아갔다.

"마음의 준비를 하라고 했잖앗! 한다며! 할 수 있다몃!"

"아하하……."

장건이 할 수 있는 거라고는 귀를 막고 어색하게 웃음 짓는 일뿐이었다.

장건 모르게 조용히 얘기를 주고받던 백리연과 제갈영도 어이가 없어서 벌떡 일어서 있었다.

'벼루 하나 깨는 것도 그렇게 힘드냐!'

평범하다는 것 285

'기껏 던져놓고 그걸 또 왜 멈춰!'

여인들의 가슴에 뭉글뭉글 불안한 감정이 피어났다.

생각보다 장건이 엄청난 구두쇠일지도 모른다는 불안감이었다.

혼인을 해서 같이 살아도 맛있는 걸 먹기는커녕 다 해진 옷을 기워 입고 살아야 할지도 몰랐다.

하녀? 하녀는커녕 매일 아침마다 마당을 쓸고 잡초를 뽑아야 할 것 같았다.

물건을 나르거나 하는 것도 '무공을 배웠으니 힘도 세지?' 하면서 자신들을 시킬지도 몰랐다.

'아아…… 정말 괜찮을까?'

백리연과 양소은, 심지어는 제갈영까지도 잠깐이지만 장건과 혼인을 하는 게 정말 옳은 일인지 갈등했다.

그러나 이젠 장건이 좋다. 발을 빼고 싶어도 사람 마음이란 게 마음먹은 대로 되지 않는 법이다.

장건을 포기할 수 없다면 방법은 하나뿐이다.

반드시 장건을 평범하게 만들어야만 한다.

미래의 시집살이를 편하게 하기 위해서라도!

세 여인의 눈에 독한 빛이 맴돌았다.

제9장

천룡검문의 행보

"……."

고현은 눈을 퀭하니 뜨고 방갓을 쓴 작은 체구의 파계승을 쳐다보았다.

"이걸로 정말 효과가 있겠소, 태상(太上)?"

고현이 어이가 없다는 얼굴로 질긴 천과 핏물이 똑똑 떨어지는 주먹만 한 고깃덩이를 들어보였다.

태상이라 불린 파계승이 낄낄대며 웃었다.

"내 말을 믿으시게. 문주의 가장 큰 문제는 입이 너무 가볍다는 거라니까."

"으음, 하지만 이건 좀……."

"일단 준비하시게."

고현은 쓴 입맛을 다셨다.

천룡검문 최초의 태상장로가 된 파계승은 괴팍한 성격에도 불구하고 안목이 매우 높았다. 같이 지낸 보름여의 기간 동안 자신의 무공을 모두 파악했다.

심지어 천룡검문의 무공에 대한 파해법까지…….

믿을 수 없는 일이었으나 고현은 강호의 삼류 무공만으로 천룡검문의 고절한 검초가 파해되는 것을 직접 경험하였다.

'절정 고수에 이르면 같은 수법에 두 번 당하지 않는다.'

라는 태상의 말은 고현에게 신선한 충격을 주었다. 그리고 태상은 그것을 자신과의 비무에서 증명했다.

하지만 고현은 쉽사리 자신의 굴레를 벗어날 수 없었다. 이십 년간 매일 같은 초식을 반복해왔고 변초나 환초 같은 응용법은 배우지 못했다.

그래서 태상은 그에게 경험을 쌓아야 한다고 충고했다. 머리로 백 번 익히는 것보다 몸으로 한 번 익히는 게 낫다고 했다.

그 첫 번째로 제시한 바가 바로 이것이었다.

고깃덩어리와 천.

고현은 인상을 찌푸리면서도 고깃덩어리를 입안에 넣었다. 입안에 꽉 차서 입을 다물기도 어려웠다. 날고기 특유의 비린내가 진동을 했다.

"끄응."

거기에 두건을 두르듯 천으로 입을 막아 뒤로 묶었다. 이제 고현은 제대로 말을 할 수 없는 처지가 되었다. 아예 턱도 움직일 수 없었다.

"읍읍음읍."

고현이 입술을 달싹이기 어려워 전음조차 못하고 이상한 신음 소리만 냈다.

"나중에 혜광심어를 가르쳐줄 테니까 그때까진 참게. 그럼 가볼까? 내가 일러둔 말 잊지 마시고!"

고현은 입에서 풍기는 불쾌한 냄새와 함께 태상의 주의를 떠올렸다.

- 지더라도 절대 같은 초식을 두 번 쓰지 말 것.
- 비겁한 수를 쓰더라도 상관없으니 죽지 말 것.

태상이 휘적휘적 걸어갔다. 그 뒤를 고현이 따랐다.

그들의 목표는 멀지 않은 곳에 자리한 커다란 장원이었다.

금사원(金史院)!

안휘의 패자인 남궁가의 오른팔 격인 사가장(史家莊)의 본가다.

사가장주의 동생이자 여강에서 손꼽는 고수인 천공도(天恐刀) 사혁이 그곳에 있었다.

남궁가의 조력 가문으로 워낙 여강에서의 세가 크다 보니 장원은 늘 많은 사람들로 북적거린다. 한데 오늘은 평소와 조금 다르다.

커다란 정문은 활짝 열려 있는데 사람들이 바로 들어가지 못하고 일렬로 줄을 섰다. 하나같이 병장기를 든 무인들이다.

태상은 그들에게는 신경도 쓰지 않고 휘적거리는 걸음으로 정문을 지나치려 했다.

문지기를 맡은 사가장의 무사들이 대번에 달려와 막는다.

"이보시오! 어딜 함부로 들어가는 거요!"

방갓을 푹 눌러쓰고 태상이 깔깔한 목소리로 말했다.

"사가장주의 동생을 만나러 왔지."

"약속이 되어 있습니까?"

"아니. 싸우러 왔는데 무슨 약속?"

무사들이 인상을 썼다.

"실례지만 어디서 오셨습니까?"

"천룡검문!"

무려 오백 년 전의 문파를 무사들이 기억할 리 없었다.

표정이 대번에 썩었다. 무사들은 방갓을 써 얼굴도 안 보이는 이상한 이와 그 뒤에 재갈을 물고 있어 더 이상해 보이는 한 쌍을 보고는 눈을 부라렸다.

'어디서 듣도 보도 못한 개잡놈들이……'

무사들이 귀찮은 표정으로 뒤쪽을 가리켰다.

"비무를 청하고 싶으면 줄을 서시오. 저기 줄 서 있는 거 안 보이쇼? 가서 내력서를 제출하면 자격이 있는 자에 한해 기일을 잡아 통보를 할 거요."

 순간 무사들은 방갓 속에서 뭔가 붉은 빛이 보였던 것 같다는 착각이 들었다.

 "비무를 청하는데 자신의 내력을 제출하라? 그래서 비무도 골라 하겠다?"

 "그렇소. 최근에 비무 요청이 급격히 늘어서 다 받아들일 수가 없소이다."

 "클클."

 태상이 뒤로 고개를 돌리고 고현에게 손짓했다.

 "읍음읍암음?"

 "거, 꼭 말로 해야만 아나. 실력을 좀 보이란 말일세, 문주."

 "읍읍음음ㅇㅇ음?"

 다른 사람들은 말을 전혀 알아들을 순 없는데 태상만 용케도 알아들었다.

 "우리가 가는 길은 군자의 도 따위는 없는 피의 길일세. 우리가 뭐 좋은 일 하러 왔는가? 천공도를 깨러 온 거지."

 고현의 눈에 잠시 갈등이 스쳐갔다.

 그러나 그는 이내 검을 뽑아들었다.

 스-르-릉.

 검신이 유난히도 맑고 아름답게 광채를 뿜어냈다.

 고현이 만족스러운 눈으로 검날을 매만졌다.

 없어져버린 날을 다시 세우느라 피를 토할 뻔했는데 그만한 보람이 있었다.

'장건!'

생각만 해도 이가 갈리는 이름이다.

그 장건에 비하면 천공도야 그냥 스쳐가는 관문일 뿐이었다.

천공도 사혁은 괄괄하고 불같은 성격이다. 언젠가는 남궁가의 수족 신세를 벗어나 완전한 독립을 하겠다 꿈꾸는 야심가이기도 하다.

그런 그에게 우내십존의 은퇴설은 매우 기쁜 소식이다. 자신이 명성을 쌓을수록 남궁가에서 벗어날 기회가 많아진다.

그러나 그런 생각은 다른 무인들도 마찬가지였던 모양이다.

여강 최고수인 개산연옹(開山燃翁)에 비하면 실력이 조금 못 미치나, 남궁가 덕에 명성만은 은근히 그에 못지않은 이가 천공도 사혁이다.

그렇다 보니 여강의 무인들은 개산연옹보다 천공도 사혁을 향해 비무 요청을 거듭 보내고 있었다.

천공도 사혁은 그게 불만이다.

"이 개새끼들이, 내가 그렇게 만만하게 보이나!"

아무래도 오늘은 비무 요청을 한 이들 중 몇 정도는 박살 내버려야 속이 풀릴 듯하다.

그런 생각을 하는 와중이었다.

우르릉!

천둥소리가 나며 정문 쪽에서 요란스러운 비명이 울려 퍼진다.
"으아아!"
"사람 살려!"
천공도 사혁이 곧바로 지붕을 부수고 튀어 올랐다. 지붕 위에서 둘러보니 정문 쪽에서 난리가 났다. 사람들이 아우성을 치는 모양이 똑똑히 보인다.
"어떤 놈인지 잘 걸렸다."
천공도 사혁이 기왓장을 밟고 몸을 날렸다.

*   *   *

채채챙!
뒤로 몇 걸음이나 물러난 천공도 사혁은 당황해서 욕설을 내뱉었다.
"이, 미친 새끼가!"
생긴 건 멀쩡한데 입에 재갈을 물고 뭔가를 질경거리며 씹고 있는 기분 나쁜 자였다.
그런데 겨루고 있으면 주문을 외듯 자꾸만 읍읍거린다. 몸을 움직일 때마다 계속해서 그러니 묘하게 신경이 거슬린다.
그냥 그뿐이었다면 사혁도 크게 개의치는 않았을 것이다.
실력도 이상하다.
어떤 때는 뻔하디뻔한 수로 공격을 해왔다가, 또 어떤 때는 말도 안 되는 순간에 초식을 변환해 전개하기도 한다. 보통 무인이었다면 몇 번이나 피를 토하고 뻗었을 정도로 맥락이 없는 엉뚱한 초식 전개다.

검을 쭉 내뻗기에 옆으로 슬쩍 피했더니 갑자기 몸을 뒤틀어서 횡으로 벤다든가.

날아서 자(刺)의 형으로 찌르는 초식에 빈틈이 보여서 도로 내려쳤더니 갑자기 당황하며 천근추로 내려앉아 삼연(三連)베기를 한다든가.

그게 허초였다면 이해나 가겠는데, 그것도 아니었다.

초식을 갑자기 변환할 때마다 자기도 충격이 있는지 안색이 잠깐이나마 변하는 것이다.

결국 미리 생각하고 뻗는 초식이 아니라 상항에 따라서 내상까지 감수하며 마구잡이로 초식을 펼치고 있다는 뜻이다.

그런데 그 초식이 또 함부로 보기 어려운 위력이 있으니 그게 더 환장할 노릇이다.

"뭐하는 짓이야!"

찌르는 일초, 베는 일초 하나하나는 정석적이고 매끄러운 고수의 그것인데, 대응하는 건 영 초보다. 방어나 반격은 거의 도외시한다.

사혁의 도식(刀式) 공격은 어찌어찌 피하고, 그 와중에 쏟아지는 권과 각은 그냥 몸으로 때운다. 분명히 보법을 할 줄 아는데도 그런 상황만 되면 발이 꼬이는 듯하다.

천공도 사혁도 그렇게 무식한 대응은 처음이었다.

"읍읍음읍음!"

"시끄러워!"

"음음 읍읍읍 음 읍 우물 질경 읍암음읍!"

끊임없이 우물대고 질겅대며 내뱉는 신음 소리에 사혁은 머리가 돌 것 같았다.

제대로 비무나 대결을 하는 거라고는 생각하기 어려운 이상한 상황이었다.

게다가 어쩌다 얼굴을 가까이 마주하는 상황이 되면 심한 비린내가 나서 역겹기까지 하다.

"읍읍음!"

"입 닥치라고, 이 개새끼야!"

벌써 이 다경이나 이 재미없고 괴상한 비무를 펼치고 있으니 천공도 사혁도 마침내 폭발했다.

때마침 괴인이 평범한 초식으로 검을 뻗어온다.

'걸렸다, 미친 자식.'

천공도 사혁은 크게 숨을 들이쉬었다.

달빛이 혼을 빼앗는다!

숨겨둔 비장의 한 수, 월광취혼(月光取魂)!

가공할 도영(刀影)이 수십 개로 갈라지며 괴인의 전면으로 쏟아졌다. 피할 곳도 없고 피할 수도 없다. 뒤로 물러나도 이미 도세의 범위를 벗어나기 어렵다.

괴인은 막 검을 찔러가다가 사혁의 절초에 놀란 기색을 감추지 못했다.

파괴적인 도법답게 검초를 부수고 몸을 난도질할 기세다. 이대로 검초를 유지하는 것은 어렵다 생각했는지 괴인은 급하게 다른 초식으로 전환했다.

"읍암옴압!"

예의 이상한 소리를 내며 괴인이 검으로 아래에서부터 위로 반원을 그려 월광취혼에 대응했다.

사혁이 보기에도 무리한 초식이다. 급하게 초식을 거두면 내상이 생기고, 급하게 초식을 펼치면 위력이 나오지 않는다. 아마 본 위력의 반도 채 되지 않을 것이다.

사혁은 회심의 미소를 지었다.

"뒈져라!"

월광취혼의 도세와 괴인의 검세가 마주쳤다. 패도적인 월광취혼의 도세에 여린 검세는 그대로 무너질 듯 보였다.

그러나.

콰장창!

사혁의 월광취혼이 먼저 깨졌다. 사혁의 도 중간부터 윗부분까지 모두 산산조각이 났다.

괴인의 검초는 아직도 유지되고 있었다.

분명히 다급하게 펼친 검초인데 위력은 사혁이 혼신을 다한 월광취혼보다도 배나 강했다.

도가 부서지며 초식이 중간에 깨져 심한 내상을 입었다. 선홍색 피가 코와 입으로 줄줄 흘러내린다.

사혁은 피를 멈추거나 닦을 생각도 하지 못했다. 몇 걸음이나 뒤로 밀려나서도 어리둥절해했다.

믿을 수가 없었다.

털그럭.

반 토막이 난 도를 떨어뜨린 사혁이 멍한 눈으로 괴인을 바라보았다.

승부는 끝났다.

괴인은 여전히 '읍읍' 거리면서 사혁을 향해 뭐라고 말한다.

알아들을 수가 없다.

그것보다도 패배한 충격이 너무 강해서 사혁은 정신이 반쯤 나간 듯했다.

"쯧쯧, 아직도 멀었어. 내공은 가급적 쓰지 말라고 했잖은가, 문주."

사혁은 소리가 들려오는 쪽을 쳐다보았다.

몸에 비해 커다란 방갓을 쓴 노인이 괴인을 향해 말하고 있다.

사혁이 겨우 정신을 수습하며 입을 떼었다.

"다, 당신들은 누구요? 어디서 온 거요?"

방갓의 노인이 대답했다.

"천룡검문!"

"천룡검문……?"

"기억해두는 게 좋을 거야. 곧 사해를 떨칠 이름이 될 테니까."

"천룡…… 검문……."

사혁이 그 말을 되뇌는 사이 노인과 괴인은 장원을 나가고 있었다. 목적은 자신이었음이 명확하다.

그 뒷모습을 바라보며 사혁이 피를 울컥하고 피를 쏟아냈다.

"외장주님, 괜찮으십니까!"

사람들이 사혁에게 몰려들었다.

사혁이 중얼거리듯 물었다.

"당신들도 봤지? 저 이상한 자식……."

사람들도 똑똑히 보았다.

괴인의 기괴한 행동을.

누가 봐도 초보와 고수를 섞은 듯 이상한 초식을 펼치는 것을.

"썅."

사혁이 피 한 덩이를 크게 토하며 욕지거리를 내뱉었다.

"병신 같은 게 세기는 더럽게 세네."

사람들이 자기도 모르게 고개를 끄덕였다.

모두가 사혁의 말에 공감했다.

천룡검문.

병신 같지만 강한 문파.

사람들의 뇌리 속에 천룡검문은 그렇게 각인되고 있었다.

그러나 그것은 시작일 따름이었다.

제10장

북해의 선택

강호는 들끓고 있었다.

줄줄이 이어지는 우내십존의 은퇴설!

현 강호의 최대 화두는 단연코 바로 그것이다.
이미 쇠락한 소림의 진산식도 눈에 들어오지 않는다. 진산식으로 인한 우내십존의 은퇴라는 것도 별로 중요치 않았다.
남은 것은 단 하나.
일황이제삼왕.
천하오절.

그리고 그 뒤를 이어 한 시대를 평정했던 우내십존의 빈자리를 누가 메우게 될 것인가!

그것만이 단 하나의 관심사였다.

호사가들의 입에서는 여러 인물들이 거론되고 있었다.

최초로 꼽힌 이는 신창 양지득.

하지만 우내십존의 무력에 가장 근접해 있다던 신창은 우내십존 중 일인인 연화사태에게 손도 못 써보고 두들겨 맞았다. 바로 빈자리를 채우기에는 부족하다는 평이 지배적이다.

두 번째는 무당의 쌍두마차라 불리는 청우와 청인.

그러나 그 둘 역시 합격술을 펼쳤음에도 장건에게 패배했다. 따라서 우내십존의 빈자리에는 적합하지 않았다.

이어 거론된 이는 화산오검.

화산오검의 실력은 장건에게 당하기 이전의 청우, 청인과 비슷하다. 한데 화산오검은 실력이 서로 우열을 따지기 어렵게 비등하다 알려져 있다. 그들이 강호에서 딱히 활약을 보인 적도 없기 때문에 그중 누구 한 명을 세우기는 힘들다.

이리저리 따져보면 결국 그놈이 그놈이다.

청성이나 아미, 심지어 소림을 놓고 보아도 상황은 별다를 바가 없다.

청운적하검의 대성을 눈앞에 두고 있다는 운일도장이나, 광명도법으로 이미 사백숙들을 뛰어넘었다는 아미의 백무이고(白霧尼姑).

젊은 시절 소림 무공을 더욱 더 실전적으로 익혀, 소림의 누구보다 실전적이고 패도적인 무공을 가졌다는 원호.

모두가 고만고만하다. 실력은 있다는데 그것을 증명할 뚜렷한 명성이나 이력이 없다.

참으로 애매한 상황이었다.

오죽하면 백리가의 추룡검 백리상이나 팽가의 벽력도, 철비각 종유까지 목록에 올랐다. 하지만 그들 역시 강호를 대표하는 무인으로 서기에는 많이 부족했다.

한 세대 이상이나 강호에 군림했던 우내십존의 빈자리!

그 커다란 공백은 아무래도 쉬이 메워지지 않을 것 같았다.

사람들은 그 이유에 주목했다.

천하오절의 화려한 업적 속에서 속칭 사파와 마교라 하는 사마외도는 강호에 발붙일 수 없었다. 이후에도 내부적으로 우내십존의 결속이 너무 강해 커다란 분란이 없었다.

가진 바 실력을 펼칠 수 있는 기회가 없었던 것이다.

후세에 이를 두고 '전성기였으나 암흑기'라 부르기에 충분한 상황이었다.

그런데 이제 기회가 왔다.

강호 곳곳에서 비무행이 줄을 이었다. 소림을 찾아올 때처럼 자파의 제자들을 이끌고 강호행에 나서는 문파 고수들이 떼를 지었다.

십대문파와 오대세가, 그리고 크고 작은 문파들이 모두 나섰다.

우내십존의 빈자리가 채워지면 또 언제 이렇게 명성을 쌓을 기회가 찾아올지 알 수 없었다.

이번 기회에 쌓은 명성과 평판이 향후 수십 년간 변하지 않을 가능성을 생각하지 않을 수 없다.

자파의 명성을 위해, 자신이 가진 실력을 마음껏 뽐내기 위해 강호가 술렁이며 움직이기 시작했다.

그리고 그중에는……

소림을 방문하려는 절대악(絶對惡), 북해빙궁을 제물로 삼고자 하는 이들도 있었다.

제갈가에서 우려한 것처럼…….

북해의 절대 고수 사인 중 한 명인 냉고사는 강호의 이 같은 상황에 대해 매우 비관적이었다.

"소주, 강호의 움직임이 심상치 않습니다. 주루 밖 곳곳에 우리를 지켜보는 이목이 있습니다."

귀빈만 머문다는 화려한 주루의 가장 꼭대기 층에 머물고 있는 이들이었다.

오는 내내 입에서 술을 떼지 않은 야용비는 오늘도 술을 마시며 태평하다.

"걱정 말라니까요, 냉고사. 그래봐야 잔챙이들이에요. 냉고사의 손짓 한 번이면 몸뚱이가 머리와 작별하게 될 잔챙이들이라 이거죠."

아무리 북해인들이 술에 강하다 하더라도 근 한 달을 술독에 빠져 있었는데, 야용비는 여전히 멀쩡하다.

"아무리 소림의 명성이 땅바닥에 추락했더라도 거대문파들은 소림의 입장과 명분을 생각하지 않을 수 없어요. 그러니까 우릴 지켜보는 작자들이 많아도 정작 행동하는 건 잔챙들뿐일 거라니까요?"

"소주의 안위를 생각하여 드리는 말씀입니다. 이것이 본 궁과 강호의 전쟁으로 이어진다고 해도 저는 우려하지 않습니다. 제가 걱정하는 건 오직 소주의 안전뿐입니다."

냉고사가 딱딱하게 굳은 얼굴로 말했다.

"소주께는 비밀로 광혈풍이 본 궁의 무사 백 명을 이끌고 뒤를 따라오던 중이었습니다. 하나 관의 검문이 심해 거리가 멀리 떨어졌습니다."

쪼록.

맑은 술을 따라 마시며 야용비가 투정을 부렸다.

"아버님도 차암, 냉고사와 백귀살 두 분이면 충분하다니까."

"정말 두렵지 않으십니까?"

"내가 정말 두려운 건……."

야용비가 술잔을 들고 싱긋 웃었다. 보는 사람의 얼이 나갈 정도로 아름다운 미소였다.

"강호 최고의 인기인이자 본 궁의 미래에 대한 열쇠를 지닌 소림소마를 만나보지도 못하고 죽는 것뿐이에요. 비록……."

야용비의 얼굴이 어두워졌다.

"고자라는 소문이 있긴 하지만요."

냉고사의 냉막한 표정에 살짝 질린 표정이 담겼다.

'소림소마가 고자든 내시든 소주와 상관없잖습니까!' 라는 말이 나오려다가 말았다.

야용비가 우아한 자태로 비스듬히 누운 채 술잔을 입에 댄다.

"내가 아름다운 것을 얼마나 좋아하는지 아시죠?"

"압니다."

야용비는 미(美)에 대한 탐닉이 집착 수준이었다. 그게 보통 사람과는 약간 다른 기준이라는 게 문제라면 문제였다.

얼마나 집착이 대단한지, 대놓고 말해서 장건이란 무인이 야용비의 마음을 사로잡는다면 궁으로 돌아가 싸움을 관두라고 말릴 수도 있었다.

그게 야용비였다.

'그런 결함이 있음에도 불구하고 소주의 지모가 뛰어남은 인정할 수밖에 없겠지.'

냉고사는 생각을 하다 말고 슬쩍 고개를 돌렸다.

"손님입니다. 시끄러워질 것 같군요."

"흥."

"백귀살을 부를까요?"

"놔둬요. 저들이 어떻게 나오나 보죠."

야용비는 미동도 하지 않았다.

과연 얼마 지나지 않아 밖에서 소란스러운 소리가 들려왔다.

"아, 우리 사형께서 하시는 말씀 못 들었어? 돈 있다니까 왜 못 들어가게 하는 거야!"

"아아, 이러시면 안 됩니다. 벌써 손님이 계시다니까요."

"저리 비켜!"

쿵 하고 둔중한 울림이 나고는 꺅꺅거리는 비명 소리가 났다.

그러더니 야용비와 냉고사가 있는 방문이 활짝 열렸다.

옆구리에 칼을 찬 네 명의 무인이 사나운 기세로 들이닥쳤다.

그중 한 명이 과장된 몸짓을 하며 말했다.

"이런! 먼저 와 계신 손님이 있었구려. 아래에 자리가 없어 그런데 합석해도 괜찮겠소?"

냉고사가 나서려 하자, 야용비가 손짓으로 말렸다.

"그러시지요."

옥구슬이 굴러가는 듯 고운 목소리를 듣자 네 무인이 흠칫 놀랐다.

대부분 이십 대로 보이는 네 무인의 눈길이 야용비를 향했다. 야용비는 몇 개의 등잔불로만 밝혀진 어스름한 방 안에 하늘거리는 옷을 길게 늘어뜨리고 비스듬히 누워 있었다.

매혹적인 자태를 넘어서 요염하기까지 했다.

꿀꺽.

마른침 넘어가는 소리가 고요한 방 안을 떠다녔다.

아무도 먼저 말을 걸거나 움직이지 않았다.

한 명이 용기를 내 앞으로 나섰다.

"우, 우리는 상주 육검문(六劍門)의 제자들이오. 이처럼 아리따운 소저가 계신 줄 모르고 무례를 저지른 것을 사과드립니다."

"멍청한 놈!"

말을 한 자는 뒤통수를 얻어맞고 옆으로 비켜서야 했다.

이십 대 후반으로 보이는 진중한 분위기의 무인이 칼자루를 슬쩍 잡으며 앞으로 나왔다.

"너희가 북해마궁에서 온 자들이냐? 나는 육검문의 상당검(霜撞劍)이다."

육검문은 각기 다른 검법을 익힌 여섯 검객이 세운 문파다. 신흥 문파로는 보기 드물게 상당수의 실력 있는 검객을 배출하였다.

그중에서도 상당검은 육검문의 후기지수로 촉망받고 있는 인재다.

야용비가 싱긋 웃으며 대답했다.

"그런데요?"

상당검이 이를 갈았다.

"요사한 것과 말 섞고 싶지 않다!"

상당검은 냉고사를 쳐다보았다. 묵묵히 침묵을 지키며 근엄한 자태를 풍기는 냉고사다. 누가 봐도 그가 소림행의 책임자 같았다. 야용비는 냉고사의 애첩 정도로나 보인다.

"단도직입적으로 묻겠다. 너희 북해마궁은 무슨 생각으로 중원에 발을 들인 것이냐!"

야용비가 끼어들었다.

"별로 말하고 싶지 않은데요?"

"네년은 무슨 주제로 끼어드는 게냐!"

상당검이 칼자루를 힘차게 쥐었다. 아무리 보아도 그저 냉고사의 애첩 정도로나 보이는데 사사건건 끼어드니 짜증이 치밀어 오른다.

철그럭.

야용비의 눈빛이 싸늘해졌다.

"이유도 없고, 맥락도 없어. 대의명분도 아닌 단순한 호협으로 본 궁을 건드리겠다는 건가요?"

상당검이 울컥하며 검을 뽑으려 했다.

"육검문은 백도무문의 정도를 걷는 문파인데 어찌 패악한 무리를 보고 의를 행하지 않을 수 있겠느냐!"

"저런 자가 먼지를 날려 우리의 술맛을 떨어뜨리는군요. 정말 가당치 않아요."

야용비의 말이 끝나기가 무섭게 냉고사가 소매를 떨쳤다. 뭔가 하얗고 반짝이는 것이 보인다 싶었지만 상당검은 그게 무슨 수법인지 알 수 없었다.

"흥!"

상당검의 얼굴이 붉어졌다. 부끄러워서가 아니라 힘을 주다가 달아올랐다.

"이익!"

그는 아직도 검을 뽑지 못하고 있었다. 아무리 힘을 주어도 뽑히지 않는 것이다.

상당검이 낭패한 얼굴로 자신의 검집을 보았다. 칼자루와 검집의 이음새가 하얗게 얼어붙었다.

"사, 사악한 술수를!"

다른 세 육검문의 제자들이 일제히 검을 뽑으려 했다. 냉고사가 귀찮은 투로 소매를 휘저었다.

반짝.

"이노옴!"

철컥! 철그럭!

육검문의 제자들은 노한 소리를 질러댔으나 다음 동작으로 잇지 못하고 있었다.

얼굴이 새빨갛게 달아올랐다.

아무도 검을 뽑지 못했다. 뽑으려 해도 뽑히지 않았다. 너무 차가워서 손까지 얼어붙을 것 같다. 그러니 그냥 소리를 지른 상태에서 멈춰 있을 수밖에.

상당검은 자신의 검에서 손을 떼었다. 차가운 한기가 골수까치 치미는 듯해 도저히 검을 잡을 수도 없었다. 하지만 억지로 호기롭게 외쳤다.

"이놈들! 너희가 우리를 해친다면 전 강호가 북해빙궁을 가만 놔두지 않을 거다! 우리가 이곳에서 명예롭게 죽어갔음을 전 강호의 동도들이 기억해줄 거다!"

야용비가 샐쭉거렸다.

"그거 믿고 깼겠니?"

단숨에 상당검의 말을 일축한 야용비가 말했다.

"주제도 모르는 핏덩이들을 어떻게 하면 좋을까? 눈 하나 뽑고 귀 하나 잘라내면 좀 나아지려나? 허리를 끊고 뼈를 도려내 평생 기어 다니게 해줄까?"

야용비의 심드렁한 말에 육검문의 네 제자는 오싹함을 느끼고 어깨가 움츠러들었다. 죽는 것보다 끔찍한 말을 아무렇지 않게 내뱉는 야용비에게 주눅이 들었다.

이미 실력 차이는 극명하다. 젊은 나이에 피가 끓어 달려들었는데 하룻강아지가 범 무서운 줄 모르고 덤빈 꼴이다.

그때 그들의 구세주와도 같은 염소수염의 중년인이 방 안으로 뛰어 들어왔다.

이들이 머물고 있는 주루의 총관이었다. 총관이 넙죽 엎드려 애원했다.

"아이고, 제발 이곳에서 피를 보지 않게 해주십시오. 관에서 나오면 손님들께서도 괜히 귀찮아지실 겁니다. 저희도 영업하는 데 곤란해지고요."

목숨을 무릅쓰고 육검문의 제자들을 구하러 왔다고는 보기 어렵다. 무인간의 싸움에 일반인이 용기 있게 나서서 말리는 것도 아니다.

관을 믿고 나선 것이다. 이런 경우 대부분 그렇게 해결이 되었기 때문일 거고, 무인들도 관을 꺼려하기 때문일 것이다.

현 강호 무림의 분위기가 어떤지를 단적으로 볼 수 있는 부분이었다.

야용비는 고운 아미를 찡그렸다.

"아아, 재미없어. 누가 춤이라도 추면 좀 즐겁겠는데."

냉고사가 바로 말했다.

"춤춰라."

"뭐?"

"어떻게 애첩 따위의 즐거움을 위해 우리를 우스갯거리로 만들 생각을 하는가!"

육검문의 네 제자는 더 이상 이곳에 있다가 낭패한 꼴을 보이기 싫은 모양이었다. 서로 눈짓을 하더니 그대로 몸을 돌려 내빼려 했다.

"군자는 복수를 위해 십 년을 참는다! 추후에라도 육검문의 이름을 뼈에 새겨두는 게 좋을 거다!"

그렇게 외치며 달아나려는 찰나.

야용비가 술병을 들어 던졌다.

술병은 육검문의 제자들이 채 달아나기도 전에 방문 위쪽에 가 부딪히며 깨졌다.

쨍그랑!

안에 든 술이 쏟아진다.

"어딜 가려고!"

야용비의 날카로운 외침에 냉고사가 쌍장을 뻗었다.

찌이이익-

순식간에 쏟아지던 술이 얼어붙으며 문을 뒤덮었다. 놀란 육검문의 제자 한 명이 어깨로 얼고 있는 문을 밀쳤다.

"헉!"

하지만 어깨가 문에 닿기 무섭게 새하얀 서리가 앉으며 얼어붙는 것을 보고서는 깜짝 놀라 몸을 뗐다.

어깨 부분의 옷이 얼어붙어 조각조각 깨져나간다.

"으으……."

육검문의 제자들은 어쩔 수 없이 돌아설 수밖에 없었다. 자신들을 바라보는 냉고사의 무심한 눈빛과 야용비의 조소 섞인 아름다운 미소마저 공포스럽다.

"육검문의 이름을 뼈에 뭐?"

야용비의 말에 화답하듯 냉고사가 입을 연다.

"춤춰라."

그렇다고 자존심 때문에 춤을 출 육검문의 제자들이 아니다.

"조롱거리로 삼을 거면 차라리 우릴 죽여라!"

야용비가 코웃음을 쳤다.

"나도 그러고 싶은데 아직은 귀찮은 게 싫거든?"

야용비가 네 제자들에게 술을 뿌렸다.

촤악!

그리고 당연하다는 듯 냉고사가 빙장(氷掌)을 뿌린다.

찌익, 찌이익.

옷이 하얗게 얼어붙으며 살이 에인다.

"으아아앗!"

무슨 일이 벌어지는지는 방금 목도했다. 네 제자들은 얼어붙고 있는 옷을 이리저리 쳐내며 방방 뛰었다.

챙그랑, 챙강.

얼어붙은 옷 조각들이 사방으로 휘날리고, 네 제자들은 순식간에 벌거숭이가 되었다. 네 제자들은 중요 부분만 겨우 가리고 설 수밖에 없었다.

냉고사가 특유의 냉막한 얼굴로 말한다.

"춤춰라."

"으으으."

네 제자들은 눈치를 살피다가 도저히 빠져나갈 틈이 없다는 걸 알았다.

얼어붙은 문을 두드리지는 못하고 그 자리에서 목청을 높여 소리를 질러댔다.

"도와주시오!"

"우리를 도와주시오!"

육검문의 네 제자들이 문밖을 향해 외쳤다.

"웃기고 있네."

지금 이 순간에도 주루 밖에서는 엄청난 눈들이 이들을 감시하고 있다. 직접 보지 않아도 소리를 들으면 어떤 일이 벌어지고 있는지는 대강 추측하고 있을 터다.

하지만 야용비는 그들이 나서지는 않으리란 걸 확신하고 있었다. 북해가 어떻게 할 것인지를 보고 중원행에 대한 의도를 파악하려 할 것이다. 이들은 그저 미끼 같은 존재일 뿐이다.

야용비의 눈이 한편에 쪼그리고 숨어 있는 주루의 총관에게 향한다.

총관이 손가락으로 자신을 가리키며 눈을 휘둥그레 떴다.

"저, 저는 왜요?"

"춤춰."

"에이, 저는……."

냉고사가 손을 슬쩍 움직이자 음식이 차려진 탁자 위에서 큰 물통이 총관에게 날아간다.

강호에서 허공섭물이라 하여 고수들만이 사용하는 수법! 육검문의 네 제자들은 상대를 잘못 골랐다는 걸 피부로 느끼고 있었다.

촤아악!

총관은 물벼락을 맞고 정신이 번쩍 들었다. 잘못하면 얼어 죽는다.

"으억! 추, 춤춥니다! 춰요!"

총관은 열심히 춤을 추기 시작했다.

"으쌰, 으쌰. 으쌰 으쌰!"

아직도 '나는 왜!'라고 속으로 울부짖고 있었기에 육검문의 네 제자들을 향해 눈을 부라리는 것도 잊지 않았다.

야용비가 그 꼴을 보고 깔깔대며 신 나게 웃었다.

"아하하하! 아하하하하!"

얼마나 웃어댔는지 눈물까지 흘렸다. 반대로 육검문의 네 제자는 수치를 이기지 못하고 눈물을 흘렸다. 애첩 따위의 말에 넘어가 자신들을 노리갯감으로 삼은 냉고사에게 분노가 치민다.

소림으로 가는데 애첩까지 끼고 그러니까 북해빙궁이 사마외도의 무리라는 소리를 듣는 것일 터다.

네 제자들은 여전히 도와달라고 소리를 질러댄다.

총관이 그들을 타박했다.

"어서 춤춰, 이 사람들아. 목숨은 건지고 봐야지."

상당검이 벌겋게 달아오른 얼굴로 소리쳤다.

"닥치시오!"

"아, 그래봐야 지금은 도와줄 사람도 없는데 왜 그러나."

야용비가 시끄럽다며 네 제자들에게도 술을 뿌리려는 찰나였다.

그때.

냉고사의 눈이 가늘어졌다.

"고수."

그의 말이 끝나기가 무섭게 방문이 무너졌다.

와르르르르.

얼어붙은 문이 돌기둥 무너지듯 우르르 쏟아지며 깨져나갔다.

육검문의 제자들이 반색하며 외쳤다.

"문 대협!"

문사명이 방 안의 상황을 보고 미간을 찌푸렸다.

벌거벗겨진 육검문 제자들의 모습과 춤을 추는 총관.

문사명의 눈동자가 냉고사를 향했다. 기세를 드러내지 않음에도 그가 얼마나 강한 자인지를 피부로 느낄 수 있었다.

강호에서 쉬이 접하기 어려운 이질적인 기운.

북해빙궁에서 온 고수다.

문사명이 냉고사를 보고 말했다.

"그만두시오."

본래 문사명은 홀로 강호를 주유하며 수행하던 중이었다. 자신만의 깨달음을 얻기 위해 떠난 여정이다.

명사를 만나 조언을 듣거나 각지의 고수들을 만나 비무를 하는 것도 거기에 포함된다.

현재는 육검문에 잠시 몸을 의탁하던 중이었다. 육검문에서 검성의 애제자인 문사명을 내칠 리 없다. 비슷한 나이 대인 자파의 제자들과 어울리는 것도 매우 반가운 일이었다.

하지만 좋은 일만 있지는 않았다. 상당검이 문사명을 질투한 것이다.

상당검은 육검문의 무공이 화산에 뒤지지 않는다는 것을 증명하고 싶어 했다. 때마침 북해의 귀빈이 근처를 지나간다는 정보도 입수한 때였다.

한창 세를 불리기 시작한 육검문의 패기가 고스란히 상당검에게서 드러났다. 상당검은 육검문의 실력을 보여주겠다며 사문의 어른들에게 허락도 받지 않고 문사명을 끌고 나왔다.

문사명도 북해의 무공이 궁금하기는 마찬가지였다. 하지만 화산의 제자인 자신이 소림의 손님으로 가는 북해의 인물들에게 시비를 걸 수는 없었다.

그래서 주루의 입구에서 잠시 머뭇거리는 사이 상당검이 일을 벌인 것이다.

야용비에게 상당검 따위는 눈에 들어오지도 않았다. 한눈에 보기에도 범상한 인물이 아닌 문사명에게 눈길이 갔다. 야용비가 천천히 몸을 일으켰다.

"당신은?"

문사명은 야용비를 힐끗 보고서는 잠시 눈동자가 흔들렸다. 그러나 그것은 아주 잠시 잠깐이었다.

문사명은 냉고사를 보고 말했다.

"화산의 제자 문사명이오. 여기 이분들은 제가 식객으로 있는 육검문의 제자들이니, 이쯤에서 그만둬주시오."

굳이 의도한 바는 아니었으나 화산의 이름을 생각해서라도 일을 묻어달라는 뜻이 담겨 있었다.

하지만 야용비는 '문사명'이라는 말에 눈을 번뜩였다.

'검성이 가장 아끼는 제자!'

이곳까지 오는 동안 야용비는 강호의 정보를 모으는 데 심혈을 기울였다. 그간 북해에서 들은 정보는 너무 변질되고 부족한 것들이 많았다.

그래서 문사명에 대한 얘기도 알고 있었다.

야용비는 갑자기 몸을 숙이며 공손하게 냉고사를 향해 말했다.

"문 대협은 화산 검성의 제자 분이십니다. 화산의 명성을 보아서라도 이쯤에서 용서해주시지요."

문사명은 또다시 스승의 이름이 거론되는 것을 듣고 어두운 얼굴이 되었다. 천하제일인을 사부로 둔 제자의 숙명의 그림자다.

야용비가 그 점을 눈치챘다.

"냉고사 님?"

냉고사는 야용비의 이상한 호칭에 흠칫했다. 문사명들이 눈치채지 못하도록 전음을 보냈다.

『무슨 생각이십니까?』

『아, 계획을 좀 바꾸기로 했어요. 어차피 대외적으로는 냉고사가 책임자처럼 되어 있잖아요. 다들 그렇게 알고 있고.』

야용비는 밖으로 외출할 때에 항상 모습을 감추었다. 소림의 지부에도 얼굴을 내민 건 냉고사다. 야용비는 면사와 긴 옷으로 모습을 가리고 있었다.

『그래서 어쩌실 작정입니까?』

『생각지도 못하게 복이 왔네요. 이걸 굴러들어온 떡이라고 하나요?』

『굴러들어온 떡이라니요.』

『뭐, 됐어요. 저 사람, 얼마나 강하죠?』

『강호의 무공은 본 궁의 무공과 궤가 많이 달라 장담할 수는 없습니다만…….』

『냉고사가 감당할 수 없을 정도?』

『지금은 아닙니다. 십 년 후라면 또 모르겠군요.』

북해 최고의 고수답게 냉고사는 문사명의 재능을 한눈에 파악하고 있었다.

『그 정도만 되어도 대단하겠군요. 그럼 저 남자에 대한 검성의 사랑도 각별하겠죠?』

『……소주, 설마해서 드리는 말씀인데…….』

『설마는 필요 없어요. 일단 떨거지들을 처리해요.』

야용비가 방긋거리며 냉고사에게 말했다.

"냉고사 님? 제 부탁을 들어주지 않으실 생각이에요?"

냉고사는 '흠' 하고 침음을 내뱉은 후 순식간에 본래 얼굴로 돌아왔다.

"그러지. 너희들은 가라."

주루의 총관이 잽싸게 끼어들어 육검문의 제자들을 밖으로 데려가려 했다. 문사명이 고맙다며 포권을 하고 고개를 숙였다.

"본인의 체면을 생각해주어 고맙소. 그럼 이만."

그러나 그때 냉고사가 손을 뻗었다.

찌이이익-

줄기줄기 뻗은 다섯 가닥의 지풍이 총관을 비롯한 육검문의 제자들을 쓰러뜨렸다.

"크억!"

"으윽!"

무슨 일인지도 모르고 총관과 네 제자들은 혼절해버렸다.

홀로 남은 문사명이 부르짖었다.

"이게 무슨 짓이오!"

야용비가 빙긋 웃으면서 말했다.

"안타깝군요. 북해의 사절이 육검문과 화산의 제자에게 공격을 당했어요."

"공격을 당했다고 해도 아무런 상해를 입지 않았으니 이쯤에서 그만둡시다! 내 진정으로 사과하겠소."

"상해를 입지 않다니요. 그럴 리가 있나요."

야용비가 슬픈 표정을 지었다.

"아아, 정말 상황이 이렇게도 꼬이게 되는군요. 검성의 애제자가 난동을 피우는 바람에 평화의 사절로 중원을 방문하던 북해의 고위 인사는 행방불명이 되어버렸다는군요. 이를 어떻게 생각하나요?"

문사명은 섬뜩해졌다. 야용비가 내뱉은 말의 의미를 모를 정도로 멍청이가 아니다.

"설마…… 이것을 노리고……."

야용비가 억울하다는 얼굴로 가증스럽게도 과장된 몸짓을 해 보였다.

"우리를 노린 것은 육검문이었죠. 저희는 그저 가만히 술만 마시고 있었을 뿐인걸요? 그리고 이건 그냥 방금 든 생각이었답니다."

문사명은 잠시 갈등했다. 자리를 피하는 것이 최선일 수 있다. 그러나 다섯이나 되는 사람들을 모두 데리고 빠져나갈 수는 없다.
 엄청난 살기가 자신에게 쏟아진다.
 문사명도 검을 뽑고 공력을 끌어올렸다.
 방 안이 웅웅거리며 기의 파동으로 가득해졌다.
 으직으직.
 벽에 걸린 족자가 찢어지고 장식으로 둔 도자기의 표면에 금이 가기 시작한다.
 기의 대결이 자못 팽팽해 보인다.
 하지만 냉고사의 형형한 눈빛을 마주한 순간, 문사명은 이미 느끼고 있었다.
 '어, 엄청난 고수……'
 자신이 감당할 수 있는 수준이 아니다.
 그것은 거의 우내십존에 근접한 기세였다. 무위가 그보다 떨어지는 문사명은 그가 우내십존보다 나은지 모자란지까지는 알 수 없었다.
 하나 그에 가까운 고수라는 건 확실했다.
 '달아나야 한다!'
 북해가 처음부터 자신을 노리고 있었는지는 알 수 없다. 그러나 지금 달아나지 않으면 자신으로 인해 강호에 풍파가 몰아치게 된다.
 문사명은 총관과 육검문의 네 제자들에게 눈으로 사과를 보냈다.

'반드시 돌아와 구해주겠소.'

일단 몸을 피해 누구에게라도 사실을 알리고 다시 돌아올 생각이었다.

그러나 그것은 어디까지나 생각일 뿐이었다.

"백귀살!"

야용비의 날카로운 목소리가 울리는 순간, 문사명은 달아나기에도 늦었다는 걸 깨달았다.

자신이 부수고 들어온 문에 누군가 한 명이 서 있었다. 모습을 드러내기까지 전혀 알아채지 못했다.

유난히도 창백한 얼굴에 붉은 핏빛 입술을 가진 기이한 생김새를 하고 있는 이였다. 몸은 가늘고 팔다리는 길쭉한데 풍기는 기세는 냉고사와 다를 바가 없다.

'이런 고수들이……'

목숨을 걸고 일검을 날려도 빈틈이 있을까 말까 한데, 그의 뒤에는 강호에서 보기 힘든 복장을 한 무사들이 줄줄이 도열해 있었다.

이제 달아날 길은 없다.

꾸욱.

문사명은 힘껏 검자루를 쥐었다.

아무리 칼날 위에 목숨을 얹고 살아가는 강호라지만, 이렇게 어이없게 삶이 끝나게 될 줄은 생각도 못 했다. 특히나 요즘처럼 평화로운 강호에서.

"남궁 소저…… 미안하오."

자신도 모르게 읊조린 그의 말과 씁쓸한 미소를 보고 야용비가 말했다.

"아아, 연인이 있었나요? 걱정하지 말아요. 순순히 내 말을 따라준다면 당신의 연인을 다시 볼 수 있을 테니까요. 조금 질투는 나네요. 어떤 여자일까?"

문사명은 의아함을 느꼈다.

아까부터 말하는 투가 이상하다. 그리고 냉고사라는 자도 이상하다.

'저자가 책임자 아니었나?'

문사명이 더 생각을 하기도 전에 야용비가 무언가를 꺼내 들었다.

작은 상자에 또다시 몇 겹의 가죽과 천으로 소중하게 감싼 그것은 영롱한 빛을 내뿜는 손톱만 한 크기의 투명한 돌이었다.

서늘한 기운이 조금 떨어져 있는 문사명에게까지 풍겨와 몸을 시리게 할 정도였다.

"그것은……."

"이것을 벌써 쓰게 될 줄은 몰랐네요. 원래 이것은 북해의 만년 혹한 속에서 자라는 빙화(氷花)의 열매였죠."

"빙화과(氷花果)?"

같은 말을 되새기는 문사명을 보며 야용비가 기쁘게 웃었다.

"중원 강호에서는 이것을 빙정석이라고 부르더군요? 그래서 그냥 우리도 편하게 빙정석이라 부르고 있어요. 본 궁에는 이 빙정석과 함께 사용하기 좋은 술법이 하나 있는데…… 혹시 그게 뭔지 아시겠어요?"

으드득.

문사명은 이가 부서져라 깨물었다.

"그게 무엇이든 너희들의 생각대로는 되지 않을 것이다!"

콰-앙-

전신의 근육 한 올, 핏줄 한 가닥에서까지 모든 공력을 이끌어낸 문사명의 몸에 거친 살기가 피어올랐다.

〈다음 권에 계속〉

Swallow Knights Tales

"스왈로우 나이츠 신입 기사 엔디미온 키리안,
『SKT 개정판』으로 다시 돌아왔습니다!
미온이라고 불러 주세요."

매권 호화 부록
미공개 외전,
컬러 일러스트 등 수록!

dream books
드림북스

블레이드 헌터

김정률 판타지 장편소설

FANTASYSTORY & ADVENTURE

『소드 엠페러』,『다크 메이지』,
『트루메니아 연대기』의 작가
김정률 판타지 장편소설

혼돈의 시대를 가로지르는 빛의 검이 되어라
『블레이드 헌터』

세계의 균형을 위협하는 빛나는 검의 출현!
마스터의 유지를 받들어 그 비밀을 밝힌다!

dream books
드림북스

장르문학을 세공하는 판타지 소설계의 장인(匠人)
『아트 메이지』, 『하이로드』의 작가

기천검 판타지 장편소설

케노스 천기

KENOTH BIOGRAPHY

명예의, 명예에 의한, 명예를 위한 전사 케노스!
전사의 새로운 패러다임을 제시한다.

dream books
드림북스